今夜必有暴雪

鳄鱼姐 /著/

网络原名《整形医院风云》

CNS PUBLISHING & MEDIA 中南出版传媒
湖南文艺出版社
HUNAN LITERATURE AND ART PUBLISHING HOUSE

图书在版编目（CIP）数据

今夜必有暴雪 / 鳄鱼姐著. -- 长沙 : 湖南文艺出版社,
2017.8
ISBN 978-7-5404-8127-8

Ⅰ. ①今… Ⅱ. ①鳄… Ⅲ. ①长篇小说－中国－当代
Ⅳ. ①I247.5

中国版本图书馆CIP数据核字(2017)第119119号

上架建议 ：长篇小说

今夜必有暴雪

作　　者：鳄鱼姐
出 版 人：曾赛丰
责任编辑：刘诗哲
策划编辑：徐　璐
营销编辑：谢　媛
封面设计：罗静颖
版式设计：罗静颖
出版发行：湖南文艺出版社
　　　　　（长沙市雨花区东二环一段508号　邮编：410014）
网　　址：www.hnwy.net
印　　刷：北京盛通印刷股份有限公司
经　　销：新华书店
开　　本：710mm×1000mm　1/32
字　　数：241千字
印　　张：9
版　　次：2017年8月第1版
印　　次：2017年8月第1次印刷
书　　号：ISBN 978-7-5404-8127-8
定　　价：32.00元

目　录

目录

记住所有遇到的深刻的人和事情，

那才是最珍贵的。

第一章

Snowstorm

人生再不济也要有份工作。

失业并不能成为人生的一座里程碑，

失业半年以上，

基本上就沦为废人了。

2013年10月30日

我以为自己要失业了。

在我二十五岁这个关卡，失业并不能成为人生的一座里程碑。

那是冬天的下班点，办公室里人影恍惚，每个人都埋头在电脑屏幕后摸鱼：隔壁的设计妹子在看丝芙兰的打折信息；前方的文案狗在偷看韩剧；后面的数据员在吃趣多多……

噩梦有时候是一瞬间弹出来的，腾讯新闻的弹窗突然一动。偌大醒目的标题是——“整形变毁容，女子丰胸变四乳”，副标题上赫然挂着我们公司的名字。

整个办公室迟滞了几秒，有人大喊一声：“出事了！”各级主管、公关人员、广告人员的电话在一瞬间如同炸开锅一样响了起来。已经有机警的人赶去收集消息了。

就在今天早上，这条负面新闻才刚刚上了我市最大的都市报纸的头条，但纸媒的影响力日趋下滑，除了领导哼哼了几声外，并没有太多人理会。

结果在这一个小时之内，这条负面新闻被微信以及网站新闻同一时间挂了出来。显然是已经计划好的，有针对性地想要扑杀过来。

今天距离我进公司刚好三年，这几年整形市场突飞猛进，我们公司一路扩张到拥有二十一家医院的医美集团。但从我入职至今，还从来没传出过这么大的负面新闻，一时之间，人人自危。

就在这个时候，微信工作群里突然又慌乱异常，照片“唰唰”地冒出来。新闻的主角——那个整形失败的患者，领着一队人马杀到了医院的大门口。

她的照片一出现，每位同事都露出了然的表情。说句真心话，这个患者已经是我们的老熟人了。自从手术失败后，她就奔走在闹事和赔偿的一线。她曾斩钉截铁地表示，要凭自己的力量让我们整个集团的名誉扫地。而我们一直……只是当笑话听听。此时此刻，我第一次感受到平凡人也有锋利的时候。

董事办的领导下了命令，集团里无论男女员工，都必须在最快的时间里冲到医院那边维持秩序。说好听点是维持秩序，说得不好听其实就是去当人墙。而另一方面，手机的微信群里，董事办的行政们正在有条不紊地指挥着医生们从后门撤退。

“我们真的要去当肉盾吗？”

“现在辞职来得及吗？”

“别废话了……”

我和同事小叶子边吐槽，边慢悠悠地从办公楼往医院走去。一路上，小叶子双手合十一直在轻声叨叨：希望过去的时候，人已经散掉了。

等我们终于走到医院大门口时，却发现现场形势的严峻远远超出了想象。那一队人是抄着器械过来的，人人手里有刀有棍，杀气腾腾的。

去应援的女同事都退到了一旁，男同事和紧急调派过来的保安围在门口。S城的民风一向彪悍，对方把刀都扛在了肩膀上，阵势格外吓人，看得人心惊肉跳。

一些员工从二楼的阳台上伸出头来看，我抬头望了一眼，一个穿着白大褂的医生站在窗口，显得格外扎眼。那位是蒋玄医生，他饶有兴致地看着这混乱的场面，还咧着嘴在笑。

蒋玄是外科新来的医生，是本市有名的医学院毕业的。S市地处东部沿海，一条大江横贯东西，形成江海交汇的地形。本城的医学院在全国都是数一数二的。不过能来我司当整形医生的人大多都有名校背景，也就算不上什么值得炫耀的资本了。

我们董事长姓郑，西北人，全名叫郑宇宙！一个特别让人瞩目的名字。我们私底下一直叫他老郑，他也是那所学校的优秀毕业生，年轻的时候是医科大学附属医院的王牌医生，九十年代就能操控非常复杂且暴力的丰胸手术。我们给老郑建百度百科的词条时，为了和其他整形医院拉开区别，总是要把他学术的部分加大加粗，恨不得写上一整版。

老郑特别爱返聘母校系统里的退休老职工，据说他们的手艺极好，医品过硬，谁用谁知道。不过蒋玄一直是个让人猜不透的八卦。他是八年制本硕博毕业，刚来那会儿，院里几位医生休息的时候就凑在一块讲他的事迹，大家初听他的背景皆是一愣。

有人“啧”了一声，表情严肃。

“八年制本硕博，那可是实验班，跟不上就会被刷下去。在我校同学心中的分量很高的，学霸集中营，可怕！”

“不，我校本身就是个学霸集中营，那种实验班只能叫学霸蛊，让他们竞争，自相残杀，最后留下来毕业的，都是些‘蛊王’。”

“蒋玄是‘蛊王’？”

“我印象中好像不是他，是个挺漂亮的小姑娘。”

“别这么抹黑母校，我比较好奇这种学生干吗来我们整形医院。要知道，我们这些割双眼皮的，在他们眼里毫无技术含量。”

“不要这样黑自己，坚强一点！”

有人拍了拍彼此的肩膀，老医生们摇摇头，各自叹了口气，散了。

眼见着医闹冲上楼了，到处都在找医生。蒋玄鸡贼地脱掉白大褂，穿着一件灰衬衣，继续混在人群中看热闹。他一向孤僻，从不往人群里钻，这会儿竟一反常态，像个大妈一样，津津有味地躲在人群里看热闹。

平时晚上在医院门口跳广场舞的阿姨们此刻也通通站在旁边，远远地围观。有人甚至还在地上铺了报纸，坐下边看边点评："看看，又闹事了。"

一开始，同事们真的手拉着手堵在门口，一副"忠心我司，誓与存亡"的架势。然而对方阵营黑压压的一片，纷纷亮出刀具的时候，各位同事的忠心也就涣散了。

首先是小叶子，两手一松，抱着头躲到最安全的地方。然后是我，直接低头蹲在地上。有榜样的力量在前，各位同事见状纷纷松开手，散到一旁看热闹。

公司，我们有愧于你！

门口的防线马上就被医闹突破了，对方手里拿着锋利的刀，保安们实在不愿意以自己的血肉之躯当肉盾。

就在对方冲过来时，保安和同事们一齐散开，作鸟兽逃窜，现场混乱嘈杂的场面好不壮观。

医闹一路冲进大厅里，我们的接待台是个靠墙的长方型的台面，平时六七个女孩在台内接待客户，护士和咨询师也喜欢往那儿凑。

现在，他们往咨询台前一站，把六个妹子围困在了台内。对方大概嫌阵仗不够大，把刀往台面上一扔："叫你们院长出来！"

我的同事小叶子拽着我的胳膊远远地躲在通道口，一副随时准备开溜的架势："傻了吧，大佬们早就不知道躲哪儿去了。"

可有时候，有些巧合就是那么出人意料。

医院运营线的负责人跑了，但一向神龙见首不见尾的董事长那天却突然从外地出差回来了。董事长把自己的保时捷停进地下车库，直接从车库乘坐电梯进了一楼大厅。

当时院内大厅里的客人早就被疏散了，只剩下那群医闹胁迫着六个已经被吓昏头的客服和护士妹子僵持在那里。电梯突然“叮”了一声，接着缓缓地打开，体型彪悍的董事长老郑梳着一个油亮的大背头，戴着一大串耀眼的蜜蜡，愣愣地看着大家。在场的人不分敌我俱是一愣，客服妹子中突然有人大喊一声：“董事长，救命啊！”

我和小叶子离电梯很近，我那时分明看到老郑的手迅速按向楼层键，他想溜。但说时迟，那时快，医闹领头的小胡子当机立断地拿长棍子一杠，卡住电梯门，把董事长老郑给拉了出去。

老郑被医闹揪到咨询台前，立即抱头蹲在角落里，一句话也不说。

他年轻的时候在公立医院当差，没少遇上医闹纠纷的场面。后来独立出来开整形医院，医闹还是每个月都要来一次。他亲自编写的安全训责上写着——碰到医闹马上逃，如果逃不掉，立即投降，把贵重物品全部送给对方。没想到此时此刻，这条安全训责竟然被自己用上了。

小胡子搂到一条大鱼后，激动之情溢于言表，他伸手拍了拍董事长的额头。

“居然敢拍老郑的大脑门，那可是我在这里上班的终极梦想啊！居然被抢先了，太过分了！”在一边看热闹看得正起劲的小叶子突然之间就炸了，跟接触不良的灯泡一样。我愣愣地看着小叶子，不是很能理解她这会儿的暴走。

脑子一热的小叶子扑向前方阵地，大喝一声：“不许动我们董事长，要多少钱我们都给！”

“你是谁？”

“我是集团的财务总监！”

我瞠目结舌地望着小叶子，她跟我一样都是营销策划中心的，我们这边的财务那可是座山雕，每次去报个票，不提着一个果篮上供，连一单小小的士费都能卡你几个月。但集团财物总监的手里，每个月都要过几千万的流水。

小胡子一听她的职位，忽然眼睛都亮了：“我们是有诚意谈的，早点好好说话，也不至于闹得鸡飞狗跳，你说是不是！大家都知道你们公司有钱，你们最不缺的就是钱，每个月的广告费跟下饺子一样地投。你说是吧！”

小胡子冲着我们这边努了一下嘴，那种油滑老练的样子，一看就是在社会混荡的老司机。不拿到钱，他是不会善罢甘休的。

“我们去董事长的办公室细谈吧，这里人多嘴杂，我们可不想再上头条了，不就是钱的问题嘛，好解决的。”小叶子连说带哄，态度端得谦卑。我们集团的负面新闻多，每一次有记者过来，都是小叶子亲自出马张罗，她的作战经验丰富得很，见人说人话，见鬼说鬼话。小胡子四下望了一圈，点了点头。

小叶子一转身，冲我用力眨了眨眼，我连忙溜到地下室去看那间办公室的实时监控。她的手机藏在内衣里，跟我的手机保持着实时通话，我能听到屋子里的一切动静。

董事长的办公室在二楼，宽敞、明亮，里面放了冰箱、电视、书柜。这间办公室就是个摆设，他平时并不在这边办公，只是偶尔有需要接待的宾客时，他就假模假样地坐在那张巨大的檀木茶台边泡茶、看书。为了防盗，保安部大着胆子在里面装了个探头，董事长也并没反驳什么，谁料到今日竟派上了用场。

小叶子拉开门对小胡子说：“就你一个人进来，我们董事长直接开保险柜，数现金给你。”

“我傻呀，你们两个人，我只有一个人，你们要是联合起来对付我怎么办？”

“你有刀，你怕什么？钱不要了吗？”

小胡子想了想，同意了，跟着他们进了办公室。小叶子当机立断把门一关反锁起来，像拎只鸡一样抓着董事长往角落里一塞。她又在董事长耳朵边叮嘱了一句什么话，然后董事长就缩办公桌底下去了。

小胡子举着刀大喝一声："你他妈干吗？"

小叶子回过头，一只手以迅雷不及掩耳之势捏住人家的虎口，刀"哐当"掉了，然后她双手抱着对方的脖子，脚一绊，把对方整个摔在地上。

保安室的监控前，一群吃瓜群众纷纷鼓起掌，叫起了好。我这才反应过来，丫天天跟我吹嘘自己以前是省里的摔跤运动员，我一直当她喝多了说大话，没想到竟然是真的。

董事长见状，从柜子里摸出一根皮带捆住小胡子的手。不过小胡子的脚却踢踏个不停。小叶子撇了撇嘴巴说："少了，裤子上那一根也解下来。"

董事长一哂："这可是爱马仕的。"

"别废话了行吗，快点把皮带解下来！"

董事长只好悻悻地解下了腰上的那一条，捆住小胡子的腿。他们绑好以后才发现，外面已经闹翻了，不停有人在敲门、撞门。两个人龟缩在办公室里，死活不出去。当年医院装修的时候，几个老总的办公室都是以防震、防暴的标准装修的，安全得很。于是从监控里看办公室里面，出现了极为诡异的一幕。董事长穿着松松垮垮的裤子和小叶子坐在地上在泡功夫茶，喝的还是他珍藏的特级金骏眉。这待遇，真的很好啊！

外面传来一声大喊："警察要来了！闲杂人等赶紧退出来。"我用保安部的对讲机让行政把外面的警察带进来，大概讲清了情况后，监控室被警察接管了，我也就随着人群退了出去。

医闹里各色人物都有，本来没了领头羊就已经人心涣散，想要走了。外面的高音喇叭架了起来，对着里面不断地喊话——要求放下刀具，撤离医院。

我在门口碰到策划部的张可达。我们退到医院外面，这才发现，医院门口已经里三层外三层挤满了人，都是在看热闹的人群。

“感觉今天以后，我们医院就要倒闭了，闹了这么大一个负面新闻，整个省都知道了吧！”张可达叹气道。

“怕什么，我们哪一年不闹负面新闻，哪一年没有医闹的，还不是过一阵子大家就都忘记了。”我嘻嘻一笑。

“说得也是，金鱼的记忆只有七秒。”张可达咧嘴笑了。

我和张可达在人群中嘀咕，一连串的警笛声传来，好几辆警车停在门口，又下来一拨人，拿着警棍和盾牌冲了进去。

外面看不清里面的情况，只听见一阵鬼哭狼嚎，一群人从门口逃了出来，另外几个是被扭着胳膊送出来的。张可达的女朋友是护士陈佳佳，她就在那六个被胁迫的姑娘里。被护送出来的时候，张可达像猴子一样窜上前，抓住陈佳佳的胳膊。对方极为紧张的神经还没来得及松懈下来，“嗷”的一声大叫，手里埋伏着的一支防狼喷雾对准了张可达就是一顿乱喷。

“天哪，辣椒水。这辈子总算见识到了，真是滋味无穷啊。防狼喷雾果然名不虚传。”张可达蹲在一旁，眼泪狂流不止，像股票跌停了一样悲痛。

妹子们总算是被救出来了，从医院门口出来时，围观的人群突然爆发出热烈的掌声，大家激动万分，那场面就像看了一场零点首映式一样。

警察把人群驱散了，董事长和小叶子一起走出医院的大门时，董事长牢牢地握住小叶子的手，激动地说：“这位小同事！你做得很好！你很勇敢啊！有前途。”

老郑然后一转身就抛下救命恩人，缩进自己的商务别克里。他惊魂未定地躺在后排，显然被吓得不轻。

集团的几个小头目站在街边，一直目送老郑的别克车离开，其中目光最为关切的，是我们的老熟人严露。

公司的行政让大家提前下了班。我们平时一周要上六天班，法定节假日从来都是被克扣的，每天的业绩表也都写在小黑板上，达不到要求就要群体开会、加班。有一阵子，我每天都是晚上十点下班。此刻突然闲下来，我竟不知究竟该去干点什么。

安然无恙的小叶子叫上几个相好的同事：“我们去唱歌吧。”

“没什么心情，刚从这么惨烈的场合里逃出来，我现在心还在狂跳，我要安静一下。”

“那你回家睡觉吧。”小叶子瞥了我一眼。

“我还是去吧。”

KTV选在市区最贵的那家店，小叶子开了二层的豪华包间，叫了三打啤酒，各种零食、刺身点了满满一桌。我知道她一向壕，可没想到壕得那么让人难以消化。

我们全部才六个人，除了我和小叶子，还有做数据的王先霖、搞策划的张可达、咨询师严露和护士陈佳佳，都是平时几个比较熟悉的人。此刻，大家有气无力地哼了几句歌。

张可达站起来，摆出一副大哥的气势：“大家都别想了，好好唱歌，虚度人生才是正经事。”

“你什么时候变得这么文艺了，策划案写完了吗？”严露吐槽道。

“你看你，一天到晚都想着公事，难怪嫁不出去。”

严露朝张可达翻了个白眼，她都快三十了，还是门儿清的光棍。不过严露是我们公司的金牌咨询师，月入十几万，每次行政给她排休时，她总是一挥手：不需要！我不需要休息。年年评劳模，她年年都能上榜。

张可达站在台上，抱着麦克风把一首《千年等一回》唱得鬼哭狼嚎。我们堵住耳朵，嫌他太吵。可是声音停止后，偌大的包间里就呈现出奇异的寂静。

小叶子“哎哟”了一声，从我身边站起来说：“借着这个机会，跟大家宣布一件事。”

一种不祥的预感从我心里升腾而起，小叶子的下一句话就应验了。她说：“我要辞职了。”

“为什么，你不是做得好好的吗？上个月才升职加薪，马上就要走向人生高峰了，你干吗要走啊？”张可达追问。

“今年都走了多少人，换了几个领导了！什么人都来了，不管三七二十一就能对你指手画脚。老娘不乐意伺候了。”

大家又陷入了谜之沉默中。

明明是来压惊的，突然变成了跳槽通知，人人一脸死了爹妈的哀愁。小叶子拿起话筒说：“大家要高兴一点，虽然不在一个公司共事了，但我们还是同行啊。将来大家在这里有个什么三长两短的，我那边随时欢迎大家跳槽。”

小叶子一脸高深莫测，严露不干了：“我最受不了这种场面，我先走了。”头牌的气场就在于，我不高兴了，我就要走，我随便任性。而在场的人，几乎没有一个敢拦她。

这是人生有史以来最不尽兴的K歌，大家面面相觑，搞不定这种尴尬的场面，纷纷喊着要走。一堆酒和食物剩在那里，大家感觉有点过意不去，每个人分着拿了一些解决掉，最后分给我十多瓶啤酒。

走在回家的路上，才发现S城已经到了十月底了。公交车上一些小孩子戴着帽子，系着披风，提着篮子，一副捣蛋鬼的模样。有个小孩凑到我面前喊：“不给糖，就捣蛋。”我慌忙从口袋里摸出仅有的一颗巧克力递给他，这才想起来，今天是万圣节。

S市靠海，城市中间有一条大江蜿蜒而过，把城市切割成两半。我提着一大袋啤酒走在江边，一整天都没喝水，熬到此刻已经口干舌燥。我从袋子里抽了一瓶啤酒出来，没有开瓶器，于是四下看看，拎着瓶子在护栏上轻轻一磕，瓶盖就开了。

“手法挺娴熟的嘛。”

我慌忙转身一看，蒋玄医生穿着一身运动装和跑鞋正看着我笑，他擅自拿走了我手里的啤酒，自顾自地喝了起来。

“你怎么在这儿！”

“我每天都在这儿夜跑。”

他又从袋子里拿了一瓶出来，在护栏上磕开瓶盖后递给我。

江的西岸已经修出了一条观光带，芦苇、杨柳和水草驳杂，经常有人沿着江跑步。我和蒋玄坐在长椅上发呆。

不太熟的同事沉默起来的时候，是非常尴尬和可怕的。我只好没话找话地说：“我今天看到你在二楼看热闹，还一副挺开心的样子。”

“嗯，我的同学大多都进了公立医院，每次有医闹过来，都跟打仗一样。他们在群里直播的时候，我都很羡慕。自己好不容易才碰上一回，当然要好好观察一下了。”

“既然如此，你为什么不进公立医院呢？以你的成绩，就算想进本市最好的医院，应该也不是很难吧。”

“这是个秘密，不能告诉你。”

“为什么？”

“因为我们不是很熟。”蒋玄摊了摊手，是一本正经的模样。

“呵呵。”我冷笑一声，却不好继续厚着脸皮追问下去。

夜里的江畔亮得出人意料，两岸的霓虹灯倒映在水里不停地晃动。人在这种忧郁的环境里，心情是很容易被感染的。白天积蓄的恐惧和不安，还有小叶子要跳槽的伤感，这些情绪突然交杂在一起。

蒋玄好奇地问我：“你哭丧着一张脸干吗？”

“我就是想着，我一个文案还要去冲锋陷阵，帮着对付医闹，觉得忒心酸。”

“那你为什么不辞职？”

“给的工资还可以。”

蒋玄点点头："这个理由真是有理有据，令人信服。"

我一口闷干了手里的啤酒，蒋玄看了一眼我手里的空酒瓶："别沮丧了，我带你去玩好玩的吧。"

"好玩的事情无非是买包包、看电影、吃饭、喝咖啡，可这些我现在都没心情去。"

蒋玄挑了挑眉毛："你的人生到底是有多无聊啊！偶尔也要出来玩一下，滋润干枯的人生。"

我实在想不出来，三更半夜还能有什么事好玩，蒋玄拉着我翻上岸边的大道里，拦了辆车，直奔S城最大的游乐园。

"这么晚了，过山车还开吗？我了解心情不好玩点刺激的嗨一下是没错，但现在应该都已经关门了吧。"

蒋玄没说话，手支在车窗边，看着外面的景色。等到达后，我下车一看，游乐园门口亮着巨大的五个字——鬼屋欢迎你！我都忘了，今天是万圣节，游乐园都相应地举行了主题活动。

蒋玄在门口买了一大桶爆米花，一手拿了支啤酒，一手抱着爆米花，一副看好戏的模样。我们俩走进鬼屋，入场的时候，门口的检票员特别提醒：不要殴打工作人员。

这个"鬼屋"很大，整个游乐园都纳入了范围，分不同的主题。里面布置得也算上心，不时有工作人员穿着奇装异服从暗处跳出来吓人。

我们走进"僵尸"主题的鬼屋，昏暗的地方，那些妆化得血腥诡异的"僵尸"前赴后继地窜出来。我嚼着爆米花，波澜不惊地走过去。蒋玄不满地说："你为什么不尖叫？你这样我很尴尬的。"

"培训的时候，领导为了让我最快熟悉项目，写广告。每天逼着我在手术室看割双眼皮、丰胸塞假体、切下颌角。轮完半年，觉得人生很从容了。那个丰胸塞假体才是真的暴力、血腥、恐怖……"

和我们同一拨进来的学生妹妹，满屋子乱蹿，鬼哭狼嚎。蒋玄无限羡慕地说："好想当她们的男朋友啊！"

那一刻，我想“呵呵”他。但这难熬一天总算是过去了。

2013年10月31日

今天上班，集团召集S城同事开全体紧急大会。

我和大家懒洋洋地踏进会议室，以为会议的精神会是总结和反省，结果进了会议室一看，大厅里赫然悬挂着红色横幅——表彰大会。

“苍天啊！他们是要表彰昨天遭遇医闹了吗？”我惊愕地望着这副诡异的局面。

医院运营线的大佬带着各位领导慷慨激昂地演讲，全然不记得自己是昨天溜得最早的一批人。昨天被医闹挟持的六个妹子全部发放了一个很厚的红包当作安抚。

领导说：“我们是一个很人性化的企业，我们永远把员工的人身安全放在第一位。为了杜绝以后出现这种事情，我们给每位员工配了一样神秘的工具！”

然后行政部员工依次上台，把几个大纸箱搬到桌子上，大家都目不转睛地盯着物品。

“难道要发枪械？”张可达瞪圆了眼睛，有点窃喜地说道。

“想得美！”王先霖冷哼出声。

行政把盒子猛地一掀——他们给全院同事每人都配发了一支防狼喷雾。全场五百多号人，这要是集体出去作案，简直是大规模的杀伤性武器啊。

就在我们觉得这是一场反讽意味浓厚的大会时，小叶子突然被人拉上台——领奖表彰！

“众所周知，叶郁利同志在昨天的突发事件上，不畏恶势力，勇敢地和他们周旋，从危境里拯救我们集团的郑董事长……”

发言稿是董事办的人写的，一派官腔。但小叶子的表情有些蒙，她救了董事长，奖励一等功事迹被董事办连夜编写成稿子，放在集团OA系统的首页，全集团二十多家医院通报表扬，还收录到企业的大事件里。小叶子本人也被董事长破格提拔成了“董事办组长”。

小叶子抱着“见义勇为”的奖杯，哭丧着脸对我说：“我跳槽失败了。那边公司的老板说了，他没有勇气挖我们郑董事长的救命恩人，害怕老郑一个不高兴跟他们抬杠，搞价格战。要是我们的玻尿酸价格压他们两分，他就要喝西北风去了。”

我拍了拍小叶子的肩：“这次事件后，我算是明白了一件事。”

“什么？”

“如果你还想在这行混，你生是老郑的保镖，死是老郑的门神——没救了。”

我永远记得小叶子听完我这句话的表情。她嘴角轻轻咧了一下，像是嘲讽，又像是……一切事情都在她的计划之中。

第二章

Snowstorm

从来只有锦上添花，

没有雪中送炭。

真正遇到考验时，

能不能挺过去只能靠你自己。

2013年11月20日

医闹之后，我们龟缩了很久。

负面新闻的余波未消，前台门可罗雀。那几天，全院的同事都闲出病了。

我去院内对接工作的时候，发现以严露为首的咨询师天天躲在VIP室里打牌。无所事事的女医生们把孩子带到院里来玩，一堆熊孩子在儿童游乐区上蹿下跳，吵得沸反盈天。我这种怕孩子的人总是绕得远远地走路。

蒋玄的办公室反锁着门，怎么敲都敲不开，也不知道他在里面干些什么。

网络中心和营销策划中心在同一栋楼里，每天都串门子，去组建狼人杀和LOL战队，就更不要提其他部门了。其实这种后医闹时代，如果不考虑医院发不发工资的话……对我们来说挺开心、挺自在、挺好玩的。

今天的例会，一片死寂，我们几个都躲在最后一排的角落里。业绩表往背景板上一投，整个会议室的人都慌了，从没有哪一次比现在更狰狞。整个业绩趋势图在负面新闻那天以后，直线跌落——跳崖了。

我们的董事长老郑已经不太管事了，自从发家致富实现财务自由后，他便活在企业的宣传册、广告片、电视采访以及慈善晚宴里。即便是今天这种生死紧要的关头，他也只是派来了他新近的红人——小叶子过来旁听一下，做个会议记录什么的。

总管运营这块的领导叫廖总，每次来医闹的时候，他总是最早溜的人。廖总之前在别的整形医院上班，搞营销很有一套，但是人品不怎么样，贪财又好色，一看到美女，就魂都不知道飞哪里去了。

我们私底下更爱叫他廖扒皮这个别致的外号。廖扒皮的脾气不是很好，每次例会的开场白都是骂人。我们这种随行旁听的员工还好，每次溅到我们身上时，只余下几个火星点子。中层管理们一个都逃不掉了，接受廖总像机关枪一样的扫射。

但他骂人的词汇很单一，如果脸皮够厚的话，听久了也就习惯了，哪天不被他骂，那可能就是要出大事了。比如这一次，廖扒皮十分意外地没有骂人。

小道消息通天的张可达推了推我，一脸神秘地说："小夏，你猜他这次为什么不骂人，还那么一副善良可亲的模样。"

"当然是为了安抚大家的情绪，稳定军心啦。"

张可达发出"呵呵"一声："小夏，就你这智商，长这么大也是不容易。"

"呸。"

"我告诉你，这次闹那么大负面就是廖扒皮一手搞出来的。当时那个客户丰胸失败了，要求赔二十万。客观来说，这个额度也算合情合理，董事会那边也通过了。但廖扒皮不知道哪根筋不对，非要克扣三万块，只让财务拨了十七万。然后对方就炸了，说我们侮辱人，不跟我们闹得同归于尽不会善罢甘休。"

"他为什么要抠那点钱？"小叶子瞪大眼睛，忍不住插话。张可达两手一摊："谁知道呢？"

会议桌上，廖扒皮捏着他的山胡桃手串，沉思片刻后说："同事们，目前的情况很严峻！我们已经大半个月是零业绩了，人工成本、场地租金、广告投放……到处都要钱。我们再不扳回形势，大家都要去喝西北风。我大不了就换家医院，我倒是想问问在座的各位，你们可怎么办？”

廖扒皮说出这句话，就是将了大家一军，他换家医院混的确是分分钟的事情。我们可就没那么简单了。在场的同事大多是身经百战的职场老鸟，深谙每场会议行进的节奏，这个点都是大老板的表演时间。会议室里鸦雀无声，都等着上司分布任务。

果然，廖扒皮一扬手，大喊道：“我们要做一场大型促销活动！要大场地，要请明星，要全城轰动！”

廖扒皮用力一拍桌子：“只许成功，不许失败！”

一瞬间，大家的脸色难看得要命。我们几个靠墙坐后排的苦力面面相觑，好日子结束了！狼人杀再见！LOL再见！

廖扒皮把总任务敲定了，说严肃一点，这是一次生死存亡的自救运动；说搞笑一点，这是新一轮年底宰肥羊的大计划。这种活动能不能做大、做好，几乎全都压在营销策划中心的肩头上。所以会议一散，大家从会议室里鱼贯而出，便纷纷在我的肩头拍了一下。那可不是鼓励，而是节哀的意思。

营销策划中心和医院运营中心是集团的两大主体部门，以廖扒皮为主的医院运营中心负责进钱，它统筹整个医院的运营；而营销策划负责花钱，它管理整个医院的广告制作和推广。整形医院每个月的利润里，有百分之三十都花在广告上。虽然两个部门是平级，但由于运营线是负责赚钱的，总是压营销策划中心一头。

我的直属领导姓江，全名江知行，是个工作狂。他为人处事的风格比较蛮横，营销策划中心这边的同事都叫他江总或者老板。他负责着整个集团的广告运营，他出完一套广告方案后，再由下属二十一家医院推行。

我就是被他挖到整形医院来的，在那之前，我正处在人生的低谷，基本上等同于半个废人。能得到这份工作，我是很珍惜的。所以在我的优先序列里，老板交代的工作始终是放在第一位的。

老板是个文艺中年，不大看得起廖总那种领导。哪怕是一场促销活动，也喜欢搞出一种高风亮节、与众不同的自我风格。开完会后，他把营销策划中心八十号人都召集起来："我们要在圣诞节那天做一场拉高行业水准的风尚大典。"

张可达顿时脸色一黑，他主要负责活动策划这一块。他在我旁边戳了戳我说："我心里突然腾起一股强烈的不安感。我跟你打包票，老板要出幺蛾子了。"

张可达的猜想马上就应验了。其实整形企业说有钱是有钱，说穷也是挺穷的。毕竟硬性的广告费铺得很大，而且人工和场地费都很高，一些活动成本上能省则省。

老板是我们整形广告界的传奇人物，因为他最擅长的是花小钱办大事。这一次的促销活动，他萌生出跨界合作的想法。他想联合S城的一些时尚服装品牌，搞一场跨界的T台秀。

大家聚在一起讨论请哪几个服装品牌，我张嘴就喊："宝格丽、古驰、迪奥、香奈儿……"

老板像看傻逼一样看着我："小夏，你怕是在做梦吧！"

"人没有梦想，跟咸鱼有什么分别！"我撇着嘴默默地握紧了拳头。

老板挥了挥手，他把活动分为几大块，安排了几个负责人，每个人发了一张工作安排表，让大家赶紧行动起来。

搞这种大型活动时，本着从成本和传播的方面考虑，一般会找一些有点知名度的品牌，联合来做推广。

张可达是负责找品牌，谈合作的。虽然服装品牌没什么戏，但老板给他列了一张单子，里面全都是难搞的。比如依云矿泉水赞助，宝马汽车现场来站台，爱马仕包包来合作……老板咋了咋嘴：“要是再来个楼盘投我们的广告就好了。”

从头到尾，张可达一脸都是蒙的。老板开完单子，一副赶紧去抓药治病般的急迫，他说：“我知道事情很难办，但我只要结果。”

“小夏，你打我一下，看看我是不是做梦。”张可达把脸伸到我面前，一旁看热闹不嫌事大的王先霖一个箭步飞身过来，一挥手，大力甩了张可达一巴掌。

“你醒了吗？我跟你说，我觉得你们不是要搞促销活动，你们这是在搞广电的招商会。”王先霖补刀。

张可达哀号了一声。

我拿起自己手里的工作安排表仔细一看，不看不要紧，看完突然觉得一口血涌上喉，整个人都躁郁起来。

工作计划上写着：平面广告稿，新媒体稿件，特惠政策主题稿，专家项目主题稿，邀请函，明星预告……这是其他公司的文案，半年都干不完的活。然而现在距离圣诞节，只连一个月都不到了。

难怪我当年进公司时，老板对我说的第一句话是：“小夏啊，你平时要是不忙的话、有闲的话，去跑跑步，锻炼下身体吧。我们广告行业嘛，一年里总是会猝死几个人。”我当时怎么那么傻，居然觉得老板人好心善，万万没想到是话里有话……

“我想辞职。”我扬了扬手里的安排表。张可达附和道：“算我一个。”

但我们都只是说一说，过过嘴瘾。谁也不会真的拿工作来赌气，没有工作的那种痛苦，我是经历过的。所以大难即将临头时……我决定先去吃顿好的。

毕竟，我也不知道自己会不会猝死，所以每次大项目之前，我都会去喜欢的馆子吃顿独食。谁都不需要，一个人安静地、寂寥地喝酒吃肉到饱。在正式进入项目的那段时间，会忙得连吃盒饭的时间也没有。

当天下午我就翘了班，一个人打了辆车偷偷溜到了老城的一家日料店。S城这座二线城市地处沿海，有海有江，水产丰富。当地人的口味特别，对海鲜有自己的一套吃法，喜欢自制各种各样的重口味酱料。对于口味清淡近原味的日本料理，我并不是很感兴趣。所以口味正宗的日料店，就那么屈指可数的几家店。

我带着一脸哀怨，步履蹒跚地爬到吧台前。捏寿司的师傅是我的老熟人了，他的两条胳膊上纹满了花色的刺青，不苟言笑地捏饭团的样子有种“猛虎细嗅蔷薇”的温柔。

不过这些好看的刺青都是劣质颜料黏上去的，很容易让皮肤过敏，这位寿司师傅经常跟我蹭点治皮肤过敏的膏药用一用。

此刻，我垂头丧气地趴在台上，他瞥了我一眼，有点好奇：“没吃午饭吗？现在才四点。”

“我这是来吃下午茶的。”

师傅抿了下唇，点点头，朝二楼那边看了一眼说：“真巧，刚刚也有个人跟你说了同样的话。”

“谁啊？”

“不认识，一个客人。”

“哦。”

楼上的包间一点都不隔音，有一个女声很严厉地责备了一句：“你太让我失望了。”我抬头望过去，有个人一把掀开和式门帘，匆匆下楼来。是个很好看的女生，头发短短的，戴着一副银边框的眼镜，脸很白皙、光滑，有那种常年浸润图书馆、实验室里才有的书卷气。也不知道发生了什么事，一副怒目圆睁的模样。女生推开门，融入了汹涌的人潮之中，不见了。

包间里的另一个人这才慢慢地走出来，下楼梯后和我四目一对，居然是蒋玄蒋医生。大概是被我看到这么令人遐想的场面，蒋玄面色有点尴尬地对我说：“宋京夏，你也在啊。”

我没接话，只拍了拍我旁边的位子。

“不了，我已经吃过了。”

“谁让你吃了，我是让你讲讲刚刚发生了什么事。”

“你怎么这么八卦！”

“你也不是第一天认识我呀。”

蒋玄有点犹豫地站在我旁边，寿司师傅很识时务地端了一碟手剥毛豆给我们：“这碟餐前小点送给两位，你们边吃边聊。”蒋玄顿时进退不得，只好无奈地在我身边坐下。

“刚刚那是谁啊？”

“我同班同学。”

“可是看起来很有大姐姐的范儿。”

“她的确是要比我大一点，我高中的时候跳级了，我在我们大学的班级里年纪是最小的。”

“你好像……惹得这个大姐姐很不高兴。”

蒋玄没有接话，自顾自地端起我的啤酒喝了起来。他边喝边皱眉：“这啤酒的味道怎么这么奇怪？有股潲水的味道。”

“谁跟你说这个啤酒好喝了，我都是觉得这酒瓶子好看，点一瓶放在这里欣赏，排压解气。而且，谁让你抢我的酒喝了？”

蒋玄又开了一瓶潲水味的啤酒递给我，不动声色地说：“你上次不开心，我可是陪你去游乐园散心了，这个恩是要还的。”

我哑然，喝了一口啤酒，差点吐出来，我这才明白什么叫搬起石头砸自己的脚。

其实我跟蒋玄并不熟，只是在医院里见过几回。有一次全院开员工安全培训会议，我坐在角落里打游戏，他拿了一个本子在鬼鬼祟祟地画着什么。我偏头过去一看，他是在画一只猫。蒋玄的速写功底很好，那只猫活灵活现的。我自来熟地说：“你喜欢猫呀！”

他当时瞥了我一眼没说话，我又随口说了一句：“我养的猫挺好吃的。”

他鼓圆了眼睛，瞪着我。我愣了一下，反应过来说：“我湖南人，好吃是湖南的方言，能吃的意思……”

后来，在工作的场合碰到，我们偶尔也会点头打声招呼。上次万圣节一起去游乐园闯鬼屋，已经是破天荒的交情了。

吃完饭，我和蒋玄在日料店的大门口挥手一别，准备离开。日料店的师傅也换班了，他嘴里叼了支烟，穿着自己的私服，从侧门慢悠悠地走出来。衣服袖子是挽起来的，露出壮硕的手臂，上面的彩色刺青已经不见了，整个人的恶霸土匪气“嗖”的一下就不见了，有种朴素的帅气。

“哟，速度这么迅猛，这就把刺青给洗掉了？”

“我可不想回家吓到女朋友。你给我的那支药膏还挺好用的，手臂现在没过敏了。”

“当然，从我们公司的整形医生那儿顺过来的，最好的药，一支卖大几千呢。你记得下次要请我吃两斤三文鱼刺身回报我。”

“当然没问题。”

蒋玄目瞪口呆地望着我：“你上次跑到我们办公室说你过敏，要借支药膏，你……”

“啊，你听我解释！这家店的老板有点形式主义，总想伪造一种日本浮世绘的风格，搞了一堆贴纸让厨师们贴胳膊和手臂。我上次来吃饭，看见他的胳膊红肿了……我就找你们救急嘛。”

我拍了拍蒋玄的肩膀：“救人一命胜造七级浮屠。”

蒋玄哼了一声：“我不信宗教。两斤三文鱼，我要一半。”

“行，只要那时候我还活着。”我绝望地朝着蒋玄拱了拱手。

2013年12月1日

轰轰烈烈的猝死月启幕了。

文案是个苦逼岗位，每逢有大主题的时候，文案要首先规划出主题的方向、风格。我冥思苦想了很久，第一版设计稿做成现代年画的风格。我打了一个草稿，老板白了我一眼说：“一股四线城市的时装周的洋气。”第一版被毙掉了。

第二版设计稿花了两天，审稿会的时候，老板挑着眉毛说：“怎么这么没脑子，字与图的逻辑感都是错的，看起来一点都不连贯。”我长吸一口气，文案组一股世界末日的绝望。

广告的文案的主题换了四稿，从“蜕变之路”“渴望被呵护”“你值得拥有”变成了“圣诞节，全场低至3折”。

新换的主题符合：简单、明朗、节日气氛强，能够促进消费欲望……除了毫无美感。

设计稿上的字体从简约风变成blingbling水钻风，又变成了瘦金体毛笔字。为了搞到这种字体，设计师买来笔和墨汁，自己一个一个地先练字写出来，再抠图。

无独有偶，老板办公室的天花板渗水被淹了，他这才知道，自己端端正正地坐在人家马桶下已经许久了。办公室一直修不好，他就天天窝在会议室思考人生。行政没有办法，只好买了一套家庭影院，让他在会议室里看剧。

他每天蹑手蹑脚的，在每个同事的桌前晃荡一下。

“小张，你在看什么呀？”

“小宋，你在写什么呀？”

“咦，玲子，你这个版式做得不错啊，有进步！”

所到之处，大家无一不是手忙脚乱地关掉各种与工作无关的页面。有个设计惊慌失措之下，直接把电脑的电源给踢掉了，整个办公区电脑全部瘫痪。

别的老板喜欢谁那都是升职加薪，走上人生巅峰。我们老板喜欢谁则是加班加点，内分泌失调。老板有严重的焦虑症，他恨不得把自己那份焦虑分毫不差地倾轧到每一个他喜欢的下属身上。

每到这个时候，我就知道：老板又要难产了……

2013年12月7日

时间过去一周了，第一批稿子无论如何要出街，进行投放宣传。截稿前的夜晚，设计在排版式，我们文案在电脑前空等。

我的胃隐隐有些疼，这是压力负荷的信息。咖啡是不能再喝了，但我们一伙人还在加班，还在等结果和修改意见。

人到崩溃的时候，唯一的救赎大概就是淘宝。我在电脑前刷淘宝，我买了六件物品，花了我半个月的工资解压。另一组的设计师同样临近崩溃的边缘，老板还在折腾，最后亲自上阵写了一版文案——跟之前的定稿相比就改了两个字。

下班的时候是深夜三点，在朋友圈里发了一条消息说：祝各位好梦。

我决定回家躺三天，走之前觉得口干舌燥，办公室的饮水机已经空了，只好端着自己的瓷杯去隔壁的活动策划部打水喝。

王先霖一脸惨白地对着电脑在打游戏，张可达躺在他们办公室的沙发上，翻着白眼露出一副生无可恋的表情。我踢了他一脚：“张可达，你怎么了？”

在沙发上躺尸的张可达忽地一跃而起，抱着我的腿干号起来：“小夏，你快来帮帮我吧，我要死了……我搞不出来了，合作商都跳票了……我们的促销活动要黄了。”

“哈！”

这个黑暗的夜晚，我打着哈欠，一脸菜色地听张可达向我倒苦水。老板列的名单里，没有一家肯跟我们合作的。

豪车说：“我们不搭界啊！”

矿泉水说：“不如便宜点批点水给你们怎么样？”

贵妇牌包包说：“我们只做高端别墅楼盘的促销活动，而且我们是要收钱的。”

“张可达，放我回家睡觉吧，我已经连续一周每天只睡四个小时。我真的会猝死的。”

我想走，但被张可达死死地掐住胳膊：“小夏，你要是不帮我，你明天就等着看社会新闻好了。我从楼上跳下去，记者一追查，是因为同事之间太冷漠，最后一个见我的人，就是你！”

“你这是耍赖！不！你这是碰瓷！”

我一边打着哈欠，一边两眼无神地和张可达对接工作进度。

“场地定了吗？”

“没有。”

“合作商定了吗？”

“没有。”

“邀请的那位明星总给买机票了吧！”

“没有。”

“张可达，你干脆说你到底做了点什么吧！”

张可达闭上了嘴。他是公司的老员工了，从他毕业时被校招过来，已经在公司里混了五年。那是一种什么样的成就，几乎所有岗位都被轮过一遍，没有人能比他更清楚明白公司的结构和人事，没有人比他更了解那些鸡零狗碎的事情。

在这之前，他为了泡妹子，在中国婚恋第一交友平台——“剑侠情缘3”上建了个帮派，每天打本、挖矿、搓药、撩妹子……日子过得滋润得很。

去年11月份的时候，公司拿到了融资，换了一拨新的领导。老板就是那个时候空降过来，他以前是4A广告公司的创意总监，加班当吃饭，折腾人当吃药。我们是从他来的时候开始觉得日子不太好过了，张可达这种老油条的危机感就更甚了。

人家也不是白担了老油条这个称呼，第二天，他一个申请打到老板那边去，说："宋京夏对于圣诞大促的外联工作有热心，很积极。申请把她调派到活动组帮忙。"

老板把我们俩叫到办公室去，他轻轻地抿了抿嘴问："小夏，你真的想去活动组帮忙？"

"我……"

"她想！"张可达斩钉截铁地替我回答了话，那一刻，木已成舟。

老板虽然难产了一阵，但总算是想出来了。活动推进会上，他在小黑板上大笔一划"圣诞之夜"，然后把粉笔一扔，拍了拍手说："主题确定了！就这个！"

老板扫了大家一眼，是在蔑视场下的各位。我知道他那种眼神代表的心情：我并不是针对你们其中一位，我的意思是在坐的各位都是垃圾。

我们队伍里倒并不全是张可达这种弱鸡，比如王先霖，虽然是个沉迷于游戏的网瘾少年，但是关键时刻，他在S城的在艺术区租了一块两千平方米的场地。

张可达惊奇地问："你不是有社交恐惧，不和人接触吗？你是怎么租到场地的？"

王先霖轻蔑地看着张可达："你会不会用淘宝？"王先霖虽然死宅一个，但智商绝对是碾压张可达的。

"我就一个问题，我们的T台秀到底是走什么秀？"我说道。

大家目光一致地望着老板，老板又望向张可达："你总归有谈拢几个服饰品牌吧。”

“有！”

听到这句话，大家精神一振。张可达拿出册子和样衣，会议室里忽然陷入了迷之沉默。王先霖拿着那G杯内衣的样品，在自己胸口比画了一下，发出一声赞叹：“你真行啊！让你去找点维多利亚之类的品牌，你居然谈到了情趣内衣品牌。有没有水手装，我喜欢那种款式的。”王先霖喜滋滋地看货品。

“走这种秀会先被有关部门封杀掉的。”

我已经被张可达拉下水，只好替张可达强出头道：“要不这样，我进公司前在媒体待过一阵，经常要替嘉宾去借衣服。我认识一些私人定制的工作室，衣服的式样跟外面的不太一样，还有一些高级定制的西装和婚纱，那些主理人应该愿意出现在这种女人多的场合。”

王先霖也很牢靠地说：“老板，有个意大利的名包品牌，今年要进入S城设立专柜，他们说愿意配合我们的活动，赞助一千瓶价值两百块一瓶的进口洗发水当伴手礼。”

老板两眼放光：“别傻了，你要这么多洗发水去洗衣服啊！你让他们把一千瓶洗发水换成一个价值一万的包包，当一等奖。到时抽奖作弊，送给我们的VIP会员。你顺便告诉赞助商，这样宣传效果会更好。”

老板拿着笔敲了敲桌子，对我说：“你去联系一下。”然后他转头盯着张可达：“至于你，你就算厚着脸皮借，也给我借到十辆豪车，到时候停在外场撑脸面！”

2013年12月9日

每一次促销活动，就跟打乱仗一样。

那两天，手机、电话、微信网页、QQ……到处都在跟人周旋。外面的人和事都是可以应付的，往往是内部的同事像一颗颗不定时炸弹。

名义上是风尚派对，实际上就是一场装点得好看的促销。我们跟院里的客服部门互相联动，必须把节日促销的信息告诉每一位客户。

VIP会员中心的主管居高临下地说："我们接待跟踪的每个客户都是充值一百万的VIP客户，你们要区别对待，你们懂吗？请柬不能用普通的，要高级的，要特制孔雀绿丝绒材质的，让对方有尊贵的感觉。你们这是什么？街头传单吗！"

咨询师那边就更不屑一顾了，主管永远用一口温柔的台湾腔说："对不起哦，宝贝！我们这边都快忙疯了，暂时没有空跟你讨论细则的问题。"

廖扒皮亲自指示，所有医生都必须登台露脸，跟集团的金主们问安道好。文案组的新人妹子在对接医生时间。

今天，我踩着一双五厘米高的高跟鞋在外面跑，新人小姑娘带着哭腔给我打电话："京夏姐，蒋玄医生……蒋医生说他不干了，谁爱上台自己上，他不去。"

"问了理由吗？是有手术还是怎么回事？"

"他说……他说他要回家逗猫……"

"逗猫？你再说一边？"新人妹子又重复了那两个字。本来我杀气腾腾地准备去搞定合作方，现在像忽地被人泼了一身冰水。我顿住了，招手打了辆车，直奔院线那边。

时值中午，蒋玄躺在他办公室的沙发上睡觉。我气不打一处来，拿他放在书架上的逗猫棒敲了一下他的头，他整个人翻了一面，埋在沙发上。我又敲了他一下，他拿垫子盖住了自己的头……

"蒋玄，你给我坐起来，我们聊一聊。"

我把蒋玄扶起来，他睡眼惺忪，眼里没有一点聚焦的感觉，显然还没醒过来。我只好拿逗猫棒挠了挠他的脸。

"我不是猫。"

“哦，你为什么不肯参加圣诞节的活动？”我捏着蒋玄的肩膀，害怕他一个不留神，又躺下去睡着了。

“不想去。”

“没别的理由？”

“没有。”

“那我们商量一下，你看在我的面子上，去台上转一圈就下来怎么样？”

“不去。”

“我请你到上次那家店吃一顿，你喜欢什么随便点，都没有问题。”

“没胃口。”

“蒋玄，我求求你，就上去站一下好不好？你在客户那儿的人气很高，又是董事长点名要上台的医生。你这样让我很为难。”

“我做了一天手术了，我也只擅长做手术。你说的那些实在不是一个医生该考虑的事情。”蒋玄说完，又要往沙发上倒。

我也好想睡觉，蒋玄的这张沙发一看就很舒服，我整个人已经精疲力竭了。人在精神力严重透支的时候，是很暴躁的。我残存的一点点意志也消耗殆尽，瘫软在地上，没出息地哭了起来。

“宋京夏！我只是不喜欢人多的场合。你不要为了逼我就范，就连哭这种大招都搬出来！”蒋玄被吓到了，大概是觉得我太小题大做了。

而人一旦哭了，情绪就已经崩溃了，那是一场漫长时间的发泄。我哭得越来越大声，楼道里都能听见我的声音，不时有人伸头进来看。

“蒋医生，小宋这是怎么了，你怎么把人给欺负哭了？”蒋玄本质上是尿人，赶忙把门给关上。

蒋玄一点办法都没有，给我递水不接，喊我坐到沙发上不理。他只好搬了张凳子坐我旁边，守着我，看我到底能哭到什么时候。

我也没有想到，最后一丝力气是被我哭完的。哭到脱力，我自己迷迷糊糊爬到沙发上，很快就睡着了。

醒来的时候，我身上盖了条毛毯，办公室已经没人了。我走到医院门口，外面的天色已经完全黑了。

想起刚毕业时在媒体上班，主任还是个鸡汤专栏的主笔，一天到晚煲鸡汤坑骗少男少女们。她说：你们进入职场后，谁能真正依靠呢，只有你们自己啊！我一向嗤之以鼻。可今时今日再回忆起她那句鸡汤，简直不能更贴切了。我只想问她要支付宝账号，想给她打点钱。

夜里十二点，小叶子给我发微信，让我第二天上班的点务必去一趟董事办的办公室。她的字句简短，口吻沉重，但我已经什么都不愿意想了。

第三章

Snowstorm

不到万不得已的时候，

千万别哭。

因为哭是制敌的大招，

要攒着，

用来打大BOSS。

2013年12月10日

今天一早，我照了下镜子觉得人生也是没指望了。昨天因为哭得太撕心裂肺，眼睛肿成了一条细细的缝。我只好戴上一副墨镜出门。

董事办是个很虚无缥缈的部门，职权比运营线和广告线都要高，实际上都是处理点边角料的工作。比如人事、公关、行政、法务、企宣……三个部门在三个地方办公，但董事办这批人马跟随着董事长老郑过着天怒人怨的好日子。

办公楼在老城区的一线江景地带，朝江的一面全部打通墙面，换上巨大的落地玻璃。老郑是个好领导，他把这一侧全部装修成休息、喝茶的日式餐厅，大家上班累了就溜到这里喝咖啡。往外探出去，近三千米的宽阔江景一览无余。

一想到当年一起吃土的同事小叶子此刻翻身一变成了CBD的女白领兼我的领导，而我还在勤勤恳恳地搬砖，就突然有种社会太对不起我的挫败感。

董事办的同事跟我打招呼，看着我的脸疑惑地问："小夏，你怎么在室内也戴墨镜？你也去割双眼皮了啊？让哪个医生割的？效果怎么样？"

我实在不好意思跟人说，我是被蒋玄气哭的，只能苦笑道："外科的王医生割的，手法特别好，不痛，三十分钟就全部结束了，眼周肿都没有肿，真是个厉害的医生啊！”

“这话怎么听起来这么耳熟？”

我心里“呵呵”了一声，能不耳熟吗？这条专家广告词还是我当新人的时候写的。

小叶子在老郑的办公室里等着，我敲了下门，推门而入。老郑正坐在他的沙发上看电视，电视里正在播送整形峰会的新闻。他指了指其中一个人，一拍大腿喊：“哎哟，这是我的同学沈明之！”

他回头又看了我一眼，吓了一跳：“你割双眼皮了？”我取下墨镜，露出一对肿成腰果的眼睛。

老郑咂了下嘴：“我说小宋啊，工作扛不下去了要学会找领导协调，你躲着哭就能把事情办了吗？”

“她哪里躲着哭了，她分明是正大光明地在蒋玄的办公室血泪控诉。”小叶子在一旁插嘴，话里的语调太夸张，我谦虚也不好，点头称好也不好。

老郑一看我们这一唱一和的架势，心里明白了。他望了小叶子一眼：“叶郁利，你就暂时借调到营销策划中心那边，协助他们统筹调派各部门的工作，把这次圣诞活动做好。”

小叶子嘻嘻笑，偷偷冲我比了个手势。她拿了个瓦楞纸箱，塞了几份文件，就跟着我一起跑了。

“还是你讲义气！”

“你这个傻逼，宁可被蒋玄气到哭也不去找我帮忙。我现在什么人啊！董事办组长，老郑门下头号走狗！打着他的旗号狐假虎威，谁敢不给几分面子。你啊！”

“你们是怎么知道的，还有老郑这么大一尊佛，平时没个影，他今天怎么会出面过问这件事，而且还把你借调到我们那边去？”

“这个我就不清楚了，好像是谁给他打了电话，提了一嘴。可能是你被累哭的事情已经在医院里传开了，他再不理不睬的，影响不太好吧。”

到底是谁有这么大的面子呢？我百思不得其解。

我们回去的路上，小叶子已经分别给各路人马拨了电话。等我们回到营销策划中心那栋破旧的大楼里时，会议室里热闹非凡。张可达、王先霖、陈佳佳，连严露这位大姐头也在场。想必是在等我们，大家点了奶茶和点心在会议室兴致勃勃地看电影。看见我回来了，张可达迎上来说：“我们有救了！老郑让小叶子通知了各位，都过来帮忙协助工作。”

我眼睛一酸，觉得人生还是有盼头的，因为有朋友。有些事情扛不住，迈不过的时候，朋友就算不做什么，出现在你面前给你打气，讲一句加油，都足够让你对这个已经绝望的世界重新燃起希望。

小叶子有条不紊地把任务分给了每个人。张可达心怀愧疚，主动接下了明星接待、确定走秀品牌的各项杂事的对接。小叶子担了现场的后勤、停车、吃饭……小护士陈佳佳则负责安排医生们到现场来溜圈的环节。王先霖处理当日现场的一切数据和程序后台工作。

只有严露，她的地位非同一般，我们这一群人里还没有人敢指使她干什么事。只见她两手抱胸，自己说：“VIP那边我去搞定吧，多大点事情，我再去跟客服和咨询两个部门的主管打声招呼就行了。

“严露！你是我的亲姐姐！”小叶子夸张地喊了一声，现场哄笑起来。

我崩溃大哭的事情传遍全院，老板阴沉着脸走进办公室，劈头盖脸就骂我：“都哭到郑董那儿去了，你真是长本事了。”我面目一滞，他话锋马上又一转，高兴地夸奖道，“哭得好，哭得好！哭可是制敌的大招数！”

2013年12月20日

这段时间，大家几乎都是以办公室为家，每个人拖着一张折叠床，睡在了办公室里。设计师妹子小梨养了只叫史泰龙的加菲猫，根本没有时间回家照顾，干脆把老板之前那间漏水的办公室当成了宠物间。

每次我加班累了，情绪要炸裂的时候，就会把史泰龙捉出来，用力撸毛。史泰龙那段时间超级惨的，差点被躁郁的加班狗们撸秃了毛。

加班加到什么程度呢？公司大楼附近是本城的一家著名报社，我们的楼和他们的楼可以远远地互相看见。我站在门口几乎可以摸到他们的工作时间。总编在深夜两点的时候，不知道在哪个酒吧里喝了一晚，整个人醉醺醺地回来签版。再往后一点，到了清晨四五点，那些分发员就匆匆地赶过来，把报纸发出去。

很多个夜晚，我都是看着窗户外的城市夜行人，一点点地熬到天亮的。

离活动连一周都不到了，第二波广告也发布了出去。老板是有两把刷子的人，他从广电集团找了个舞美师来统筹活动现场的表演、灯光、舞美……十万火急的节骨点上，他还把摄影团队全部都敲定了。

我们花大价钱请了个二线歌星准备在活动上压轴献唱。老板哼哼唧唧地说："既然花钱请了个二线歌星，我们不在他身上剐层皮赚回来，显不出我们的诚意。"

老板支使着张可达拿这位歌星的照片做成等身高的广告牌，放在医院的每一个门口。然后又把歌星的头像高清、拉大，最大化地印刷了七千多张，挂到了S城的每一个楼盘的电梯里，公交车站牌前。逢人提起我们公司，无不感慨："真有钱啊！"

然而，明星的皮可不是那么好剐的。今年的冬天冷得离奇，天寒地冻。对方要乘坐飞机抵达S城的这天，突降暴雪。我、小叶子、张可达三个人去机场负责接机。他们乘坐的航班本该在上午十一点到达，但是却莫名其妙地失去了联系。我们几个站在接机大厅里发呆。

“你们说……他会不会消失在百慕大？”张可达疑神疑鬼地秀智商。

“醒醒好吗！从北京过来根本不经过百慕大。”

我们守着机场的电子屏等飞机的新闻，大伙双手合十地祈祷。可千万不要坠机了，人生已经如此艰难，明星要是遇到空难，让我们的活动再出现变数，我可以直接去挂附二神经内科，要个床位躺着养半年。

等了很久，我们几个人无所事事地打起了“斗地主”。旁边一个在机场接机大厅里溜达的陌生小青年凑过来：“能让我也参加一个吗？”

张可达于是把“斗地主”换成了“打对家”，又有个戴眼镜的小姑娘问：“我可以加入吗？”

人太多了，我们几个面面相觑。张可达突然从包里摸出一个大杀器——狼人杀！张可达的性格是那种人来疯的，他在接机大厅叫了好几个因为飞机延误而束手无措的路人，大家一起闭眼、杀人、发言……时不时发出诡异的笑声。然而我们打了一天牌，也没有接到那位歌星。

2013年12月21日

接到对方经纪人的电话已经是今天了，飞机起飞了，但是遇到暴风雪天气，没办法降落，飞机又折回了北京。而离正式彩排的时间只有一天了，小叶子看了下未来一周的天气预报，当机立断定了夜班航线，落地的时间是晚上十二点。

经纪人听完我们的安排愣了一下，又作起妖来。

“订这么晚的票，我们怎么喊记者来采访！我们怎么宣传，我们怎么造势！”

张可达有些无奈地说："我们会安排粉丝团去接机的，三十……不，六十个粉丝的大团队。"经纪人勉强同意了。

张可达说完，小叶子一掌拍在他的脑袋上："你有没有脑子啊，那么晚带六十号粉丝接机，你不怕出意外啊！我们才是甲方，这个不知道从哪个犄角旮旯里冒出来的小明星，你就是吃死他了，他也给你掀不起风浪！"

张可达吃痛地按脑袋："我知道你以前是摔跤运动员，你倒是轻点啊！"

狠话是撂了，活还得继续干。但是去哪里找六十个粉丝呢？小叶子是有急才的那种人，她点开院内的工作群，大喊道："迷妹们，你们的机会来啦！不用挤广电！不用找人要票。本人承包这次明星接机，跟着去的可以握手、拥抱、合影、拿签名！要去的赶紧报名，名额有限，只限十个。"

平时寂寂无人的工作群一瞬间都爆棚了，争先恐后地喊："我，我，我！"我果然还是年纪太大了，不了解这些年轻人的精神世界，接机到底有什么好玩的，大家实在是太空虚了。

小叶子征了医院的大巴，在附近的花店订了花束，又安排设计组做了横幅、灯牌。准备好道具后，大家就浩浩荡荡地机场接机了。

张可达不要脸地说："这种小事交给我就可以了。"

"你还是歇一歇吧，你目前在我这儿的信用值已经是负数了。"小叶子恶狠狠地回他。

为了活跃气氛，小叶子在微信群里直播接机的全过程。可是运气不太好，又飘起了小雪。办公室里的小青年们都高兴坏了，所有人一拥上天台打雪仗。就连史泰龙也小心翼翼地缩在暖炉旁边，盯着外面白茫茫的雪。史泰龙虽然是只加菲猫，但它可能有一颗诗人的灵魂。

我在办公室里加班，紧张得腿都要抖断了。史泰龙已经不怕我了，从椅子下悄悄走出来，腾空一跃跳到我怀里。

小叶子不停地把各种合影和搞怪照片发到工作组内，为了让我安心。

深夜一点左右，小叶子发了个笑脸，用语音说：接到了。那一刻我整个如释重负，瘫倒在椅子上。

小叶子发来的照片上，一群迷妹围着胖胖的明星献花、握手、拥抱。气氛良好，明星的情绪稳定，让人感动……

2013年12月23日

今天开始彩排了。

小叶子和场地打招呼，提前预约下午两点半到场彩排。等到了时间点，我领着大队人马赶到门口时，却发现里面人声鼎沸，一种不祥的感觉又从心里冒出来。

大家往里一看，一个巨大的鲜花拱门立在旁边，两旁花束遍布，彩绸飘飘，居然是在举行婚宴。里面几十桌人正觥筹交错，看到我们近百号人的架势，以为是去抢婚的，也愣住了。

“怎么回事，这场地明明被我们预约了。”小叶子把场地的负责人叫出来，对方一脸死猪不怕开水烫的无赖脸。

“你们是预约了下午场啊，人家吃完饭就会走的啊！”

“喂，还有没有天理了。赚钱也不是你们这种赚法啊，我不管，我现在就要场地，你给我腾出来。我现在就要排演。”小叶子手叉着腰，煞气十足。

“妹子，你讲不讲理，没你这么霸道的，人家结婚还在这高兴地吃饭呢，你要我赶人走，你怎么做得出来哦！要不他们还空了几桌没人吃，你们吃饭了没，一起吃点吧。吃完了，场地也就出来了。”

这种神逻辑真是第一次见到，感觉根本不知道怎么下手撕他，小叶子也有点气弱了。

老板从旁边踱步出来："小叶子，算了。这事也是没预料到，你把大家带到附近的咖啡馆，先喝点咖啡，吃点甜点，我请大家下午茶吧。"

约好的两点半，但实际上轮到我们彩排的时候，已经是下午四点了。

负责表演的舞团都是请的专业的，没什么问题。但几个品牌主理人为出场顺序闹了起来。第一组模特要上场彩排，排第二位出场的品牌主理人拦住后台的门，吼道："凭什么你们先，我今天就要抢第一了，大不了不走！"

我已经经不起一点点折腾了，看她们吵个没完，冷着脸说："你们模特也请了，宣传也发了，一大批衣服也赶制出来了，别一言不合就闹罢工！你们要走就走，我们大不了让备选的品牌商上。"

几个女人悻悻地相互看了对方一眼，只好散开了。挑事的那个品牌的主理人不是什么善茬，她穿着一身红衣，一字眉毛，颧骨很高，气场很足。她冷冷地打量了我一眼："宋京夏，你记住我的名字了，我冯欣。你放心，S城那么小，总有你求着我办事的时候。"说完，她踩着高跟鞋，气势汹汹地冲出场去。

张可达小心翼翼地问："我们什么时候有备选品牌？"

我脚发软，瘫倒在椅子上："有你大爷哦！诈她们的。"

陈佳佳领着医生们过来彩排时已经很晚了，医生们一个个走进来，整形医院的医生都很有钱，他们有穿着貂皮大衣的，穿着定制西装的，穿着尼料风衣的……只有最后一个进来的人，穿着一件黑色的羽绒服，戴着口罩和帽子，只露出两只眼睛。

"哟！蒋玄，你这是躲雾霾还是防非典呢？"小叶子突兀地喊了一嗓子，让蒋玄无处可逃。他低着头，闷闷地跟随大流在舞台上走了一圈。

S城已经是最冷的时候，我一直站在台上，整个人的状态像是喝多了一样，晃晃荡荡的。小叶子看出我不对劲，跟我换了班，让我去休息半个小时。

我们的场地是在一个艺术区，属于老城区。这种上下两层像个大厂子一样的地方，有一端靠着老街，那边长满了有年头的梧桐树。

二楼有个小露台，可以看到整个街面。冬天，梧桐树已经枯黄了，弥散着一股深秋枯败的气息。我躲在露台上，从口袋里掏出维生素片，就着矿泉水咽下去。

有人从楼梯一步一步走上来，抬头一看是我，脚步顿住，进也不是，退也不是。场面十分尴尬，我只好寒暄道："蒋医生，来坐呀。"

蒋玄只好凑过来，他犹豫地问我："你还好吧。"

"不太好，感觉人随时都要倒下。"

蒋玄仔细地盯着我，突然用手摸了下我的额头说："你发低烧了。"

我摸了摸头："啊，是发烧了。我以为是太累了。"

蒋玄的医生职业病发作，他说："你休息一下，我去附近给你买药。"

我连忙站起来说："那我跟你一起去，要是被人看到我在这儿待着，又得进去干活。"我们一前一后地走着，他腿长走得快，走一会儿就会回头等我一会儿。

我们过了街道，看到了一间药房，蒋玄让我在原地待着，他去买盒药很快就回来。回来后，他拿了瓶矿泉水给我，让我吃药。

"你怎么又来了？你不是死活都不肯上场吗？"

"老郑跟我说，不能欺负院里的小姑娘。"我感受到蒋玄微微翻了个白眼，看起来是被骂惨了的模样。

蒋玄把我送回去继续干活，我突然发现这一生都没这么被人需要过。几乎所有人都在喊"宋京夏在哪里！京夏在哪里"，每个人都在找我，每个人都在呼唤我！

“小夏，化妆间在哪里？“

“宋小姐，记得正式表演的时候，这个背景音乐要换掉。”

“京夏，压轴的明星安排在哪里吃饭？”

“组长，礼品怎么发放？”

……

彩排结束后，负责舞台的总导演抓着我的手：“人手不够，你把一下音控吧。”

我无力地说：“你让谁跟都行，别让我可不可以？”

“不可以，别人都不如你了解流程。”

音控是个细活，什么人上台，什么人唱歌，主持人一个话音，可能在几分钟之内要切数首音乐。

我们对场景对到半夜，我整个人像一团糨糊一样。

夜里饿得不行，行政给每个人叫了一份拌面，就着水和烟，直到天亮起来。

“小夏，干完这一票，你有什么愿望吗？”张可达问我。

“让我回家躺一个月。”

这天夜晚，S城迎来了数年来最低的气温，零下六度，并且又下雪了。入夜了，大部分人还在烤火，我们在场地彩排。

对于文案狗们来讲，我们是很喜欢下雪的，下雪这件事总是让人格外有灵感。可后半夜雪下得越来越大，我整个人都焦虑起来。城市的雪并不好看，雪屑散乱又脏，大概也是因为心情不好，所以憎恨它。

幸好场地旁边是一家餐厅，他们备了一个老式炭盆，我躲在炭盆后面，一动也不动。我们准备了一千多个座位，三十个专业的保安，韩国的明星，外籍专业模特，电视台的节目主持人……花了无数心血的晚会。撞上这种恶劣的天气，到底会不会有人来，我内心忐忑得不行。

之前的工作，因为一些特别的原因失业了，整个媒体行业都不敢录用我。在每个夜晚，那些深夜三四点的时候，我都是躺在床上，数着手指度过的。我以前是一个敢闯进黑作坊里暗访的人，后来胆子变得很小，工作起来战战兢兢的，再不惹事，也不强出头。

2013年12月24日

我一夜都没睡，熬到了第二天。大家都早早地来到了现场。

老板念念不忘的高级矿泉水，最终还是花钱买了很多，在每个座椅上放了一瓶。模特们很有职业操守地早到了，六点就开始在后台化妆。外籍男模也纷纷到场，在二楼的更衣室里换衣服。大概是S城的伙食太好了，男模们养得又白又胖，真是不堪入目。现在要换是没办法换了……我只是默默地在心里将这家演艺公司拉入黑名单。

我们要到下午才开场，最后一遍彩排匆匆忙忙结束，大家领了盒饭。我拿了一张表格，一项一项地检查划勾。当日最重要的一个项目在王先霖手里，我绕到后台去，他还在调试数据，冲我比了个大拇指。

我们有个现场抽奖的环节，送豪包、送衣服、送化妆品、送医院的大型项目……这里面有一大半礼品都是其他合作品牌赞助的。但最值钱的礼品，其实都已经内定给我们的VIP客户了。

一等奖是老郑差遣小叶子送过来的，一个价值十多万的爱马仕包包。小叶子撇了撇嘴说：“真小气，才一个包而已，我上次去北京学习，人家那儿的土豪整形机构，送的都是三十万起跳的车。”

“那你也知道人家是土豪，我们老郑啊，唉……”我叹了口气。

外场忽地响了一声汽车的鸣笛，我和小叶子愣了一下，所有车辆都不许进外场，全都被人引导到后台的停车场，这又是谁胆大包天来踢馆子了！

我们俩连忙出去看，来的竟然是一辆玛莎拉蒂，居然就靠着门口停着。许多人围过去参观，同事们纷纷拍照在群里喊——

“哇，来了辆豪车！”

“欢迎玛姐！”

老板激动万分地喊：“小夏，就让这车停门口，停着！哎哟！气派！”

从玛莎拉蒂里下来的是一个大概三十后半段的女人，剪了一头短发，穿着黑色连衣裙，表情淡淡的，一副对所有人都不是很感兴趣的脸。

小叶子悄悄说：“这是刘姐，集团最重要的客户。看到没，我怀里这个爱马仕包包就是内定给她的。邀约的时候，人家根本不把我们当回事，是老郑亲自上门去请的，就是为了想方设法送人家一个包包。”

商家做活动，就是这么无耻，所谓的回馈新老客户，就是这么个回馈法。

下午十四点开场时，才来三分之一的人。十四点三十分，来了一半；十五点的时候，整个爆棚了！车把现场堵了一路，还有人陆陆续续来，根本没有位子坐。

我们的安保不知道是从哪家公司请的，把主门用铁链一锁，任外场的迷妹哭死，也不肯再放一个人进来。

我和总导演卡在音控台那里，音控、灯光和视频都是专业的团队。音控师点着烟，一边操纵全场，一边安抚我说：“你不要慌啊，我是接过很多明星演唱会单子的，你这种企业晚会就是小菜一碟。”

音控师戴了副黑框眼镜，面无表情，显得又帅又酷。

现场观众一开始有些拘谨，老板让所有男模入内场，去跟大家合影。场面一下子就热闹起来，有人很大胆地挽手和摸胸，模特们也很配合。

表演环节，S城有钱阶层的女性独特的品位就凸显出来了——

走婚纱秀的时候，全场鸦雀无声。

走日常穿着秀的时候，一堆人凑上去喊："微店地址是什么？淘宝地址是什么？这件衣服多少钱啊？"

街舞表演的时候，大家兴致缺缺；钢管舞表演的时候，为之一振；到了外籍男模半裸走秀时，全场都沸腾了……

后半场的时候，集团几个医生都上台溜了一圈。蒋玄穿了一身西装，肢体僵硬地在台上走了个圈，他是真的不喜欢人多的场合，那种面无表情的脸上，还隐隐泛出一种恐惧的表情。我总算是知道，为什么一开始他死活不肯上台了。

可是蒋玄穿西装一本正经的样子真好看啊。他本来就高瘦，面目的轮廓也长得很好。虽然肢体和步伐不如台上男模那么舒展，却多了一份学院的沉稳气质。蒋玄一出来，台下的喧闹声都淡了。我扫了一眼全场，发现大部分的女性都在全神贯注地盯着他看。医生走秀的环节结束，蒋玄立马套了件大风衣，火速从后门溜走了。

终于，歌星压轴出场了。我们安排的托儿在四面八方使劲鼓掌，吹哨子。歌星唱了首最拿手的《月亮代表我的心》，内场的音效把人的声音都压得死死的，根本听不清楚他说了什么话。音效师傅支使了一个人把耳返送上去，又被送了回来，说歌手不需要。

现场声浪滔天，我觉得自己简直要炸了，太阳穴在突突突地跳。我绕着音控台一圈圈地走，音效师一双长手把我抓回来，把耳返给我戴上。

歌声流畅又清晰地穿透进耳朵里，那种感觉就像大雾霾了九十九天的北京，差一天就破百的时候，突然间放晴了。虽然是个二线歌手，可是他唱得很有感染力，像听正经的演唱会那样子。

所以说人动心的时候，BGM很重要。情歌一放，觉得音效师也是个谈恋爱的好对象。不管怎么样，我听着有点想哭。这样的气氛被对讲机里一声号叫给打断，张可达疯狂地喊道："郑董要登台致辞了，话筒不够，备用的话筒！”

音控师递给我两支备用的话筒，我抱着话筒从后门一路小跑到前门的后台，把话筒交到张可达的手里。他给我比了下大拇指：“辛苦了！你可以去休息了，之后的事就交给我吧。”

我打开手机刷了一下朋友圈，所有同事的照片都蹦出来，在会场不同的角度。和歌星合影的、晒模特图的、端着礼物笑得很开心的。不知道是谁说了一句：“我们的团队很厉害。我们的同事超级棒。”明明是一句客套话，我却没出息地要哭了。

离结束还有十几分钟的时候，我扔下导演、演员、同事……躲到外面停车场的一辆路虎车后面哭了起来。

“宋京夏？”

“你怎么在这里？”我抬头看了一眼，蒋玄正躲在那边喝咖啡。

“宋京夏，你为什么躲起来哭还要挑辆路虎车？我看你挑了几辆车，宝马和奔驰都没能入你的眼，是不是觉得这辆车很酷？”

“不是……要是被人看到了，那多丢脸啊！陆虎大……比较能躲人。”

蒋玄站起来，慢慢背过身去，他说：“你哭啊……我不看你哭。”

我尴尬地望着蒋玄的背影，完全哭不出来了。

活动结束了，散会的人潮把整个通道堵得水泄不通。我也不知道到底是成功了，还是马马虎虎敷衍过去了。留下几个同事扫尾，主要负责的团队被董事长老郑喊过去庆功。

老郑不愿意去歌星那一桌拼酒，躲到了我们这一桌来。我们这桌的同事都战战兢兢的，连小叶子夹个菜都斯文得不行，每个人都在心里呐喊：“老郑，你快点走好不好！

“你们营销策划中心这一次辛苦了，集团从来没有做过这种大规模的活动，档次和内容都很不错，我的几个老朋友对你们赞不绝口。”老郑举着酒杯敬大家。

我们几个都是不善言谈的人，和上司打交道时尤其紧张。我脑子里最后一根弦松了，只觉得整个人又困又累，不想说话。

所以老油条张可达接下了应付领导的重任："董事长，你过奖了。"

"你们这次是谁主要负责外联这一块？表现不俗啊！"

"没有，没有，有赖领导支持。"张可达从善如流地答着，他特别擅长处理这种场面和关系。小叶子在桌子下踢了我一脚，我茫然地一抬头。她看了我一眼，摇着头叹气。

"你歇着吧，歇着吧。"

头痛欲裂，我提前退了场。天气太冷，从昏黄的路灯下一路走回去，踢到块石头，整个人就跌到地上，站不起来……

蒋玄从宴席上追了出来，扶着我在旁边的台阶上坐下，又给我买了一杯热的红茶。

"这么巧啊，你也想先开溜，你去哪里？"

"郑伯伯让我过来送你一下，说你状态不对，怕你出事。"

"太丢脸了，每次难堪都被你看到。你应该去看看我光芒四射，掌控全场的样子，很迷人的！"

"刚刚在会场有看到啊，不过不是光芒四射，是杀气腾腾的。"

这也……太不给面子了，我鼓圆眼睛瞪着他，蒋玄冷冷地瞥了我一眼，自顾自地喝了一口热茶说："我是羡慕你，我要有你那种精神气，我可能就不会那么'丧'了。"

"蒋玄，我走不动了，你背我吧。"

"不可以，这可是女朋友才有的福利。你是我的谁啊？"

"我是你的至交同事，你上次还把我惹哭了，于情于理，你都应该反馈我一回才对。我是真的走不动了，要不你公主抱，我也是不介意的。反正我是不怕什么名声不好这种绯闻的。"我一脸无赖。

蒋玄的脸黑了，他这个人的死穴就是清高又冷傲，碰上死缠难打的人，就完全败下阵来。我已经一点都不想管他的死活，站起来跳上他的背。他“嗷”了一声，不情不愿地背着我。

“人生好苦啊。”我号了一声，头抵在他的肩膀上就睡了。而离冬天结束，却还有漫长的时间。

第四章

Snowstorm

你可不要相信那些反话。

比如经常说自己不在意升职的人，

其实心里都快想疯了。

2014年1月1日

我一直都知道，其实我是个职场弱鸡。

圣诞节促销活动结束后，我在家整整瘫了一个星期。之前的压力太大，负荷太重，突然松弛下来，整个人都处于一种亚健康状态。失眠、脸黄，全身游走性疼痛。

老板给我放了一周假，但我在那一周里什么都没干，每天搬着一架小躺椅，爬到我家屋顶的小天台上晒太阳。我老家是风景区，天台的位置正对着远方的山峦。

但七天的假期一结束，我老板的电话准时准点，跟催命鬼一样地响了："小夏！你休息好了吧！大家都很想念你啊！"最后一句，声音压低了吼道，"你给我赶快回来上班！"

回去上班的第一天，恰逢元旦节。S城一副黑云压城的阴郁，天上正在下雨，夹着点北风，冷得一塌糊涂。朋友圈里都在晒元旦节的闲暇日常，相好的几个朋友结伴去附近的山里泡温泉去了，其他留守城区的朋友也流连在各大饭馆吃东西。

而我推开办公室的门，却发现人头攒动，大家聚在会议室里聊得正带劲。老板见我来了，站起来鼓掌喊："哎哟喂！小夏回来了，回得好不如回得巧。我刚带大家在碰创意，想出了一个特别好的创意！绝对秒杀对手公司那帮孙子！”

我连忙撒手把行李扔到一旁，空出双手用力鼓掌！既然下个节点的创意已经定了，我是不是又可以摸鱼了？带着这样的天问，老板从会议桌上拿起一片枯黄的梧桐叶：“看到了吗！这就是我的创意！”

老板盯着我的眼睛：“小夏，你懂吗？冬季一到，人和植物一样都没有了水分，女人的皮肤就像枯黄的树叶。把梧桐叶镶在每个电梯框架里面，全城铺开！绝对轰动！绝对抢眼！”

我连连点头：“好好好！”平时到节点的时候，就要三催四请的老板，这次居然把内容提前出了，真是让人感动。然而这份感动却没能持续三秒……

老板郑重地拍了拍我的肩膀：“小夏，你现在就带一队人赶紧去捡叶子吧！”

“WTF？！”

他的话说完，办公室里的老油条几乎一瞬间失踪，只抓到了几个新人当苦力。一个满脸长痘痘的青春期大男孩一脸天真地问我：“京夏姐，我们要出去玩吗？”

我拍了拍他的肩，觉得十分无力。外面在下雨，我从柜子里抽了三把折叠伞，几乎是拖着死了爹妈一样沉重的步伐迈出门的。走到办公楼下，居然看到蒋玄一个人坐在楼下咖啡馆的橱窗边。他本来就高，穿着呢料的蓝色大衣，显得更加高不可攀。我凑过去敲了下橱窗的玻璃，他抬眼看了我一下，从里面施施然地走出来。

“干吗？”

“你今天被人约了吗？”

“没有。”

“走走走，跟我约会去。”

蒋玄冷笑一下，指了指我身侧：“他们呢？也一起去约会吗？”

我看了一下身后的跟班们，一个满脸痘，一个满脸雀斑，还有万年死宅王先霖。感觉的确是不太友好啊！我耷拉下头，搓着手，有气无力地说：“请你帮我去捡树叶吧。”

蒋玄“嗯”了一声，去地下车库开了辆吉普车出来。有钱人有车，这就好办了。我一马当先地抢了副驾驶座的位子，其他三个人在后座挤成一团。

张可达不停地给我发微信，转述老板的各种要求：树叶的种类、形状、大小都是有规定的。不能太绿，也不能太枯，这样无法表达我们要传递的广告信息。

我缓了许久，声音中已经带了怨气：“我上哪里去捡梧桐叶！”

张可达一副领导的口吻：“原则上来说，出云路那一整条街都是梧桐树。另外你们还可以去大学城转转。学校嘛，总喜欢种点梧桐树点缀一下气质的。”

蒋玄说完把车子一拐，我们就去了出云路。这是S城一条有历史的老路，路面窄，常堵车。几个老的政府机关还在这儿留了办事处。车子在路面穿行而过，车窗外都是大片大片梧桐的枝条掠过，车里的朋友们都激动了起来。

“这么多树，随便捡一捡就足够了，等会儿我们早点收工去吃饭。我请客！”说最后三个字时，我拍了拍胸口。

但是，当我们一行人下车站在街口时，整条长街的路面干干净净，没有一片纸屑或落叶。我们心中突然有种深深的无力感，我市的环卫工人可不可以不用这么实在……

我们只好又往大学城那边走，天空本就在下雨，此刻雨突然变得又急又烈。S城是个气候十分极端的城市，夏天极热，冬天极冷。大雨一来，温度又降了一些。

到了目的地，蒋玄把车停到路边，四下望了一眼：“大学城太大了，我对这边也不熟，我们还是分成两组，分别去捡叶子吧。”

“好，我要跟京夏姐一组。”年轻的青春痘小男孩喊了一句。

“我们带的伞不够，你们三个有伞的一组，我和宋京夏吃点亏，凑合着用一把好了。”蒋玄说完，从车里拿了折叠伞给他们，然后摸出一把直柄的黑伞握在自己手上。

等王先霖带着两个新人走远，他按了一下伞的按钮，那把黑伞“砰”的一声撑开，简直大得像顶帐篷！

我无语地望着蒋玄，蒋玄一本正经地回望着我说：“难道你有意见，想加入他们风雨飘摇组？”

我望了望对方，那种折叠伞是院内搞活动剩下的赠品，为了节省成本，伞的大小差不多是儿童用尺码，勉强遮到两肩的距离。风一吹，伞立即外翻，人真的就像在风雨里飘摇一样。

我连连摇头喊：“没意见，没意见，识时务者为俊杰。”

大学城往西一点点就是S城赫赫有名的四明山了，我们总归想得很乐观，偌大的一座山，总不会没有梧桐树吧？结果我们俩沿着山路一直向上走，绕着山上的书院那边整整溜了一圈，漫山的鹅掌楸，死活找不着一棵梧桐树。

我叹了口气：“我们还是回入山口那儿，我刚看见有一棵梧桐树，聊胜于无。”

蒋玄耸了一下肩膀，显得无可奈何。我们又顺着山路下来，我穿着藏蓝色的开领式风衣，又在脖子上搭了一条驼色的羊绒围巾，还踩着一双马丁靴。蒋玄犹豫着说道：“你这身装扮让我想起了一部经典老剧的主角。”

“什么剧？”

“《上海滩》。”

“冯程程吗？”

“不，周润发。”

“呵呵，你开心就好。”

就在那一瞬间，一棵低矮的梧桐树映入眼里。我抓着蒋玄又叫又跳，跟走火入魔一样冲过去，疯狂地摇着树干。周围全是游人和学生，纷纷看着我，一脸惊诧。蒋玄左右看了一下，偷偷站到了旁边。

梧桐树下有一个岗亭，里面坐着一个老头儿，缩在取暖用的小太阳边上冲着我喊："哎哎哎！小姑娘，你捡错叶子了！那不是枫叶！那不是枫叶！是梧桐！"

我回头应了一声："大爷！我捡的就是梧桐叶！"

"你捡那玩意儿干吗？"

"哦，我们是植物研究所的，捡点叶子做标本。"

大爷于是不喊了，饶有兴致地看着我摇树。蒋玄一看这架势，就站得更远了。

一棵梧桐树显然满足不了全城电梯的需求，我和蒋玄又绕到了大学城里面。在一幢老建筑前，一棵庞大的梧桐树从院子里伸出来。因为下着雨，地上的落叶还未被扫走，我冲到树下的草地上，疯狂地捡叶子！蒋玄是个要面子的人，左右看了看，确定没有人看我们，才慢慢地挪过来，帮我提袋子，全程完全没有弯腰的意思。

"你是来跟我冬游的吗？快来帮忙捡叶子呀，不然要忙活到天黑了……"

蒋玄理直气壮地说："不行！我要给你打伞！"

我大概一辈子也没有这样狼狈过吧！摇树干，拿枝条打树叶，捡树叶，蒋玄拿着手机一直在我后面跟拍，玩得不亦乐乎，完全不顾我凶狠的眼神。

天色很快暗了下来，王先霖给我打电话，说他那边的叶子捡得差不多了，干脆就先回去了，吃饭的事留着下次。他还意味深长地补了一句，"蒋医生应该挺讨厌我们的吧。"

我心一抖，猜想着王先霖不是在生气伞的事情吧，忙解释道："蒋玄的性格就是这样啦，奇奇怪怪的，但是人不坏，你不要跟他计较啦！”

“是吗？”王先霖挂断电话，一行人先回去了。

我们这边捡得也差不多了，蒋玄远远地站在屋檐下，冲着我喊了一声：“我饿了……”

“那你先去吃点东西，到车里等我吧。”

“我们一起去吃饭吧，你说过要请吃晚饭的。”

我回头看着蒋玄，他也看着我，一副吃不到晚饭就不走的笃定架势。我自暴自弃地把装叶子的袋子扛在背上，袋子还是蒋玄跟清洁工要来的黑色塑料袋。

蒋玄神清气爽地跟在我的后面：“我们去吃什么？”

不知道是出于一种什么阴暗的心理，我带着蒋玄七拐八转地进了一家路边的小馆子。里面正在炸臭豆腐，一股浓郁的味道弥散在狭小的空间里。

“你就给我吃这个？”

“远近有名的老店，浇一勺辣椒汁，拌一拌，吃一口齿颊留香。”

“你文案写多了吧！”蒋玄跳着脚一路逃窜而去，宁死不屈。果然跟偶像剧里的套路有出入啊，蒋玄才不会温柔平和地去吃臭豆腐呢。还好他不吃，不然可怎么收场呢？因为我也不吃这玩意儿。

大概是感觉被我耍了，蒋玄一路上都没说话。蒋医生不说话的时候还挺可怕的，感觉他随时要上场解剖尸体。蒋玄把车开到我办公室的楼下后，黑着脸下了车，把我和我的叶子卸下车后扬长而去。这是有多大的仇、多大的怨啊，其实不就是一顿饭的事情嘛！我远远地望着车辆的背影，摇了摇头，又叹了口气。

王先霖此时已经在办公室里，把收集的叶子在会议室摊了一地。

“你这是在干吗……乡下秋收晒谷吗？”我目瞪口呆地望着他这副准备打谷子的架势。

王先霖说："下雨，叶子都是湿的，根本没办法贴到设计稿上。把办公室的空调热风开到最大，吹一晚上应该能改善。"

"好好好，还是你想得周全，那我下班回去睡觉了。"

王先霖直愣愣地盯着我："想走啊？"

"不然呢？"

"我们要留在这里翻叶子的，等正面烘干了，需要把它们翻转，烘反面，就像摊饼一样。"王先霖用手比画了一下，然后掏出自己的苹果手机，和枯叶自拍了一张发到朋友圈里。

我"呵呵"干笑了一声，手机在那一刻响了，是小叶子打电话过来："大姐！你们的枯叶广告准备得怎么样了？听说你一回来就上山捡树叶了！"

"刚把叶子捡回来，现在用空调在烘烤，等几个小时，九成熟就差不多了。"

小叶子"扑哧"笑出了声："你等我一会儿，我去给你送点好吃的。"

"天哪，你简直是我的贴心小棉袄！"

"那是必须的！"

王先霖打开电脑，玩起了自己的LOL。小叶子一贯是个急性子，二十分钟后，她就抱着一个巨型瓦楞纸箱出现在办公室里。那副模样，像是要去火车站过安检一样。

"你这是买了多少，你、我、王先霖总共才三个人，哪能吃得下这么多！"我一边念，一边愉快地在箱子里拨来拨去。里面全是贵东西，有三文鱼腩的刺身、鳗鱼饭、小龙虾、香辣蟹……

"你是不是做了什么对不起我的事情？看你这阵势简直像是出轨的丈夫心怀愧疚地给妻子买珠宝。"我叼着筷子，望着小叶子笑。

她完全没理会我的吐槽，全神贯注地在剥一只蟹钳的肉，蘸着酱汁一口吞了，露出那种老饕的赞赏。王先霖就更不消说了，用他自己的话说，他一个广东人，不远千里来S市讨生活。他吃不惯这边的食物，不动声色地就把三文鱼和鳗鱼给吞掉了一半……我连忙从他的筷子下护住了我的那份。

“京夏，我问你件事。”

“干吗？”

“蒋玄蒋医生是不是对你有点意思啊？”

“砰！”我双手对准桌子用力一击。

“你这是什么反应？”

“我咬到舌头了。”

一贯话少闷骚的王先霖突然抓着筷子笑得不可抑制，气氛莫名地尴尬起来。我慌忙摆手喊：“别别别，可不许乱传。你让我以后还怎么跟他对接工作。”

我悻悻地遛到会议室里翻树叶，小叶子用我的电脑在淘宝。一直忙活到下半夜，梧桐树叶被烘得又干又脆，我们才关了灯作鸟兽散。

小叶子是我们这群人里最富的，早就买了车。此刻她把那辆刚做过美容的车开出来，在昏黄的路灯下闪着光。炫富炫得那么突然，真是让人措手不及。

我和小叶子的家在完全相反的两个方向，小叶子在车里大手一挥：“宋大姐，我带你兜风！”

“你才是大姐。”我拉开车门坐进去。小叶子沿着海边兜了一圈，速度开得飞快，连超了几辆车，完全是一副半夜冲到无人路面上赛车的改装车的架势。我攥着把手，吓得快要昏死过去。

凭着我敏锐的第六感，我依稀能察觉出小叶子有心事。但小叶子这个人，表面上大大咧咧的，实际上心思机敏又很沉稳。在我们这一群人里，她是最有当老板发家致富的潜力的。从认识她的第一天起，我就决心要抱好大腿，当好朋友，只要她发迹，死活不松手，等着一起鸡犬升天。

小叶子把方向盘一拐，车停在路边，前面是方悬崖，远眺就是S城江海交汇的地方，水域宽阔壮观。白天的时候看过去，浩浩荡荡的气势，一点都不比其他风景要逊色。晚上，被霓虹的亮光一映，水面暗涌翻腾。

我是个怪人，对一切壮阔的风景都不喜欢，不喜欢大海大洋，不喜欢雪山草原。我往悬崖下的海面看了一眼，连忙缩成一团，蹲在护栏的角落里。

“在老郑那边做得不开心吗？你今天好像一副很抑郁的样子，比我这个文案狗还要消沉。”

“小夏，好想放个长假去旅行啊！”

“去哪里呢？国内和港澳台你都玩遍了吧，我记得你还去过新加坡，在那边纹了眉毛，回来后骗客人说是自己医院的纹绣师做的，骗了一拨客人上门来，营销那边的大佬还表扬你有头脑。”

小叶子是那种一夸奖就得意的人，她咧嘴一笑：“还真赚了不少钱，做整形的客人，只要你抓住她的心理，其实还真是人傻钱多。”小叶子“嘿嘿”地笑起来，那种奸诈商人的鸡贼都要溢出来了。

小叶子眉目间的沉郁一闪而逝，眸子都在发亮，她说：“小夏，好想发财啊！我一点都不想蹲在董事办当个小组长，伺候老郑。”

“去呗！苟富贵，勿相忘！”

我笑嘻嘻地附和。

小叶子拍了一下我的肩膀，比了个大拇指，露出一种马云式的，要去征服星辰大海的笑容。

我回到家已经是十一点半了，卸了妆后，就像葛优躺一样窝在沙发上，摸了手机看了看蒋玄的微信。蒋玄是比我更高阶的怪人，他没有微博，朋友圈没有一条信息，头像是一只面无表情的猫，倒是和他本人有几分神似。

我盯着他的微信头像看了几眼，就迷迷糊糊睡着了。我从未料想到，这是我在以后漫长的一段时间里最满足的一个睡眠，心里没有什么事情，周围的人也和善而可爱。而这之后的每一天，都是在猝不及防中度过。

2014年1月2日

一般来讲，我们是九点上班。早于这个时间点接到的工作电话，都代表着——你出事了！

我在七点半接到了我老板的电话，我那时还没醒，迷迷糊糊接了电话，只听到一声破嗓音的呵斥："宋京夏！"

"老板！"我一下就醒了，不知所措地捧着电话。老板吼了一句"你马上来办公室"，然后电话就被挂断。我已经很多年没有遇到过这种情况了。我的老板可是在大公司待过的人，他风里来雨里去的事情见多了，如果不是十万火急的情况，他是不会凶人的。

我从床上滚下来，胡乱抹了一把脸，挑了一套黑色连衣裙，穿着平底鞋飞奔去办公室。短头发的好处在这一刻就显现了出来，关键时刻，摸一下就可以了。

我跑到办公室，大小领导一水地坐在会议室里。这种阵仗一般只有医闹的时候才会出现，难道又出什么惊天动地的大事了？我小心翼翼地走进去。老板见我来了，拿着桌上的一卷海报甩到我的面前："宋京夏，你来讲讲，这到底是个什么情况？"

我摊开海报一看，整个人都蒙了。那竟然是老板昨天在办公室里嘚瑟的枯叶设计稿。设计师昨天加班加点定下来的设计稿，连夜送到印刷厂去打印，今天大批量的海报垒在办公室的角落里，只等着同事们一来，就驱使大家把三千片烘干的梧桐叶贴到海报上，再上到全城的电梯框架里。

而此刻，我拿在手里的设计稿是我们最大的竞争对手医院——“明嘉整形”的海报，和我们昨天敲定的设计一模一样，只不过把梧桐树的叶子换成了香樟树的小叶子。S城的大街小巷都是香樟树，随便拿扫帚一扫，成千上万的叶子供君挑选，根本不需要像我们这样上山下乡地去搜罗梧桐叶。只不过设计稿的视觉冲击力少了不止一星半点。

实物摆在眼前，这也就意味着——我们的设计被偷了，然后泄露给了对手公司……并且他们比我们早一步铺到了全城的电梯里。

老板让我讲讲是怎么回事，会议室里的众人目光灼灼地盯着我，可我自己都不清楚是怎么回事。我的喉咙像是被卡住了，心里慌张得不知所措，吞吞吐吐地说：“我……我也不知道是怎么回事！”

“你不知道是怎么回事？设计稿是你签了字送去印刷厂的！现在整个方案被对方偷了，你连哪一个环节出了岔子都不知道！你这个组长是怎么当的，我招你来是吃干饭的啊！”

我老板气急的时候有点口不择言，骂人骂得又刻薄又狠，可句句都戳中了关键，我被骂得大气都不敢出一声。设计被偷后，我甚至是所有人里最后一个知道的。

最早知道这件事的，是早上六点去晨跑的张可达。他在海边晃晃荡荡地跑步，一块公交车站牌接着一块公交车站牌从他侧面掠过。他跑累了，就蹲在一块路牌下歇气，一抬头就看到了自己昨天累死累活对接好的设计稿，上面却挂着另一个公司的LOGO。

这事，有点搞笑了……

事情还没有捅到董事办去，被小范围地封锁在营销策划中心。我们要立即、马上赶一个新方案出来，代替之前的枯叶创意。老板觉得心里窝火，把自己锁在会议室里看剧。他把音量调到最大，看的是惊悚悬疑片，那声响之剧烈，让整栋楼的人都知道他的心情很差。

“到底是怎么泄露的？”我悄悄问张可达。

“谁知道呢？应该是内部有人直接把设计发给对方公司了吧。”

“你怎么这么肯定？”

“外人就算知道我们的创意点，又怎么可能把敲定的设计稿给偷走呢？”

“可是电梯框架公司的代表来跟我们对接过，他们也看了设计图，还参与了设计的讨论。”

“京夏，你平时很聪明的，今天智商怎么完全掉线了？框架公司怎么敢把我们的设计图卖给对手公司？我们每个季度都给对方投几百万的广告费，除非他们自己作死，不想抱我们集团这尊财神爷的大腿了！否则我们这边一撤广告投入，他们就等着死吧。”

我点点头：“那我就实在想不出哪个内部人会卖设计了。”

张可达耸耸肩：“谁知道呢！不过你要小心点，老板那个人很多疑，这会儿估计已经怀疑到你我的头上了，特别是你，占大头。”

我心里一寒，整个人都有点不太好了。

就在我们埋头诉苦的时候，隔壁办公室的王先霖踩着双拖鞋“噔噔噔”地走进来：“有件不太好的事情，你们要听吗？”

“什么事还能比今天设计图被偷更刺激？”

“更刺激！”王先霖点点头。

我和张可达面面相觑。

“等等……我不想听。我觉得今天实在是太热闹了，心脏有点负荷不了。”张可达摇了摇头。

“那听还是不听呢？”

“听……你快讲讲什么事。”

“我今天一直在整理客服部电话拜访的记录，我发现一个现象，我们S城主院的VIP客户，在电话回访的过程之中，几乎大半数答复我们，他们已经在我们最大的竞争对手M公司消费了。”

“你这话是什么意思？”

“就是VIP客户全部跳反了！”

我和张可达一愣，就在这时，老板的办公室里忽地传出一阵手机铃声，老板干冷地“喂”了一声，突然从会议室里跳出来，他一不小心撞到了玻璃门上。他摘了自己的眼镜，摸了下额头，脸色铁青地说：“宋京夏、张可达、王先霖，你们三个跟我去集团开会。出事了！”

那一瞬间，我突然在心里想，这真是个命运多舛的整形集团啊！

在集团的老会议室里，上一次像今天这样人马周全，还是医闹后的表彰大会。我往会议室里看了一眼，发现严露和小叶子几个熟人都不在，可能事出突然，还来不及准备开会吧。

正这样想着，老郑拿钢笔敲了敲会议桌：“我跟大家说件事，希望大家有所准备，和公司一起共渡难关。”

老郑的脸色凝重，可比医闹的时候要严肃得多，可见这件事非比寻常。

“想必已经有人发现了，最近一周，我们的VIP客户绝大部分拒绝了我们的消费邀约。这也是今天要跟大家讲的事，我们的金牌咨询师严露，带着我们全部的VIP客户资源，跳到了我们最大的对手公司明嘉集团去了。”

老郑的话音一落，会场鸦雀无声。

VIP就是整形医院的生命线啊！我们营销策划中心每年都要做很多场促销活动，多数都只是赚个场面热闹。比如“脱毛99包干”，有时候每天会有三四百号人到医院来脱毛，激光科的医生们埋头在腋毛、体毛、腿毛上工作，可是根本没有一点实际的收入，把人吸引上门，是为了方便咨询师对她们进行循循善诱，产生二次消费。几百号人有时候还不如VIP客户来做一次五万块的超声刀抗衰老。

所以，每一次做打折大促销时，医院的医生们看我们营销策划中心的人员都是黑着脸的。

有一年的交流会上，激光科的女医生不怀好意地说：”希望营销策划中心的人也来体验一把为客人除腋毛的工作，了解一下一线工作的辛苦。”

张可达这个碎嘴在人家说完之后又补了一句：“是一份有味道的工作。”这句话不但没有活跃气氛，反而和激光科的同事结了梁子，以至于后来，我们营销策划中心的同事，都会避开激光科的人。

而我们集团的VIP都是有门槛的，在医院消费十万以上的才能够进入VIP的门槛，消费一百万的是银卡，消费三百万以上的是钻石卡。这种层次的顾客可以在我们集团横着走，不管做什么项目，哪怕当家的大牌医生在家休年假、带孩子，只要她们有需求，也必须老老实实地赶回来给客人做脸嫩肤。

我记得有一年，北京的医生来我们集团讲课，说她那边的VIP客户一次充卡充一百万，为了消耗掉里面的钱，院方总是绞尽脑汁。后来出了个很奇葩的方案，每次客户来的时候，拿超声刀给她的臀部做嫩肤……听得我目瞪口呆。

而现在，我们集团的董事长居然跟我们说，我们的金主们全部倒戈阵营，去敌对公司了。

一向在大会上不怎么发言的老板突然问:“严露为什么要这么干?”

老郑望着廖扒皮：“你们有亏待她吗？还是她心里受了什么不痛快。不然她干得好好的，犯不着干这么大的事情吧！”

廖扒皮把头摇得跟风扇叶一样，傻瓜才会接这样一句质问呢！而且谁敢给严露穿小鞋呀，营销线的领导们都是仰着金牌销售的鼻息活着的，根本就没有什么领导的权威和自尊。

老郑一拍桌子，突然暴怒起来：“你们现在赶紧联系VIP顾客，能挽回几个是几个！他又指着运营线的廖总，你赶紧帮我约严露，我要亲自找她谈一谈！”

平日里官威四溢的领导们此刻都是颓废的，每个拿到自己分配的任务，或者挠头，或者咬笔杆。如果说医闹事件只是小打小闹，那么主力客源流失事件就是掐死了我们的命门。

我从来没有想到严露的影响力居然这样大，VIP客户资料一向是分散在每个咨询师的手里，由她们单线接触跟踪。但是早两年的时候，严露以升级服务管理的名义，每个下级咨询师带客户来面诊治疗的时候，都必须带到她面前进行沟通。当时就有人提出异议，觉得手续过于烦琐，怕怠慢大客户。但是当时严露一句“这是替你拉了业绩”，就把大家哄得服服帖帖。

整批VIP客户的名单里，只有那个开玛莎拉蒂的刘芸成了漏网之鱼。她一向是老郑亲自安排人接待的，从来没有分拨给任何人管。

严露在我们集团待了十二年，她从十八岁开始就跟着老郑的团队在拓展市场，一直备受倚重。谁都不敢怀疑和得罪严大姐。

可现在这么一看，她完全是有预谋地在进行这件事。不是积怨已久的话，我实在想不出什么别的理由。

张可达瞥了我一眼：“你是不是没想透严露为什么会这么干？”

“对。”

“我要是做了十二年，周边的同期同事都升了总经理或者院长，而我还是无名无姓的话，我也会这么干的。这不是人之常情吗？”

“严露不是一直跟我们说她对当领导没什么兴趣吗？”

“这话说得越多，就代表她越在意。你傻啊！”

“不过她为什么一直没被提上去呢？按资历和成绩，她早就超标很多了吧！”

张可达摇着头：“不知道。不过既然我都打探不到，那应该是属于绝密级别了吧！”

“那我们的设计被明嘉整形偷走的事情，跟严露也脱不了干系吧？”

“十之八九了。”

到底是谁干的呢？我、张可达、王先霖三个人双手抱胸，站在会议厅的角落里开始思索这个问题。突然之间，王先霖看了我一眼说：“我知道是谁了。”

王先霖这句话如同一枚深水炸弹，不动声色地爆了。

我和张可达面面相觑，王先霖努了努嘴，示意我们出去说。我们俩跟着他一路从会议室的后门偷偷溜出去，穿过宽阔的街道，从院内一直回到了广告和数据部的办公大楼里。第一次那么意外的，我们三个人走了一路却一句话也没说。

王先霖指了指我的办公桌，盯着我问：“昨天晚上，谁碰过你的电脑？”

“没有谁啊！我晚上全程都在办公室，走的时候上了两把锁，而且我的电脑还有密码，谁会有那么大本事，几分钟就突破我的电脑？”

王先霖目光灼灼地说：“有一个人！”

“谁？”

“小叶子。”

我连连摇头：“怎么可能呢！她是来给我送过吃的没错，但她偷设计稿干吗？她疯了吗？她都是董事办的小组长了，老郑又喜欢她，升职是分分钟的事……”我斩钉截铁地说，“不可能是小叶子，她的人品我是知道的。”

王先霖笑了一下：“医闹那次，她不就想着要跳槽，怎么能肯定就不是她呢？”

“你昨天在里面翻叶子的时候，我看到她在动你的电脑。”

“她不是在淘宝吗？”

“那是你回来之后她切过去的，她之前就是在翻你的设计稿。我当时背对着她在打游戏，但是我桌面上挤痘痘用的镜子反射照到了。”

“别猜了，直接喊人过来对质吧，我不想你们这样冤枉我的好朋友。”我从包里摸出手机，给小叶子打电话。然而……电话却一直打不通。

第五章

Snowstorm

那些看起来自信、强大的前辈，

大部分的内心都很软弱。

你只要告诉对方，

其实她根本没有自己想象中那么优秀，

她就会崩溃，

你试试。

2014年1月9日

今天一早，老板如一阵风涌进办公室来。他把我们喊到了他的办公室里，等人全部进来后，他反锁上办公室的门。

老板瞪着我："宋京夏，你来说，你是不是早就知道了？"

"你说的是哪件事？"我莫名地心一慌，不敢胡乱接他的话茬。

"郑董刚刚私下里跟我说，小叶子跟着严露一起跳槽了。严露那边在明，她的阵仗比较大，把VIP客人的名单全都带走了，我们这边现在安排了对应负责的咨询师正在跟踪、拜访、挽回。但能挽回几个人，都得看天意。"

我低着头，任凭老板说话。

老板又继续道："但小叶子那边是条暗线，她跳槽到明嘉的消息是后来才爆出来的。走的时候一声不吭，连着两天没来上班，郑董还担心她出了什么事。结果得到通知，她已经在明嘉那边入职了。她在郑董身边做了这么久的助理，内部信息和数据只怕全都带过去了。而且她大概比严露迟了一周才过去，你应该知道这意味着什么！"

我那一瞬间根本没明白老板这句话的意思，我呆呆地回答："我不懂你说的是什么意思，就算是她跳槽，迟一个星期和早一个星期又有什么差别？”

老板一脸似笑非笑地望着我：“宋京夏，你有没有想过，小叶子是在严露冒头后，专等着郑董这边的危机公关预案做好，然后把每一步和每一层人员的分配都摸透了才走的。我们这一次是完完全全地被逼死在坑里，丝毫动弹不得。”

他说最后一个词时，几乎是咬牙切齿。之后老板突然盯死我，一字一句慢慢地问：“设计稿被偷的事，你到底有没有参与？”

我几乎条件反射般地回答：“没有！你不信任我！”

老板死死地盯着我说：“我很想信任你。”

办公室里忽地陷入一片死寂，谁都没有说话。张可达也好，王先霖也罢，还有我的老板，没有人有信心破这个死局。即便是平日里一起通宵加班的情谊，却也没法笃定我到底有没有和小叶子合伙。毕竟我和小叶子曾是那么要好的两个人。

沉默了好久，老板终于叹了口气，他说：“京夏，你先出去吧，我跟他们俩还有事情要谈。”

张可达默默地看了我一眼，不敢说话。我知道他这是刻意在回避我，于是拿着笔记本一言不发地走了出去。

我倒了杯咖啡，坐在天台上晒太阳。冬天稀有的晴朗的天气，阳光铺在身上，整个人都暖洋洋的，可心里还是有阵阵寒气往外冒。

营销策划中心的年轻人每到中午就会跑去天台上玩狼人杀，我记得我来的第一天就是在这个天台上度过的。被老板挖来上班的第一天，我也是怯怯地躲在天台上，不跟任何人说话。然后小叶子凑过来问：“你玩狼人杀吗？”再后来她不由分说地把我拉到天台上。我这种人，对于那些自来熟的人总是毫无办法。

小叶子的电话一直拨不通，我已无心上班，她一天不露面，我就一天没办法澄清我自己。在内心最深处，我又保留着一丝丝不可能的期待，我希望小叶子亲口告诉我，这一切都不是真的。

晒完太阳回到办公室的时候，张可达迎了过来，把我拉到一旁小声说：“你最近还是躲着点，老板倒是什么也没说，不过你也知道，什么都没说就代表都放在心里盘算了。他要是开诚布公的话，就证明还没把你当外人。”

“小叶子那边呢，联系到了吗？”

“已经关机了，联系不到。”

我们的话还没聊完，老板就从办公室里走出来，冲我们招了一下手，眼神飘忽地掠过了我。

我们跟了进去，老板瘫坐在沙发上，丝毫没再提及小叶子和设计稿的事情。我扯着张可达的衣袖问：“电梯框架稿怎么办？我们的季度新广告不上了吗？”

张可达小声回道：“老板已经填上这个坑了，临时从自己的资料库里抽调了去年给深圳一家整形医院做的一套稿子。”张可达说完抿了下嘴，露出迷之笑容。

果然，做文案和设计出身的人是在无数的私活里长大成人的啊。

这次是每周例行的策划会议。他开头脑风暴会议的时候喜欢抽烟，后来被办公室怀孕的女同事投诉了，我们这群人才终于从二手烟的危害里解脱出来。

开会前，老板把设计妹子喊过来，从兜里掏出一百块人民币递给她：“你去下面超市买点好吃的瓜子回来。连烟都不能抽了，我又怎么想得出创意点子呢！”

设计妹子小梨只下去了一会儿，很快就回来了，手里提着一个巨大的袋子，里面装着满满的瓜子。小梨挑了挑眉：“大概也就十多斤吧，你们慢慢嗑……不够的话，我再去买。”

老板往每个人手里抓了一大捧，一副非常阔绰的表情，那模样就像年会上一块钱一个的红包随便发似的。

会议室满满当当的人，此起彼伏都是嗑瓜子的声音，气氛活跃，一点都不像刚刚出了事一样。

老板说："最近集团的负面新闻太多了，我们要做一套正面形象的稿子。"

老板一边嗑瓜子，一边环顾四下一圈。最后他看着我说："小夏，你领着你们文案组的成员给集团主推的医生写套文案吧。我们找团队拍成广告视频，放在影院当映前广告。"

老板说完任务，往自己的茶叶筒里装满了瓜子，然后就散会了。那个会议散得如此迅速，完全不似他平日的风格。要知道，我老板完全是老师人格附身的，平时一个会动辄开三五个小时，小到微博上的明星绯闻，中到股票经济，大到国际关系，他都能滔滔不绝地讲到我们想吐。很多时候，我们开会的目的完全不是工作，而是当他的听众。这个会议结束得太快，以至于我都没醒悟过来，事实上，老板的心思已经有变化了。

2014年1月10日

老板的要求是一周之内交第一批三个医生的人物纪录片文案。我带着团队马不停蹄地对接到所有的医生，开始进行资料整合、采访。

我们文案组一共也就五个人，其中两个是新媒体的专员，另外三个包揽了集团本部七七八八的文案。我领着两个文案埋头就开始弄起来。

她们一个负责口腔的医生，一个负责自体脂肪丰胸的医生，我负责的是外科的一位医生——好死不死，竟然是蒋玄。

在广告脚本下笔之前，我们必须花费大量的时间、精力，去和片子的主角进行沟通，了解他最擅长的手术方式、技术和卖点。

蒋玄的广告宣传片方向是董事长老郑亲自定下来的，主推眼部年轻化的项目。由于眼睛周围的皮肤特别薄而脆弱，女人衰老的迹象首先会出现在眼周。这个项目看似简单，对手法的要求却很高，一向是放在集团有资历的老医生手里。

我也很疑惑地问过老郑，让蒋玄来拍这个项目的广告片是不是过于年轻了。老郑意味深长地说："如果他不合适，那全院都没有合适的医生。"

我来和蒋玄约谈的时候，他刚从手术室里出来。只见他摘了口罩，唇抿得紧紧的，黑着个脸。

"手术不顺利？"我问。

"超顺利。"

"那你怎么黑着个脸？"

"我来之前，郑伯伯跟我的导师洪老师说是来休假的，不用怎么干活。可我今天都已经做了八台手术了。"蒋玄一脸绝望。

下了手术台，蒋玄还要为我这种门外汉来讲课。他翻了一本整容外科的图册，言简意赅地科普了一遍眼周组织结构，再盯着我问："懂了吗？"

我茫然地望着蒋玄，摇了摇头。鬼才能听明白他讲的内容，他那种讲法就好比小时候上数学课，老师给每个附加题提示一个公式，然后告诉我们说："用这个公式就可以解开哦。"

蒋玄叹了口气，从自己的白大褂口袋里掏出一支黑色的凌美钢笔。他拿笔轻轻点了一下我的上眼睑、眼尾，温柔地分解每一个步骤给我听。钢笔冰冷地滑过皮肤，就像是一把手术刀轻轻地划在脸上。那种触感十分微妙，他所说的每一个医学术语我就真的听了进去。他仔细地说完，又严肃地问我："你听明白了吗？"

我连连说道："听明白了，明白了。"心里却暗暗地想：高中的那些老师要是能像蒋玄一样，那会儿就不用担心我的课业了吧。

我这个人的优点不多，如果说有什么可圈可点的，那做事情尽全力大概算是一个加分项。我把资料收集得七七八八了，便开始全力写文案。我是个很闷的人，完全没有小叶子那样舌灿莲花、讨人喜欢的本事，所以做事的时候总是格外用心。我总认为埋头把手头上的事情做好，做到别人没有一点错可挑，就不会有什么困扰。

尽管现在的气氛已经让我感受到一丝丝的不对劲，我也仍然试图好好完成新的工作任务，争取把之前的不足弥补上，把犯的错误掩盖掉。

2014年1月11日

蒋玄医生的广告文案我下了十二分的心力。写的时候想象不到他下刀的动作是什么姿态，我便亲自跑去手术室围观。

外科护士陈佳佳平时经常跑到我们办公室来找张可达，和我已经很熟了。她替我穿上手术服，做好消毒工作。我走进手术室的时候，蒋玄穿着医生的手术服，只露出两个眼睛。他望着我，十分不理解地问："你这么拼，给你加钱吗？"

"不加啊。"

"那你还是不要这么拼比较好，这又不是医疗片，还会温馨给打个马赛克。等会儿一动起刀来，场面血淋淋的，容易有心理阴影。"

陈佳佳也在旁边劝道："工作嘛，都是出来混的，敷衍一下老板就可以了。你要这么用心，他就总是用高要求来苛刻你，一旦有一天你做不出来了，你就会被嫌弃。"

陈佳佳的这句话真是至理名言，可惜我并没听进去。

蒋玄医生在手术台上动刀了，他给一个五十岁左右的阿姨的眼周涂满了碘伏。整形手术和大部分人想象中不同的一点在于麻醉，它并不像我们以为的那样打了全麻，大部分情况下来整形动刀的女人，她们全程都是清醒的。

这种感觉，其实是个巨大的煎熬。

蒋玄一刀下去，鲜血就从皮肤下渗了出来。我问阿姨是什么感觉，阿姨闭着眼睛，一动都不敢动，只趁着间隙跟我说："我全身都在颤抖，心里在发毛。我感觉刀子在划破我的皮肤，但我感受不到一点疼痛。"

蒋玄每一刀下去，止血的电凝笔就发出"吱吱"的电流声，一股皮肉烧焦的味道直冲鼻孔。我心里一慌，胃里翻江倒海起来，整个人忍不住想吐。陈佳佳在一旁扶住我，蒋玄吼了一句："你赶紧出去，你这副样子会吓到客人的。"

我被蒋玄赶出了手术室，也没脸回办公室去，就穿着手术服坐在门口发着呆。大概过了半个小时，手术室门口的灯变成了绿色，客人被送了出来，眼周蒙着纱布。

蒋玄最后一个从手术室里出来，一边摘着手套，一边看了看墙壁上的电子钟。他的表情有点微妙，一副有点空荡，还有点无聊的样子。我盯了他一会儿，他回头看到坐在门口的我，犹豫了片刻说："刚刚……"

"哦，没事，没事。"我喃喃地回应道。

蒋玄看了看墙壁上的电子钟说："我下班了，要不，我请你喝茶？"他换了身衣服，带着我走到地下车库里，拿着汽车钥匙左按按，右按按。

"我们要去哪里？"我问。

"进山。"

"这个点去爬山？"

"喝茶。"

蒋玄终于找到自己的车，他开着车往西边的四明山跑。此刻大概是下午的三点半，他刚做了好几台手术，完了也不回家休息，还跑去山里喝茶，真是精力旺盛。

车大概开了四十分钟左右，进了四明山，又沿着山路盘旋了一会儿终于在一扇门前停了下来。毫不夸张，四周都是岩壁，只余了中间一扇红彤彤的门，古怪得很。

蒋玄打了个电话，门突然就开了。

里面一个穿青翠色旗袍的女人把我们迎了进去：“蒋先生来喝茶了，欢迎。”

我跟着他走进去，这才发现那扇门后竟然别有洞天，是一个蜿蜒有致、高低起伏的峡谷。里面被人工装饰了一番，铺了青石的地砖和实木地板，有回廊也有瓦房。最奇妙的是，这料峭的冬天，它的茶室外开了一树的桃花，分外好看。

“你是怎么知道这种好地方的，看起来很贵。”

“郑叔叔和集团的领导们经常喜欢来这儿喝茶，他上次找我的导师洪老师来这儿叙旧，给我老师办了一张会员卡，交了一大笔年费。我老师挺忙一个人，经常要到处讲课。这张卡就攥在我们几个同学手里，平时搞联谊、和女生约会、相亲，就会来这里。”

我心里“哦”了一声，没想到医学生的日常生活还蛮丰富的。就蒋玄的这张脸和气质，就算他没什么兴趣搞联谊，也会被同门师兄当作联谊的招牌去赚人气吧。毕竟……这种事情不就是我这种广告狗最擅长的套路吗?

这天，难得出太阳了。S城地处沿海，夏冬两季分别占了全年五个月，冬天寒冷又漫长，每次到了冬天，简直就是《冰与火之歌》里面的凛冬已至的节奏。这会儿，阳光暖暖的，整座山头，漫山遍野都是晒太阳的人。

这所茶院看起来是个私家别院，里面只有三三两两的几群人，各自占着山谷的好角落，席地喝茶。我们被领到一处溪泉旁的露天茶席上，枕木上放着包边的草席，置着软垫子，茶具一应俱全。穿旗袍的茶艺师问我们：“你们要喝哪种茶呢？”

“你们这边有什么茶叶？”

“铁观音、岩茶、普洱、龙井……”

蒋玄摆了摆手，从他一直拎在手里的布袋里掏出一盒茶叶，递给了茶艺师。我伸头看了看，上面写着——特级金骏眉。

“你哪来的金骏眉？你这一盒简直贵哭了。”

“你懂金骏眉？”蒋玄颇感意外。

“跟着大领导们出去开会的时候看到他们喝过这种茶叶。几个领导特别小孩子气，路上一直都在斗谁的茶叶更好，更高级。”我直愣愣地盯着蒋玄：“我是不是对你有什么误会，你其实是个富二代，你都喝得起特级金骏眉！”

蒋玄微微一晒，咳嗽了一声：“这……这盒茶叶是我从领导们的办公室里随手拿的。”

一旁的茶艺师“扑哧”一声笑成一团，半天才缓过来，继续煮茶。

一个被黑咖啡摧残了无数个日夜的加班狗，事实上是品不太出茶叶的好坏。只是能依稀辨别得出，这种特级金骏眉好像口感特别好，一股很贵的口感。

蒋玄看着我那副畏畏缩缩的样子，用手支着头，笑得非常开心。

太阳照在山谷里，这种私人别院的矜贵之处就完完全全地展现出来了。这么寒冷的隆冬，整个人被太阳晒得暖暖的，手里还捧着热气腾腾的茶，以至于就差不多忘了那些糟心的事情。

2014年1月17日

蒋玄的广告文案我准备得差不多了。除了亲身感受了手术的气氛，我还翻遍了业界知名医生的学术论文和历次手术的对比照片，并且蒋玄还提供了许多他收集的相关资料。等到我下笔写的时候，我觉得自己已经算是小半个专家了。

这个广告文案，我费了十成十的工夫。可我心里那种不安的感觉更强烈了，似乎在我的人生里，越是努力的事情，越是想得到认可，就越是事与愿违。

交稿的那天，老板让我们三个把各自的文案成品打印出来带到会议室讨论。

我们以往交稿只需要用邮件发给他审，过了就去制作，没过再去修改。在A4纸上打印出来讨论这种新鲜的搞法，让我愣住了。

老板先拿着我两个同事的文案看了一遍，看完第一个的文案说：“差不多了，百分之九十的程度了，再改一下字词就可以了。”

然后他拿过第二个文案作品，粗粗地过了一遍说：“你的百分之七十的程度，细节还要调整一下。”

老板接过我的稿子，我那一瞬间不知为何，莫名地心慌了一下。老板抓着文案看了看我：“宋京夏，这就是你交过来的作品吗？你写的到底是什么？”

我磕磕绊绊地答道：“是……是按照你的意见，给蒋玄医生写的一版文案，从定制入手，阐述修复眼睛衰老的手术……”

“我不需要你一步一步地讲怎么修复眼睛，你为什么要把一个广告文案当成论文来写？我只需要你给一句点睛之笔，一个画面！你到底懂不懂！你也是个搞文字工作的，知不知道什么叫创作！你写的这一堆，完全就是在复述医生的话！”

“我……”

“拿回去重写！”

老板把我的文案甩给我，黑着脸走了。我的两个同事围过来，小心翼翼地问我：“京夏姐，你没事吧？”

“我没事。”我攥着自己的文案稿，急匆匆地跑了出去。我怕我一回头，她们就看见我已经哭了。

我冲到了天台上，那幢写字楼有些年头了，我们的办公楼在顶层，只要往上再走一层就是天台。想一想，我似乎在天台上度过了很多个私密时刻。有时候是加班加累了出来透口气，更多的时候，是像今天这样，活没有做漂亮，被老板骂得狗血淋头，一个人跑到天台上骂老板。

而今天的我实在是太难受了，我没办法跟任何人讲这种心情。我是念新闻专业的，我曾经的梦想是做一个好的新闻工作者。我在电视台当实习生的时候，前辈收到线索，城里有一家黑心作坊，在收购过期的动物肉类做成卤菜。前辈觉得不是多大的事，把线索写在一张字条上，扔给了我。他说："宋京夏，你能不能留下，就看你能不能采好这个新闻了哦。"

我是一个人带着针孔摄像机去的，背着双肩包，再带一顶鸭舌帽，哆哆嗦嗦地走到藏着那个黑作坊的小区里，四处寻找所谓的黑作坊在哪里。小区的保安很快发现我不对劲，来了两个安保人员把我请进了办公室。他们收了我的学生证和身份证，把我关在黑暗的小仓库里。

那时候我怕得要命，但是觉得内心深处有光。我断定自己会成为一个优秀的新闻记者。后来……后来这成了一个遥不可及的梦想。我一度沦落到给一些电商写点商品文案过活着。

这么久以来，我是凭借着我可以写出比别人更好的文字才努力到现在的。而如今，我为之卖命的老板，在我的两个同事面前，把我踩在了脚底下。

2014年1月20日

老板是从那天起突然开始不和我讲话的。他每天上午十点来办公室后，会扫视一下每个人的座位，然后掠过我的位置。企划、设计、数据的人进进出出他的办公室，而与文案相关的工作安排，他忽地避开了我，把工作分配给了我的同事负责。

而我坐在那个组长的位子上，痛苦地煎熬着。我每天都在想着如何完善蒋玄的文案，我每写一遍，都会跑去找蒋玄，拿给他看。蒋玄那天坐在办公室，拿着自己的广告脚本犹豫地说："我其实……分辨不出好坏，我根本不太想出镜，是郑伯伯安排的，推不掉。"

蒋玄沉默了片刻，为难地说："我看你改了很多次了，好像挺麻烦的，你要不放弃算了。"

"不要。"

"可我觉得你再改下去也没有什么意义。"

"那也不应该是我自己放弃掉的。"

蒋玄抓着一张A4纸，表情有些微妙，他看了我一眼，却久久都没有接我的话。

我改了五六遍后，我选出相对满意的一个版本，心惊胆战地走到老板面前，交给他。他看了一眼，面无表情地说："好一点了，框架对了……继续改。"

他又看了看办公室，然后远远地冲着我的组员说："哎，你们这些稿子过了的，没看到你们组长遇到瓶颈了？要学会帮助懂不懂！有没有一点友爱精神啊！你们来教京夏写文案，我就不信她写不出这个文案来！"

我的两位组员面面相觑，却又不敢反驳老板的话。她们接过我的文案，开始一句一句，按照各自的理解给我提建议。那是我有生以来最无措的时候。我一个写了那么多年文字、做了那么多广告的老文案，每写一句广告词，都得被迫问自己带出道的两个文案同事："你们觉得这么写是对的吗？这是老板喜欢的风格吗？这么写会过吗？"

没有人给我肯定的意见，她们俩一会儿说对，一会儿又说不对。前一天跟我说这一稿绝对可以过稿子了，隔了一天又变卦说，似乎每个词句之间的逻辑都不对。

我改了三十三遍，老板看了我的最终稿后叹了口气："宋京夏，你还是去做你擅长的事情吧。”

我擅长的事情是什么？我那天仔细咀嚼着他这句话，像个傻瓜一样坐在自己的位子上发呆。

等天黑了，办公室里的同事渐渐走了，张可达和王先霖默默地走到我的面前。

张可达气愤地说：“京夏，他这是有意为难你！他就是认定了你和小叶子是同伙，偷卖了设计稿，才这么对你的！”

王先霖踢了张可达一脚，我有些恍惚地站起来，关上电脑提着包准备回家。他们俩在后面喊：“你要回家吗？我们送你吧。你这种状态实在让人很担心。”

我摇摇头，说：“没有关系的，我家离得很近，你们让我一个人走走吧。如果你们跟我一起，我更不知道该怎么办了。”

夜里七八点的样子，橘色的路灯照亮了整座城市。我沿着老城区的主干道慢慢地走着，路过一块公交车站牌，上面挂着大幅的广告，正是我们团队出品的作品。

我还记得刚进公司的时候，做的一条文案被挂在站牌灯箱广告上，我也是在这块公交站牌前面站了整整一个小时。路上有归家的行人，我总是忍不住问他们：“你们觉得这条广告怎么样，好看吗？”很多人都当我是精神病人。

而如今，我觉得自己大概以后再也写不出任何广告文案了。因为好像突然之间，我根本就不知道广告文案要怎么写，大众的趣味是什么，产品的卖点又在哪里。关于这一切的职业敏感，仿佛在我面前忽地都模糊了。

我蹲在站牌前哭了起来，哭得鼻涕和眼泪糊了整张脸。突然，有人一左一右地蹲在我旁边。这个时候哪怕是遇到抢劫的人，我都是没法反抗的。我哭丧着脸抬头一看，张可达和王先霖一脸“我就知道”的表情瞪着我。

张可达说：“有什么好哭的，那就是个人渣！你还记得那次让我去找赞助商，只差没逼死我。话说，他哪一次让我好过了。”

王先霖不知什么时候买了罐热奶茶过来，递到我的手里说：“哭吧，想哭就哭。”

因为有人安慰，于是我哭得更厉害了，整条街上的人的目光都被我吸引过来了。

等我哭累了，我们三个人就坐在公交车站的候车椅上。不知为何，我们沮丧得不能再沮丧。我们有很多疑问，我们在反省这场变故。我们更想知道，严露和小叶子她们到底有没有把我们当过朋友。

集团已经到了风雨飘摇的时候，虽然大家都不说，但明眼人都知道大厦将倾。张可达重重地叹了口气：“严露和小叶子就真的非要这么做不可吗？到底是什么仇、什么怨啊！她们俩就算不跳槽过去，待在这边也是前途无量。现在她们搞这么大的阵仗与整个集团为敌，将来的日子只怕也是不好过的。”

“严露……上次我碰到她和老郑两个人在吃饭。”王先霖突然说了这么一句。

张可达一愣：“他们难道还能有一腿不成？”我们三个相互看了看彼此，连连摇头，不可能，不可能。

那天我们一直坐到深夜两三点，饿了就点夜宵来吃。每个人端着一碗拌面，一边吃面，一边望着街道上来去的车辆和行人发呆。

那天的最后，似乎就是这样慢慢地、默默地过完了。

第六章

遇到瓶颈的时候，

不要用跳槽来解决。

就算换了一个环境、一群人，

你还是照样会碰到相同的问题。

2014年1月25日

我也没有料到，熬过了轰轰烈烈的医闹没有失业，却在自己的专业上被撤职了。

我事先没有得到一丁点消息，这份撤职令是直接挂到OA系统里面的。大家九点到办公室，登录办公系统一看，我的名字赤裸裸地挂在“今日公告”的第一行。

公告上说：鉴于宋京夏的专业能力尚不足以胜任营销策划中心文案组组长的工作内容及要求，暂时免去其组长的职位，派遣去院内协助项目经理的工作，待观察技能水平进步之后，再调回原职位。

我在文案组组长这个岗位上干了将近两年的时间，现在跟所有人说我无法胜任工作。这种理由也能正大光明地摆出来，也不知道写公告的人是哪里来这么大的信心。

由于我的两个组员的资历尚浅，入行的经验还不够，策划岗位的张可达暂时顶替了我的职位。他看了公告后，拉了把椅子大大咧咧地坐在我旁边，不可置信地问：“你真的打算调到院内协助项目经理的工作啊！”

“不然呢？公告都已经挂OA上了，难道还赖在这里不走啊，张组长！”

“京夏，我也不乐意当你们这个文案组的组长，你别把气撒我这里。”

“是我不对，不应该把负能量宣泄在自己人身上。”我叹了口气，从办公室的柜子里搜了个瓦楞纸箱，把自己的办公用品通通装了进去。我们这边调岗，电脑是随身携带的。王先霖一声不吭地冒出来，替我拆了电脑站在我旁边。张可达把我拉到一旁，小声地说：“要不，我们也辞职吧！大不了投奔严露和小叶子去，我在别的医院里都有眼线的！他们说就我们这经验和资历，工资起码涨百分之三十！”

“不去。”

“为什么？”

“老板来这一手，现在整个集团都怀疑他是在清理门户，到处都在猜我是不是严露姐和小叶子的内鬼。我要是真去了，可就坐实了别人的猜测。”

“那你就这么被他虐？名义上是让你去协助项目经理，其实摆明了是送你去虎口打杂。院内那边是运营线廖扒皮的地盘，跟我们老板向来不对盘，你过去根本就没好日子过。”

“混着呗。工作嘛，敷衍一下领导们就行了，不用太在意。这不是你教我的吗？”我冲着张可达笑了一下，他两眼一闭，拿我没辙。

他们两个人只好抱着我的行李和电脑送到院内去。项目经理的办公室在院内的二楼，这里坐着外科、注射科、激光科、口腔科四个科室的项目经理。窗户外面是一大片的香樟树，满眼的绿意，让人分外舒心。

整形医院和普通的医院不同，由于它的营销性质很重，每个月的折扣、活动、政策多到不计其数。整形医院通常会有专人和团队制定促销政策，和营销策划中心对接需求，统筹各科室医生、护士的协作……在我们集团里，这个岗位叫项目经理。

外科的项目经理回家生孩子了，这个职位空缺了出来，被人事拿出来做内部竞聘。整形医院里，除了医生这个工种较为固定以外，其他的岗位只要有能力都可以去挑战。

张可达的女朋友陈佳佳是个有上进心的小护士，但整形医院的护士没什么存在感，她一直渴望能升职加薪。当时她报名去竞聘项目经理的职位，一起竞聘这个岗位的有几十号人，其中还有在分院做过管理岗位的同事。陈佳佳一个护士，对运营一窍不通，根本没有胜算。

但陈佳佳的运气在于，她真的有个超级鸡贼，且会投机取巧的男朋友。张可达求了我一周，让我帮陈佳佳写份竞聘书。

“你这么作弊不太合适吧，她连一份竞聘书都要我来写，她要是真赢得了那个岗位，能扛得住压力吗？”

“管它呢，先赢了再说，船到桥头自然直嘛。”张可达不依不饶地说。

那会儿离竞聘只剩三四天了，我们拿出做项目的冲劲，把陈佳佳留在会议室里补课。我给她写竞聘书，王先霖给她补习运营的硬性知识，而张可达则教她怎么糊弄评审。陈佳佳倒是个刻苦的学生，居然把我替她写的竞聘书给背下了，一路过关斩将，真的竞聘成功了。

此刻，张可达在项目经理的办公室里四处张望了一下，问道：“你们这儿哪有空位啊？”

“没有空位啊！”口腔科的负责人琴姐面无表情地回答。

“那京夏坐哪里？”

“我怎么知道？你们老板江总给董事办那边打了个电话，说调就调，都没有人知会我们一声，也不问问我们要不要这个人。我哪有空闲时间去给她安排位子。”

外科的新项目经理陈佳佳提着一袋奶茶和蛋仔进来了，看见我们剑拔弩张的气氛，忙把我拉到一旁去：“是真的没空位了，我们这间办公室还是抢回来的，只能容纳四个人。如果过来办公的话，只有地下室的负一层有空的座位。”

“地下室负一层怎么坐人！你开玩笑吗？”张可达气势十足地吼了一句。

“我开什么玩笑，行政、保安、司机、保洁……都在那里上班呢！”

“算了，带我去吧。”

陈佳佳把我带到负一层，情况比我想象中要好多了，下面一整层装修得跟二楼一模一样，除了没窗户，没阳光，没绿树……其实，也是勉强能办公的。只不过对一个文案来说，很容易得抑郁症。

负责医院运营的廖扒皮和董事长那一挂医生出身的管理风格很不一样。这边中层开会的时间是下班的五点半，把每天的业绩额、大客户追踪情况通报后再下班。如果廖扒皮心情不好，加班是分分钟的事情。倒也无所谓了，反正我在哪儿都是加班的命。

下午，我尾随在项目经理身后，希望不被领导们注意。但是我却忘了，我已然是集团里炙手可热的人物。廖扒皮一见到我，放在桌子上的手突然大力鼓起掌来：“来来来，让我们欢迎新的战友。这可是营销策划中心江总的得意门生，他如今忍痛割爱把人才送过来。大家一定要好好向她学习。”

廖扒皮在最后一句加重了语气，我心里隐隐不安起来。大家稀里哗啦地鼓了一阵掌，他从自己面抓起一本文件夹扔给我，“董事会投了一个公益项目寄希望于提升一下社会形象，就是去贵州山区替十所中小学建图书馆。每个中心要抽出人手组成队伍专门负责这件事，京夏啊，我们这边就派你去吧。责任很重，你要好好干。”

会议室里坐满了女人，大家的表情在那一瞬间变得非常微妙，就算是傻瓜如我也懂，自己是被廖扒皮巧妙地推出了他的队伍，去负责这些边角料的事情。张可达的判断和预测真是神准了。

我拿起文件，廖扒皮目光灼灼地盯着我：“你还有问题吗？”

“廖总，我……”

“哦，没有问题了，那你赶紧去仔细研读一下文件内容。董事办那边会通知你具体的细节。”

一贯叫天天不应、叫地地不灵的董事办，在援建贵州山区学校图书馆这种面子工程上，行动却异常迅速。我在下班途中就接到她们的电话通知，第二早上七点，在董事办大楼下集合出发去贵州，为期一个月的时间，望各同事备好行李用品。

张可达把我和王先霖拉了个小群，王先霖没由来地冒出一句：“去贵州避开一下也好，现在这种时候，能躲就躲，我不认为是一种认输。”

张可达也给我发了一个鼓励的表情，我捧着手机，只差没有流眼泪了，还是狐朋狗友们暖心。

我租住的地方是一间四十平方米的公寓，就在公司附近。那天晚上，我把衣柜里的衣服通通摆在床上，一件一件地熨平。我有心事的时候最喜欢熨衣服了，每抚平一道褶子，就好像是抚平了心里的一个伤疤。

2014年1月26日

早上六点四十分，我拖着一个巨大无比的行李箱出了门，早早地站在董事办大楼下等着大家。同事们陆陆续续地到达，我数了一下，竟然有十多个人。我呆呆地望着一大群人，自言自语：“这是要去冬游吗？”

时间快到了，董事办的柳组长是这次的领队，他说还有一个人没到，请大家再等等。这时，有个人拉着行李箱从门口慢慢走过来，高高瘦瘦的。我定睛一看：“天哪！这不是蒋玄吗！你也被下放到贵州了吗？”

“是我自己要求去的。”

“为什么？”

“希望世界和平。”蒋玄波澜不惊地冒出这么一句，一脸世界小姐选拔大赛走错赛场的微笑。不知为何，我竟然意外地觉得可爱。

我们这群人上了公司的大巴车，蒋玄毫不客气地坐在我旁边，同事一个个从过道里穿过，都忍不住瞟了我们这边一眼。

“你就不怕我们传绯闻吗？你还是跟你的医生队伍去坐比较好吧。”

“你怕了？”

“我倒是不害怕啊，我只是珍惜你的名声。”

“男人不是绯闻越多越抢手吗？”

“谁教你的……”

蒋玄不再说话，套上一个颈枕就开始睡觉。他从上车起就开始睡，一直睡到下车，一共睡了七个小时。等我们到达目的地贵州的一个小县城的时候，已经是下午两点半。

领队招呼大家在县城的一家小饭馆吃饭，下车的时候一群人病恹恹的，各自围着饭馆里的炭炉烤火。等食物上桌的时候，大家都忍不住欢呼起来。

贵州这边四处都是山，多山珍而少水产。上桌的菜无非是些腊肉、血肠、香干、鸡蛋……可是和城市里的口味完全不一样，据说是离食物的产地越近，味道就越鲜。上桌的菜里尤有一道用蕨类植物做的炸糕，酥脆可口，好吃到让人惊叹。

我生平没有别的爱好，唯独在吃这个方面有着忘我的精神。每吃上一口，我都恨不得捧着脸赞叹一遍。蒋玄在旁边盯着我，被我吓得手里的筷子都差点掉了。

吃完饭之后，大家捧着热茶在座位上休息，领队迟迟未有安排。有人问道：“我们下一步什么计划呢？”

领队捧着手机说："等人。"

"等谁。"

"S大医学院也会来一支队伍，跟我们会合后一起进山。"

"这么厉害！我们援建图书馆居然还给配一支医疗队！高级了！"我咋了咋舌。柳组长白了我一眼。

"董事长投的钱合作，让S大医学院那边来支队伍，给我们这次项目的十所学校的孩子们做体检，还有一些山区贫困家庭也顺道照顾一下。他们会跟我们一起待一个月，全程随同。"

我冲着蒋玄挑了挑眉毛说："你的师兄妹们要来了。"

蒋玄没有反应，继续喝黄豆芝麻泡的擂茶，喝一口嚼一下，拧着眉陷入了沉思。

我们等了大概半个小时，饭馆外传来一阵汽车倒车的声音，一行人下车后匆匆走进来，是一群年纪轻轻的学生。来的五六个人站定后，看到蒋玄，纷纷喊了一声："蒋师兄。"

我暗暗叹了一口气，没想到蒋玄的辈分这么大。正在这时，忽地听到一个纤细温柔的女声喊道："蒋师弟。"我抬头一望，是那个女生！很久以前在日料店撞见过的女生，短头发、银边框眼镜、很书卷气……看上去像只冷傲的猫一样的女生。

蒋玄一脸意外的模样，连忙站起来喊了一声："苏瑶师姐。"对方也点了点头。他们一副师姐、师弟一家亲的模样，不知道为什么，我却觉得格外刺眼。

柳组长拿着名单册点了一下人数，挥了挥本子说："大家注意了，我们现在上车去走访援建的学校，就地勘查好后再回县城定计划。大家分五人一组，分别行动。"

苏瑶对着蒋玄喊道："师弟，我们一组吧。"蒋玄应声说好。我看了看周围，比较熟悉的人也只有蒋玄了，便拉了拉他的衣角说："我也和蒋医生一组。"

满场静寂。所有人纷纷转头看向我们，那帮医科狗中，有人羡慕地道：“师兄真是招妹子啊！”

蒋玄一脸镇定，姓苏的师姐看了我一眼：“师弟，这是你的同事吗？”

“嗯，叫宋京夏，是做广告那一块的。”

“哦，我还以为她也是医生呢，原来不是和我们一样学生命科学的。”

苏瑶这句话太狠了，仿佛远远地射了一支箭扎在我的胸口，有一种被看轻的感觉。毕竟我是个数学极少及格的人，在一切学霸面前，我都处于弱势。

我们一共分成四个小组，因为援建的学校里有两所就在县城的郊区，当地的工作组直接给包办了。我们三个加上另外两个同事被归到一个小组里。每个小组都配了一辆小型商务车和一个向导，每一组需要负责走访两所学校，以及走访当地学校递交的有病、残疾在身的贫困户。

我们的后备厢里塞满了食物、文具和新的衣物，都是大家扛过来准备送给山区小朋友的。

我们的向导是一个姓范的圆脸汉子，坐在副驾驶座上，看上去沉稳可靠，话不多。蒋玄和苏瑶坐在一块儿，我闷闷不乐地坐在他们后面，其他两位同事似乎感受到我们之间迷之尴尬的气场，都自觉地退到最后一排，假寐。

苏师姐和蒋玄有一搭没一搭地讲着话，苏师姐在讲近期的课题和遇到的一些罕见病例。蒋玄听两句，说两句，时常会冒出一些艰涩难懂的医学名词，我完全听不懂。

贵州山区的路况比我意料之中要好多了，乡道上基本覆盖了水泥，车走在路上没有一丝颠簸的感觉。但是贵州山多林密，我们的车似乎一直在山与山之间盘旋、上冲和下俯，像是在坐过山车一样。

我紧紧地抓着椅子的靠背，整个人一动不动。我是一个做文字工作的死宅，日常都不出门，就连坐个公交车也超过二十分钟就会晕车。更不消说这种完全没办法匀速行驶的环山公路了。

我此刻的感觉很不好，中午吃的饭菜在胃里如翻江倒海，只差冲到喉咙口，似乎随时随地会呕吐出来。

我全身都在发冷，身上和额头上都是汗。我也不明白自己为什么要死扛，生怕被人发现我的异状。

蒋玄在说话的间隙里回头看了我一眼，突然大喊了一句："司机，停车！"

司机正在专心致志地翻山道，被突然一喊，以为出了什么事，急忙把车停到一个地势比较平缓的地方。蒋玄把车门一推开，率先跳下车去，再把我往车下一拉。我顺势冲到路边去，扶着公路旁的护栏吐得天昏地暗。蒋玄一直在我旁边，轻轻地拍我的后背，等我全吐空了缓过神来，他又拧开一瓶水递给我。

我残存着最后一丝力气，向蒋玄道谢："谢谢你！蒋医生。你人真好，温柔得像我外婆。"

蒋玄瞥了我一眼，把递给我的水又收回去，自己"咕嘟咕嘟"地喝起来，连说话的口气都凶了几分："你好点了没？你的身体这么差，来贵州山区干吗？光拖后腿了。"

我这会儿没力气怼他了，气若游丝地回答："我也不想来的。"

范向导干脆让大家都下车来透口气，休息几分钟。他又摸出一盒晕车药，看着我吃下几颗，然后愉快地和司机去旁边抽烟了。苏瑶过来问了我一句："你没事吧。"我答："没事！"她便拿着自己的电子阅读器站到旁边去看论文。她的效率之高让我叹为观止，我指的并不只是她处理学习和工作，我说的是她对不相关的人可以完全点到为止，不浪费任何精力。

我们休息的地方在一座高山的坡面上，视角很开阔。一月份整个月都是阴沉沉的天气，雨下个不停。从山上望下去，山林的颜色有些萧条，四处弥漫着水汽。风刮一下，一团团的白雾就往山头涌上来，有种奇妙的感觉。

等我好了大半，大家才重新上车。向导把副驾驶的位子让给了我，车窗可以打开，虽然冷风嗖嗖地刮进来，但新鲜空气一涌进来，我昏昏沉沉的神志就清醒了。

有团绵软的东西忽地罩到我头上，蒋玄摘下自己的羊绒围巾扔给我，拧着眉毛，表情有些凶恶地说："你系上，再病一次，今天的时间就全都耽误了。"

苏瑶看了他一眼，又看了我一眼，即使隔着镜片，我也能感受到那种目光意味深长。我哆嗦了一下，赶紧缩成一团，再不敢动弹。

车走了近两个小时，我们去的第一所学校是一个镇中学。学校只有一幢四层的教学楼，四面都是山和树。到校门口的时候，不知道是哪间教室的孩子正在念课文，朗朗的读书声从教室里传出来。范向导跑到教学楼里面去找负责人，我则支着手在教室的窗台上听小孩子们念书。

"啊！好想在这样的山村里生活一段时间。"

"不出三天，你就会哭着喊着要回城了。"蒋玄面无表情地补了一刀。

"你又没住过，怎么知道我会哭着喊着要回城？"

蒋玄侧头斜望着我，不情不愿地说："读研究生的时候被导师下放到山村里做调研，也是这种天气。我住在招待所里，没网也没电视，干完活回来后就守着炭火盆不动。"

"每天发呆吗？"

"也不，招待所养了一些猫，有猫逗着玩。"

"那你其实过得很开心嘛。"我用手肘捅了捅蒋玄，他一时语塞，并没有理会我。

范向导领着校长从老旧的楼里出来，大家寒暄了一阵，就去勘查建图书馆的场地。这种乡镇学校什么物资都缺，唯独不缺土地。我们一行人站在田埂上，望着一望无际的稻田。一个同事一脸惊恐地问：“这是留下来建图书馆的地？这也忒宽阔了，能把学校扩宽两倍了。”

校长是个戴眼镜的中年男人，他有些难为情地说：“我其实觉得建图书馆都有点多余了，我们这所学校的学生其实就几百号人，给搞个图书室就差不多了。”

我们这组的另外两个同事都是集团工程部的成员，这个部门具体负责医院的硬件，包括院内装修、新医院的选址和改造。从本质上来说，差不多就是搞房地产一样。

他们俩合计了一下，决定做两套方案，先量好建图书馆的亩数，再回去量图书室的长和宽。

苏瑶有些疑惑：“为什么做两套方案？”

“图书馆和图书室，一栋楼和一间房，这能一样吗？要投的钱可不在一根线上。按照我们集团的尿性，一定会把建馆的方案通告媒体，最后却只给他们建个图书室。”

苏瑶瞪圆了眼睛望着我：“还能这样！”

关于图书室的这套方案，两个同事本着能省就省的原则，打算在老图书室的基础上进行改造。校长找来一串钥匙，打开学校尽头的一个房间。大家走进去一看，顿时愣住了。偌大的一个图书室里只摆着一架子的书，还尽是些老旧的思想品德故事。

蒋玄冲着我努了下嘴巴：“看！这就是你要的山野情趣。连一本打发时间的娱乐类书籍都没有。你一个搞文案的，在这儿待上一个月都能自己写本书了。”

我白了蒋玄一眼。

图书室的建造方案估计还要费些时间收集资料，我、蒋玄、苏瑶三个人无所事事地蹲在一旁看小朋友们跳绳。范向导拍了拍手说：“你们也不要闲着了，镇里有两个小孩需要两个医生组队去看一下。”

“我也要去！”我连忙举手。

“你当然要去，你还有更重要的工作！”蒋玄一本正经地说。

我嘻嘻笑：“就是，就是。”

“到时候回去还要给集团写企业宣传报道的，你没素材怎么写？当然要去看一看了。”

我默默望了一眼蒋玄，觉得世界也太不友好了。从我晕车开始，一直没有说话的苏瑶就看着我们两个互怼，这是突然开口说：“你们俩的关系还挺好的。”

不知道为什么，我有点怕苏瑶。哪怕她只这么轻飘飘的一句话，我整个人就缩在蒋玄的背后，不敢出来。

工程部的两个同事留在学校干活，范向导带着我们去到周边的同学家里。我本以为同学的家就在学校附近，开车大不了也就是十多分钟的路程。可万万没有想到的是，这一走就是大半个小时，车沿着山路绕来绕去。在路上，我不断看见背着书包走路去学校的孩子。

我把车窗摇下来，惊讶道：“他们到底要走多久才能从家里走到学校？”

范向导答道：“远一点的差不多要翻两个山头，走路要近两个多小时的山路。”

我内心深处有一点被触动，冲着车窗外一个一闪即逝的小影子拼命挥手。即便是天天看电视、刷网页或是听说过山区儿童不容易，但是跟真正看到和听到的感觉又格外不同。

车翻到一处山道时，由于路太陡峭，再也无法往上走。我们几个人只好弃车走路，司机叼着一支烟，远远地冲我们挥了挥手：“我在这里等你们，你们早去早回。”

没有了车里的暖气，也远离了学校的炭盆，我整个人被峡谷里吹上来的冷风冻得踉踉跄跄的。我有个毛病，就是哪怕再冷的冬天我也不穿羽绒服，倒是各种款式、面料、颜色的大衣可以穿一个月不重复，十分不尊重寒冷的冬天。如今马上就遭报应了。

我一路哆哆嗦嗦的，走几步就停一下。苏瑶从背包里掏出一条膝毯递给我："凑合着用用吧，你穿得太薄了。"我摸了下脸，擦了下鼻涕，接过膝毯当围巾一样把脖子捂得严严实实的。

学生的家在山顶上，我不太能理解把家建在这种荒芜的地方是种什么感受。山和山相邻，那个学生家是一栋最原始的木房子，房子前面有一小片空旷的水泥坪。在房子的对面是一座山峰，那里云遮雾绕，是极其壮阔的美丽景色。

学生是个七八岁的小姑娘，据说成绩出类拔萃，是很有希望考进好的初中的。看着我们一行人大概有点怕生，却仍壮着胆子给我们端茶倒水。

"是你生病了？可以让姐姐看一下吗？姐姐是医生。"苏瑶蹲下来轻声问学生，学生摇了摇头，抓着她的衣袖往另一边走。屋檐下坐着一个穿黄色衣服的小姑娘，用白色的毛巾围着脖子。仔细看她的样子，眼神呆滞，面无表情，而且一直在不停地流口水。

苏瑶和蒋玄互看了一眼，苏瑶检查了一下小姑娘的基本生命体征，蒋玄则掏出一支小电筒观察小姑娘瞳孔的反应。两个人做完检查，又仔细地问了家长几个问题，面目有些凝重。

"什么情况？病得很严重吗？"我急切地问道。

"癫痫。"蒋玄说完叹了口气。

蒋玄见我一头雾水地愣在那里，只好补充道："羊痫风总听说过吧？神经类疾病，不好治疗。"

苏瑶笑了一下，我尴尬道："我实在不是很懂这些医学术语。"

苏瑶摇了摇头："我是笑我师弟！"

"他有什么好笑的？"

"他研究生的时候带新生，学弟学妹们碰到他讲听不懂的点，让他再说一遍的时候，他就让大家自己去查书。像现在这么有耐心的样子，只在他伺候导师的时候见到过。”

他们师姐师弟两个人的关系十分融洽，两个人一起替小朋友诊病的样子，真是再默契不过了。

蒋玄和苏瑶跟家长分析病情，再安排去医院就诊的方案。家长听说要去城里看病，都摇着头说没有钱。这户住在山顶的人家还是老式的木质房子，中厅空荡荡的，左右两边各有一个火塘。冬天的时候在房子里生火，冒出的浓烟可以熏干房间，防止生虫。这种住宅结构在湖南湘西和贵州南部经常能见到，这户人家仅两间房子，却住了大人小孩一共六口人。

苏瑶把电话号码写在一张纸上，塞到家长的手里：“带她去看病，其他的我会想办法解决。人只要健康地活着就总会有希望，会慢慢熬过去、过上好日子的。”

蒋玄从不擅长跟人打交道，他站在苏瑶身后，静静地注视着苏瑶。这个世界上，哪个师弟会不喜欢漂亮优秀的师姐呢？除非他瞎。

他们俩又叮嘱了半天，我们才迟迟地从山上下去。司机远远地冲我们喊：“你们可回来了，再这么下去，今天只怕要在山里过夜了！”

范向导“啧啧”了两声道：“你着什么急嘛，还有一家呢。”

天色已经慢慢地沉下来，山里的光线似乎暗得特别快。幸运的是，另一个小孩就住在学校附近，司机轻车熟路地抵达时，天已经全黑了。

小朋友家就住在学校附近，有橘色的灯光从农户家透出来。向导把我们领进小孩家，那是一个十岁的女孩。这次根本不需要苏瑶和蒋玄上场，我一看就知道是怎么回事了——先天性唇腭裂。

苏瑶双手环胸，拧着眉说：“这不是我的专业范畴，这应该找整形科医生。”

大家又把目光齐齐投向蒋玄，苏瑶插话道：“你们也别指望他了，唇腭裂修复之类的，蒋玄师弟并不擅长。”

“这个我能解决。”我说。

众人一愣，范向导和司机一脸不信：“你不是搞文字工作的吗，你会开刀？”

我微笑地望着大家：“你们是不是忘了我们集团是干吗的了？这种正面宣传的公益项目，简直是多多益善。我回头跟集团打个申请，专家会诊出治疗方案，免费包治。”

苏瑶感慨道：“还是整形医院比较豪气。”她随后拍拍我的肩说：“你也很棒。”

蒋玄笑着说：“她厉害的时候多了去了。”

被这对师姐弟这么一夸，我突然有点害羞，迅速和女孩家长互留了联系方式，就跑出去了。

司机趁我们谈话的时间已经接来了工程部的两个同事，一行人走黑漆漆的山路回县城去。这一天过得又累又惨，根本无法分心去想别的什么事情。我一个人占了一排座位，倒下去就睡着了。

第七章

昨天的对手，

今天就可能成为同事。

对待前同事，

唯一要做的就是保持好关系。

2014年2月1日

我从来没出过这么辛苦的外勤。二十多号人天天跟着车队奔波，让人格外“丧气”的是，天气一直没有好过。从来的那天到现在，一直阴雨连绵。

我们晚上住在县城的宾馆里，那是一个极小的山城，散个步就可以绕完一整座城。大家每天的行程就是坐车、睡觉、打牌、望天……

傍晚的时候，我们这一组人刚刚从山里回来，我抱着宾馆的火炉，像一团腌菜一样躺在沙发上。手机突然响了，是张可达的声音：“啊！京夏，我有个大新闻要报给你听！”

“别咋呼，慢慢说！你现在升职当官了，是我大文案组的组长，要矜持一点。”

“你别一天到晚拿这件事怼我行不行？”

“不行，一想到你连多音字都辨别不清楚，一想到你连成语都不会用，我心里就硌硬！”

电话那边一阵沉默……

“好了，说正经的，什么事让你十万火急地给我打电话？”

“你上周报过来的资料，就是给那个山区唇腭裂的小姑娘做修复的案子，老板受理了。他说材料挺不错的，到时候联系几家媒体，当公益项目宣传一下，一定能拉回一点好感。”

我“嗯嗯”了几声，语气也轻缓了一些。张可达大概是明白我的点了，也很高兴地说：“那你到时候再去山区联系一下那个小姑娘的家人，我们合计一下时间，就把这件事给办了。”说完，张可达迅速挂断电话。

我们这组人回来得晚，已经过了饭点的时间。范向导让大家回房收拾一下，准备带着我们去街上的小馆子吃饭。

我没什么要收拾的，就在大厅的沙发上等大家。沙发边烧了个炭盆，被火烤着，整个人都暖洋洋的，倒让人有点想打瞌睡。我迷迷糊糊，突然感觉一床厚厚的毯子盖在身上。我顿时醒了，就见蒋玄坐在对面的沙发上翻书。他少见地戴了副黑框眼镜，眉毛一挑一挑的，不知道在思考些什么。

“你在这儿干吗？”我大概是没吃晚饭，又刚睡醒，说话的声音都是飘着的。

“查一下治疗癫痫的资料。”

我看了看那本像厚砖块一样的书，暗暗涌起一股敬仰。我揉了揉眼睛，只片刻的时间，外面的天已经完全黑了。山城的夜晚出奇寒冷，这座宾馆的大厅，四面透着风，除了火炉和沙发附近，远点的地方又黑又冷。

“我饿了。”我没头没脑地说了一句。

“有橙子，你吃吗？”蒋玄问。

我摇了摇头：“那东西越吃越饿。”

这时，范向导带着其他几个组员也来了，大家聚在火盆边，他问道：“大伙想吃点什么？”

“那我们去街上转转，看有没有烧烤摊？”工程部的同事建议道。

我瞥了他一眼，觉得这个建议不错。我套上羽绒服，准备和大家一起出门去找烧烤摊，蒋玄紧跟在我身后。

“蒋玄，我请你吃烧烤吧，我好像还欠你一顿饭来着……”

“你之前说的是要请我去高级日料店管饱的，现在就准备在这穷乡僻壤的山城里，吃一顿烧烤打发我，我不干。”

“那你别去了。”

蒋玄的话哽在喉咙里，一脸不悦地跟在我身后。

贵州山城的夜晚，街道都是空荡荡的。偶尔从几个小超市里出来的人们缠着头巾，背着背篓，穿着不知道是土家族还是苗族的服饰。我们在大街上转了半天，没有看到一个烧烤摊。

“本地人不吃烧烤的吗？”我有些失望。

“这么冷的天气，露天吃烧烤的也不多吧。”范向导说。

我们几个站在路灯下思考人生。一滴雨砸在我的脸上，我望了一下天空。整个人忽地被蒋玄拉着往回跑，他边跑边喊：“下雨了！”

几个人往四个方向跑了，我总算明白什么叫大难临头各自飞。我被蒋玄拉着，狼狈不堪地跑回宾馆里，他在隔壁的小卖部要了两碗泡面。在他去找前台小妹倒热水的时候，对方看着我们俩惨兮兮的样子，忽地问道：“有一些生红薯和板栗，你们吃吗？”

“有点硬吧，这么冷的天，牙口不好，嚼不动的。”

“我要，我要！”我忙走过去，盯着前台小妹给我拿生红薯和栗子。

蒋玄边替我泡面，边疑惑地盯着我。山城的取暖设施是老式的炭盆，炭火在旺盛地燃烧着，底下积了一层厚厚的炭灰。我把生红薯埋在炭火里，板栗用水果刀划开，码在火边。

蒋玄端着两碗泡面，饶有兴致地盯着我烤红薯和板栗。

“你没烤过红薯和板栗吗？”我问。

“没有。”

“那你的童年是怎么过的？”

“补习班啊。”

“这么惨……”

“不是物理就是奥数，很没意思的。”

我们端着泡面吃起来，居然还是老坛酸菜味的。深山小县城的夜晚，静寂得让人觉得可怕。前台小妹搂着她的热水袋，在前台后面的折叠床上睡着了。我们吃完面后，栗子也熟了。我用火钳把栗子拨到一旁，放凉后就开始当小点心吃起来。蒋玄兴致勃勃地跟我一起剥栗子。

“蒋玄，你为什么要学医啊？”

“因为我爸妈让我学医。我妈迷信，我高考填志愿的时候，她找了个大师替我算命。那个大师说我命里带煞气，从事其他行业都不会长久。学医就是悬壶济世，是救人的，可以积福。”

“然后你爸妈就被大师给说动了？”

“哦，还不止。那个大师还给我算了一卦，说往沿海城市走最有利，于是我就到S城来了。”

蒋玄一边说着，一边小心翼翼地剥栗子。他弓着背，像只松鼠一样。我搓了搓手，有点想把他这副样子拍下来。

2014年2月2日

天亮之后，各组的人员又开始了新一轮“进山吃土”的工作。虽然一开始豪情万丈地准备捐建十所图书馆，可在实际勘查之后才发现，捐个图书类别丰富的图书室已经绰绰有余了。剩余的钱还不如丰富一下每所学校的体育器材，再修葺一下跑道和篮球场。

今天我有别的任务，蒋玄和苏瑶跟着另外两个同事走了。我和范向导新租了一辆车，直奔唇腭裂的那位小姑娘家去。公司对这个公益项目是志在必得。

从县城出发，车辆要在盘山公路上开好几个小时。不知道为什么，我盯着车窗外的风景，有些心神不宁，右眼一直在跳。等我坐了三小时的车，又走了好几里山路，奔到唇腭裂小姑娘家的门口时，看到她家的木门上挂着一把大锁，范向导敲了半天也没有人来应门。

邻居被我们惊动了，有个大婶特意绕过来问：“你们找谁啊？他们一家人出远门了，十天半个月不会回的。”

“去哪里了，你知道吗？”我追问道。

“去S城啊，听说是给女儿做手术去了，有家医院资助她们，肯免费给她们做手术。他们一家人高兴得不行，当天就收拾东西跟他们的车走了！”邻居愣愣地望着我们。

“哪家医院？”我的心一沉。

“那我就不知道了。”邻居搓了一下手。

“他们一家子什么时候走的？”范向导凑过来。

“就昨天，不过他们说好像要先去县城里待两天。”

我们坐在邻居家前坪的台阶上，邻居给我们倒了两杯水。范向导躲到一旁去抽烟，我拨通了张可达的电话，说：“你帮我查一下，明嘉集团是不是在贵州也搞了公益项目？”

“什么情况？怎么突然让我查这个？”

“那个唇腭裂的小姑娘被一家整形机构捷足先登了。”

“连这也抢啊？”

“先帮我查一下是不是明嘉干的。”

“你怀疑是……”

“对，如果是明嘉截走的，那十有八九就是小叶子了。”

张可达“嗯”了一声，挂断电话查资料去了。我蹲在路边，攥着手。范向导看我这副样子，递了一支烟给我。我哆哆嗦嗦地点了烟，慢慢抽了一口，又吐了个烟圈。

范向导惊奇地问：“你这吐烟圈的技术很高嘛，实在是没看出来。”

我斜了范向导一眼：“以前也不会抽的，但是我被媒体行业除名的那阵子，感觉日子难过得很，每天都要抽烟。”

“被行业除名啊，那应该挺难熬的吧。”

我点了点头：“生不如死，每天就像是个废人。我学的东西、攒的那些工作经验，一夕之间成了废品。”

范向导打量了我一眼：“这可看不出来，你现在的样子很有朝气的。”

我笑了笑，没接范向导的这句话。我在家里躺了大半年，被所有媒体拒绝，我突然意识到，世界真的向我关上了大门。

张可达打来电话，刚一接通，他就在那边喊：“就是明嘉！他们在贵州很多个学校里都投资了‘明嘉班’，资助了一大批学生。已经抢在我们前面，向媒体发了通稿了。”

“什么时候的事？”

“就在你们进驻的同一天。”

“明显是冲我们来的。”

“京夏，听我一句。不要再搅进去了，这里面的水太深了。看上去好像是同行之间的竞争，可是你不觉得明嘉的每一步都是冲着我们来的吗？”

“你也发现了。”

“明嘉集团是后来进入S城市场的，想挤走我们当老大，做点打压的事情太正常不过。但是往细里一想，有些动作也太多余了，简直就是要赶尽杀绝。这对他们没好处，鱼死网破啊！”

“先看看再说吧，你把明嘉离我们驻地最近的资助学校地址发给我，我去打探一下。”

张可达闷闷地“哼”了一声，挂断电话。

明嘉大概也不想和我们发生正面碰撞，她们设的点大多在临县。范向导和我坐上车，一路从环山公路绕到临县去。他叹息了一声：“钱难赚，命多舛！”

在贵州山里闷了半个月，几乎天天是阴雨连绵，寒冷的天气。然而就在我心神不宁的这一天，天空却意外地放晴了。车在路上走，天边的云慢慢散开，阳光铺天盖地地弥漫开来。

我指了指天问范向导：“不知道这是什么预兆，总归是好的对吧。”

范向导抿了抿嘴说：“也有可能是回光返照。”

“你这样，让人很难接话。”

范向导的一句话，让整个车里的气氛陷入了迷之尴尬，于是我们一路上都没有再说过话。

到达临县的学校时，已经是下午三点多。我逢人就问：“请问一下，你知道‘明嘉班’在哪间教室吗？”本地人很是熟门熟路地替我指方向，可见来询问的人不在少数。

我一路闯过去，在学校走廊的尽头看到一个熟悉的人影，正站在教室门口跟一个老师模样的人在聊着什么。那人的侧脸微微扬了一下，那轮廓我再熟悉不过了，她是小叶子！

那一瞬间，我几乎想扑过去扯着她的领口问她为什么要这样对我。我一直以为她是我最要好的同事，一起搞定过那么多的项目和关卡，怎么能这样陷害我。

如今狭路相逢，我压下心里的怒气。我躲回暗处，沉默了几分钟之后，悄无声息地溜出了学校。

范向导还是一副老油条的样子蹲在路边抽烟，看到我阴晴不定的表情时微微诧异了一下：“你这是怎么了？情况打探好了吗？”

我跳上车，让范向导把车开到静僻的地方。我拨通了张可达的电话：“你帮我查件事。”

张可达不满地答：“又是什么事？不是让你别插手了吗？安安分分地做一只搬砖的小基层，这才是我们的命运。”

“我看到小叶子了。”

“你甩了她两巴掌吗？”

“没有。”

张可达在电话那头长长地叹息了一声。

“我没跟小叶子打照面。你赶紧帮我查一下，她们在贵州山区小学搞资助，住的地方在哪里。那个唇腭裂小姑娘一家应该暂时被她们安顿在县城的什么地方了。”

“你想釜底抽薪？”

“是小叶子先螳螂捕蝉的！”

张可达的眼线早就安插在了对手公司的核心部门，没过多久就探出了详细的地址。这种乡村道路上，人少车也少，又没有红绿灯，我们就像是赶场一样地飞车奔过去。

明嘉集团不像我司爱搞形式主义，就简单地派了几个人，拿着钱很实际地捐给了有困难的家庭。明嘉的目标太小，为了找到她们的住处，我简直拿出了我大学兼职时跑遍全城报刊亭问刊物销量的气力。

最后，我们在酒店宾馆的顶层敲开了那一家人的房门，他们一家人兴致盎然地在打扑克，嘴里叼着柿子干，一脸茫然地看着我这个不速之客。

我喜出望外地想挤进他们房间的时候，整个人突然被拉住。我一转身，发现小叶子面无表情地站在我旁边，替里面的人慢慢合上门。

在小叶子面前，不管是我还是张可达或是王先霖，我们都是些“战五渣”，光气势就比她弱了三分。

“京夏，我们好久没见了。”

小叶子缓缓说出那句话，那一点都不像我认识的小叶子。在我的印象中，她爱玩闹也爱调笑，说话没轻没重的。哪像现在这样，不知道的人还以为我们在拍商战大片。

“小叶子，你有你的选择，我能理解。但是截胡我们的项目，这事情做得也未免太绝了吧。”

小叶子摊了摊手：“你们给过对方什么承诺吗？反倒是我们集团的同事，从给她做检查起，就保证会动用集团最好的资源替她修复脸部缺陷。”

“是我们先找到这个小姑娘的！”

“但协议还是我们这边先签的，要怪也只怪你们做事拖泥带水，延误了时间。”

我的话哽在喉咙口，突然想起我和她同事以来，无论是口舌之争，还是工作上的高低之分，从来都只有被她碾压的份。

沉默了半晌，我问道：“你为什么要偷我电脑里的设计稿？”

小叶子很明显并不愿意和我讨论这个问题，她撇开话题说：“京夏，你赶了那么远的山路过来，饿了吗？我请你去吃点东西。”

我冷笑：“你这是干什么，打一巴掌给一颗枣吗？偷了我们的设计图跳到明嘉集团去，还跑到贵州截了我们做公益的案例。现在还天方夜谭地想我们能和和美美地坐在一桌吃饭？”

小叶子深深地望了我一眼：“你要是这样的态度，我们就没办法聊下去了。”

“谁要跟你聊了？你从我电脑里弄走设计图的时候，怎么没有想过要和我好好聊一下呢？我倒了八辈子霉才交了你这种朋友。”

小叶子不说话了，我竭尽全力吼道：“我恨不得甩你两巴掌才消气。”

我撂下这句狠话，上车回去了。

范向导看我气得发抖的样子，根本不敢跟我说话。一个人默默地开着车，嚼着槟榔。车子一路颠簸回来，已经是后半夜。

我带着一身湿漉漉的水汽走进宾馆。蒋玄坐在大厅里的火炉边，他看见我回来，皱着眉头地喊了一声：“宋京夏，你跑哪儿去了？”

我面无表情地望了他一眼，几乎是带着怨气地发泄道：“关你什么事！”蒋玄那张带着一些关心的脸，在严寒的冬夜里被瞬间冻成了冰。

我们俩像脸上起了霜一样站在那里，这样的场面又冷又尴尬，可谁也不认输地杵在那里，生怕服软了就会天塌地陷。

苏瑶从楼梯下来，手里端着两个马克杯，高兴地说：“我用宾馆的锅煮了热奶茶，你们要喝吗？”

“你们喝吧，我就不打搅你们师姐弟深夜谈心了。”

我说完，猛地冲上楼去。那些平日里遮遮掩掩的情绪都一并爆发了出来。我一点也不喜欢这样的自己，对身边的人随意发泄负能量，这实在是太糟糕了。但我毫无办法，我完全控制不了自己。

2014年2月9日

前两天，大家吃晚饭的时候，饭馆的电视机里正在放我们S市的新闻。画面一跳，变成了贵州的青山绿水，画面的字幕居然打着：企业的良心——本市著名整形集团救治贵州唇腭裂贫困儿。主持人原本轻快的语气一下换成了低沉的播音腔。严露和小叶子带着那天见过的唇腭裂的小姑娘出现在画面里，有种气氛融洽、大爱无疆的公益广告的感觉。

范向导惊呆了，指着电视吞吞吐吐地说：“这……这……”他转头看着我，而我黑着一张脸，不停地往嘴里扒饭。小叶子真是雷霆作风，从抢人到播报新闻，才不过短短三四天时间，让人不服不行。

自从小叶子这件事后，我就像一只斗败的公鸡，我借口生病从工作组退了出来。无所事事地在宾馆里宅了几天，我们贵州公益项目的先期工作也差不多就收尾了。在那之后的几天时间里，除了工作上的安排，我和蒋玄一句话也没有说。明眼人都察觉到我们之间诡异的氛围，大家都躲得远远的。

今天回S城，大家收拾行李，买办特产，十分忙碌热闹。百无聊赖的我坐在大厅里烤火，苏瑶和蒋玄从电梯里出来，撞了个正着。苏瑶招呼我道："走啊，也跟我们一起去买特产。"

"没什么特别想买的，你们去吧。"我推脱道。

"那是因为你没去逛，山城里好吃的多着呢，去市场转一圈呗。"

苏瑶热忱相邀，一旁的蒋玄面无表情，也不说话。我回想起那天夜晚我莫名冲蒋玄发火的场面，就心虚地把脸别到了一旁。

我蹑手蹑脚地跟在他们后面，苏瑶转身看了我一眼，笑出了声。我们三个一路向着市场走过去，其实国内每个小县城长得都差不太多，一样的砖房建筑，一样潮湿泥泞的市区。反倒是我们在山里奔波的那几天，密林深处偶尔出现的古老民居，都是用木头盖的房子，还是一种老式的吊脚楼的味道。在萧瑟的冬天里，深棕色的房子在光秃秃的树枝的衬托下，那种冷清的感觉非常让人难忘。

县城里在赶集，很多人背着背篓从山里赶来，把自己摊位上的东西摆得整整齐齐。我们左看看右逛逛，很是新奇。那种用蕨根粉磨出来的糕遍地都是，还有栗子、柿子……

我一开始以为没什么特别想买的，结果我和苏瑶两个人各拿了一个背篓从街头买到街尾。蒋玄默默地跟在我们后面，替我们提东西。

街边有炸糕卖，糯米球在滚烫的油里舒展得浑圆可爱，起锅后浇一层辣椒汁，一口咬到嘴里又糯又辣，实在是好吃到心里去了。

蒋玄似乎对路边摊颇有芥蒂，站得远远的。我和苏瑶各买了一份吃了起来，苏瑶用竹签挑起一块炸糕，然后举到了蒋玄的嘴边。蒋玄闭紧嘴，一副宁死不屈的样子。

"张嘴！"苏瑶斩钉截铁地喊了一句。

蒋玄绝望地张开嘴，苏瑶把炸糕送到他嘴里去。他闭着眼睛嚼了嚼，再吞了下去。

我端着一碗炸糕，站在那里却尝不出食物的滋味，心里如翻江倒海。别人应对这样的场面，到底是怎么熬过去的呢？我也不知道。我只知道，自己若是紧张的时候，会拼命找一些事情做，来掩饰自己的慌张。可当下并没有其他办法，我只好埋头吃炸糕，大口大口地吞下去。

“有这么好吃吗？”苏瑶问我。

我嘴里塞满了食物，心慌地看着苏瑶，语无伦次。

“那你慢点吃，别噎着。”

苏瑶的话音刚落，炸糕上的辣椒汁就被我吸进气管里，咳得我满脸通红。苏瑶赶紧递给我一瓶水，我往嘴里灌了好几大口才平缓下来。

蒋玄始终像个路人一样在旁观。我不无悲哀地想：他这是跟我绝交了吧！

街尾，组内的同事看到蒋玄和苏瑶，纷纷跑了过来。苏瑶带的几个医学生拉着蒋玄闹腾个不停。

“师兄，去帮我们挑些伴手礼带给洪老师吧！”

“你们什么时候这么懂事了？这不科学！”

几个医科生面面相觑，有人嗫嚅：“纯属意外。”他们一帮城里小孩没逛过集市，刚刚逛得太兴奋了，就拍了几张照片发到了朋友圈里。然后洪老师秒赞，还在留言里回复道：记得带点好吃的回来。

“你说老师喜欢吃什么？”

几个医科生捧着手机，望着天空发呆。

蒋玄回答：“什么都吃，这么多年他在手术台、停尸间来来去去，胃口好得很……我以前去医院上课的时候，看见过他中午赶着点去食堂吃饭的时候，一只手提着饭盒，另一只手帮人拿着一只断胳膊，一张脸笑得春风得意，简直像要去食堂把人家胳膊给下酒了。”

“师兄！你这样会让人误会的。”

几个人吵吵闹闹地走远挑东西去了，留下我和苏瑶站在原地。

“我的师弟们是不是太吵了？”

“不不，挺可爱的。”

我连连摆手，赶紧客气地夸赞了几句：“一群学霸，十分羡慕。我高考数学还没及格过呢！年轻人啊……”

“京夏，你喜欢我师弟吧。”

我猛地一抬头，目瞪口呆地望着苏瑶。这对师姐弟简直没一个是省油的灯。

“你为什么会这么认为？”我慌张地问。

“哦，没什么，就随口一问，经常有些小姑娘来找我要师弟的联系方式。”

她顿了顿，又波澜不惊地补了一句：“毕竟我师弟长得挺好看的，惹了不少烂桃花。”

苏瑶直直地望着蒋玄的方向，我也望了过去，来来往往的人穿梭在市场中。蒋玄弯着腰在一个摊位前打量着什么，他似乎感受到我和苏瑶的目光，站直了身体回头望着我们。我们三个人就这样隔着茫茫人群，互相看着彼此。

我犹豫地看了看苏瑶，她的目光像是大夏天的正午时分最灼热的视线，烧得旁人无所适从。那一刻，女人的直觉让我突然明白过来一件事。

苏瑶问我是不是喜欢蒋玄，她并不是随口一说，她是故意说给我听的。她是在告诉我，经常有小姑娘挂念着蒋玄，我并不是其中的一位。不管我答喜欢抑或是不喜欢都不要紧，我也只是他身边无数朵烂桃花中的一朵。她并不是想听我的答案，而是在宣示自己的主权。

蒋玄和师弟们抱着一堆山货回来，有些好奇地问我们：“你们在说什么？”

我掩饰地摇了摇头，苏瑶的嘴角往上一勾，露出一种师姐式的微笑。

傍晚，大家坐上大巴车，这一次医科生和我们乘坐一辆车回家。车慢慢地驶离这座山城，和来的时候不太一样的地方是，蒋玄坐在苏瑶的旁边，而我坐在最后一排。从他身边走过的时候，我们的目光相触了一下，然后就各自躲开了。一想到这里，我就觉得人生惆怅。

路上停停堵堵，到S城的时候，已经是晚上十二点了。这一路奔波劳累，大家早已疲惫不堪。苏瑶下车前问我："京夏，你回哪里？"

"我家就在集团旁边，很方便。"

苏瑶点点头，医科生的队伍里忽地有人喊道："蒋师兄、苏师姐，我们去吃烧烤吧！"

"这么晚了还去吃烧烤？"

"吃完了好回实验室熬通宵啊！"

一群年轻的医科生就这么击着掌，约着下车去吃烧烤。我在冷风里站了好久，表述不清楚内心到底是怀着一种怎样的心情。

我拖着笨重的行李箱回到了家。

月落日升，又是明天。

第八章

很多事情不是努力就可以改变的，
就像做一道数学题，
一开始用错了公式，
不管你怎么努力，
答案还是错的。

2014年2月10日

从贵州回来后，我做的第一件事是着手收集明嘉集团的所有资料。但事有蹊跷，这一切都是暗中进行的。好在我被发配到医院的负一层，这边基本就像个冷宫，我一个人坐拥整间阴沉沉的办公室，根本没有人来管我在做什么。

办公室在地下室，我也懒得坐电梯，直接从楼道里走下去。回来的那天下了一层楼，和蒋玄撞了个正着。他背着我，倚着护栏在抽烟。听到动静，他一偏头就看见了我，又把头转过去，把手里的烟默默地掐灭。我们擦肩而过，谁都没理谁。

张可达和王先霖替我接风洗尘，把我叫到了一家隐秘的私房菜馆。张可达替我倒了茶后，他和王先霖一左一右地盯着我。

“你们几个意思啊？”我挑着眉问道。

“你和蒋医生有情况啊！”张可达问道。

“我和你们俩才有情况，一天到晚黏在一块浪费生命，别人还以为我们三角恋呢。”我一拍桌子，欲盖弥彰地说。

“那不一样的，虽然你和我们俩混在一起是没错，但瞎子都感觉得到我们之间是纯友谊。可你和蒋医生就不一样了，你们在贵州那边眉来眼去的八卦都传遍全院了！”张可达一脸得意的神情。

我两眼一直，端着茶杯愣愣地问：“谁传的？”

“所以，真的有情况？！”王先霖意外地看着我。

就在我们几个吵吵闹闹的时候，私房菜馆的门铃响了。老板匆匆跑去开门，进来两个穿着院内客服组黑色套装的妹子。我们三个人面面相觑，王先霖立即把食指竖在嘴边“嘘”了一声。

客服组存在于我们整形集团的食物链底层，招聘的标准最低，薪资也是最低的，但工作强度却很大。她们是客人来到整形医院时见到的第一张面孔，是货真价实靠脸吃饭的岗位。运营线的廖扒皮平时一向不搭理人事方面的问题，但招客服的时候，一定要亲自拿简历过目。但凡简历照片不过关的，通通毙掉。客服组的妹子除了经常受到一些挑剔客户的为难，还要时刻警惕廖扒皮的咸猪手。

两个客服妹子扫了我们一眼，然后自顾自地点单去了。客服部和营销策划中心本来就隔着十万八千里的距离，平时基本没有交集，不认识我们很正常。

有人在场，我们就不太方便讲八卦了，只好各自打开手机玩手游。而隔壁桌的妹子忽地来了一句：“你说气人不气人？这么有钱的一个整形集团，居然抠成这样！”

我们仨顿时视线一对，张可达最让我无语，他居然转了一下头，把耳朵的方向对准隔壁桌，生怕别人不知道我们在偷听似的。

一个妹子说完，另一个妹子就义愤填膺地接话道：“真不要脸，说好的集团出钱搞公益，捐什么图书室，居然让我们员工去买书。好不好笑？”

原本只是静静偷听对话的我们，此时全部一副呆滞的表情。张可达在我们三个人私下拉的微信群里喊道：什么情况？

我也不知道啊，我一个跑贵州公益项目的当事人，我什么都知道，她们是不是搞错了啊？

张可达，你不是号称内幕八卦战斗机吗？你怎么没说这么一回事？我推了一下张可达。

我也是今天第一次听说这件事。张可达一脸无辜。

我们本来还打算吃完饭再打几盘牌的，这下都灰溜溜地窜回院内。我们奔到项目经理的办公室，陈佳佳一个人端着盒饭，一边吃一边偷偷在刷网剧。

张可达站到陈佳佳背后，拍了拍她的肩膀说："这剧不错，就是男主角丑了点，不如你男朋友那么下饭。"

陈佳佳一惊，手里的饭盒"哐当"一声掉在桌上，一片狼藉。陈佳佳回头看到是我们几个，气急败坏地说："神经病啊？这么吓我有意思啊？"

"有意思啊。"张可达补刀。

陈佳佳把手里的筷子一扔，伸手就拧住张可达的耳朵往死里揪，看得我和王先霖心惊肉跳。等张可达杀猪一样地喊够了，我才拉住陈佳佳的胳膊问："院内出了什么新政策吗？"

"注射项目大放价。"

"不是这个，强制要求员工捐书的事，你知道吗？"

陈佳佳推了推眼镜："知道啊，廖扒皮让运营线的每个员工买两本书捐给贵州山区学校的图书室献爱心。"

"为什么要强制员工买？集团没有拨专项专款吗？"王先霖问道。

"谁知道呢，高层的决定还不是一拍脑袋的事情。"陈佳佳理所当然地回答。

张可达疑惑道："可我们那边没听到要捐书的风声啊。"

陈佳佳白了张可达一眼："廖扒皮才不想去触江总的霉头呢！"

廖扒皮和我们老江是死对头，以前还遮掩一下，现在廖扒皮没事就卡江总的广告费，一卡就咬掉三分之一，很是嚣张。两个人现在只要一开大会就呛得你死我活，没道理廖扒皮会如此大发善心地放过江总那边啊？这不对劲。

大家聊了半天也没聊出一点有用的信息，看时间已经一点半了，午休时间也过了，大家各自准备回去上班。就在这个时候，王先霖的手机突然响了。他摸出手机一看，脸色顿时黑了。

张可达一副了然的模样：“怎么，刘姐又来了？”

王先霖点点头，我好奇地问道：“什么情况啊？”

张可达咧着嘴笑，问我：“你还记不记得那个开玛莎拉蒂的客户刘芸？”

“废话，谁能忘了她？就算忘了她也忘不了她的车啊！”

“你不在的这段期间，刘芸都会来我们医院做定期保养。说来也奇怪，那天下大雨，她没开车，打了辆的士就来了。穿得灰扑扑的，跟平时的她完全不同。当时王先霖去食堂吃饭，看见她一个人孤苦伶仃地站在路边的公交车站躲雨，就一时好心撑伞送了她一段，结果刘芸就看上王先霖了！”

“喂！你别瞎说！”王先霖白了他一眼。

“我哪儿瞎说了？她每次来做保养都要找你接待，你又不是客服部的。我告诉你，她这种叫碰瓷！”张可达义愤填膺。

“王先霖，你不要嫌弃人家太有钱，这样不好。有钱人也有追求真爱的权利啊！”我握拳鼓励他，王先霖把手机一收，夺路就逃。

可我们刚走到门口，就发现“玛莎拉蒂姐”穿着一身貂，戴了副墨镜站在大门口。看到王先霖，她抬着下巴说：“我等你半天了，你们就是这么招待客人的吗？”

张可达把王先霖往前一推，在他背后小声喊道：“给自己一个机会，也给有钱人一个机会啊！”

王先霖被刘芸拉走了，我和张可达感慨万千地站在原地。

我第一次认真地发现，其实王先霖长得挺好看，白白嫩嫩的，标准的小白脸长相。要不是平日不修边幅地缩在角落里鼓捣机器，早就迷倒万千少女了。

张可达悻悻地说：“还是玛莎拉蒂姐眼光毒辣啊，居然发掘了王先霖。京夏，你后不后悔错过了这么一个玉树临风的男同事啊？”

“你神经病！”我冲着张可达狠狠地“呸”了一口。

“算了。”张可达叹了口气，丢下我走了。

我回到自己的地下室办公室，打开门一看，发现廖扒皮居然在等我。他背对着门，挺着肚子踱步，四下打量，发出“啧啧”的声音。回头一见我，立马换上一张亲切的笑脸，吓得我后背发凉。

“廖总，有什么工作安排吗？”

“小夏啊，到底是江总培养出来的人，你看我都不用说，就来主动请缨了。”以前集团开主管例会的时候，老板不想跟廖扒皮开撕，每次都找借口不去，老让我去顶班。廖扒皮一看骂不到我老板，每次都把火气往我身上撒，但凡开一次例会，就把我骂得狗血喷头。今天他却一反常态，在这里绕弯子。

廖扒皮和气地说：“小夏，上次集团去贵州援建图书室，院线的同事都很激动，说要为他们贡献点爱心。我觉得这是好事，就让他们每个人捐两本书意思一下。”

他说完顿了一下，瞟了我一眼，见我没反应，于是继续说：“小夏，你就负责收集一下大家捐赠的书，造一个表格，登记一下。”

我轻轻应了一声，不料廖扒皮拍了拍我的肩膀说：“我已经通知下去了，集团在全国21家医院的所有员工都要参与这次公益活动。你辛苦一下。”

我两眼一翻，想装死。

而廖扒皮显然是早就打好了这个主意，他走之后，各部门主管纷纷提着一摞书闯进我的办公室来。我站在门口，指着角落，对每个来的人都喊一句：“欢迎光临，蓬荜生辉。哦，书放那里。”

廖扒皮之前忽悠我说，大家听说搞公益，心情很激动。

激动我倒是一点都没看出来，只是从捐的书的类别里看出了满满的敷衍。我随手抽了几本书，分别是《知音》《鬼吹灯》《斗罗大陆》……甚至还有一整套盗版的《银魂》。也不是知道是哪家孩子的私房漫画被家长偷偷拿来充公了。这些书根本就不适合捐给贵州图书室。

我一边登记整理书籍，一边在建议栏里写上：希望大家多去找点适合中小学生阅读的图书，比如《三年高考五年模拟》。

我的办公室很快要被书堆满了，捐赠的图书还是源源不断地送过来，让人内心焦虑。

这天下班点的时候，没什么交情的苏瑶突然给我发来微信："来联谊吗？"

"去！不见不散！"

我从椅子上跳起来，从包里翻出一把黄铜锁，把自己办公室的大门一锁，打了卡从医院后门溜走了。

联谊的地点在城北的一家火锅店，苏瑶亲自到门口来接我。她摘了眼镜，化了淡妆，穿着薄薄的春衫，耳朵上缀了两颗珍珠耳钉，整个人看上去妩媚得不可方物。

"在火锅店里联谊，也还是蛮不上档次的。"我奚落道。

苏瑶望着我笑道："不然为什么要找你来？"

我哑然，论刻薄的艺术，我根本不是苏瑶的对手，于是乖乖地跟着她走到她们那一桌。不知道是组的局，来的男男女女不是985名校毕业的博士，就是美国和欧洲回来的海归，我规规矩矩地缩在角落里涮羊肉。席上的各位男生几乎人人顶着一副黑框眼镜，打扮和穿着也是一言难尽。

有人问我："京夏同学在哪里上班？"

"整形医院。"

“你是整形医生吗？那个很赚的！

“我是文案，主要做广告方面的工作。”

“哦……”众人齐齐“哦”了一声，有些意味深长。

突然有人敲门：“对不起，我来迟了。”蒋玄摘了帽子和围巾，自来熟地搬凳子坐下。和在座各位男士一对比，蒋玄简直是鹤立鸡群。

一个穿高领毛衣的妹子“哇”了一声：“这个男生是谁？”

“我师弟。你想认识他吗？我可以给你电话号码。”苏瑶微笑地看着对方。于是全场所有女生都把手机伸出来说：“方便的话，我也扫个微信吧。”

大家涮着火锅，聊着课题。我第一次知道，知识分子的联谊宴会是多么无聊。

苏瑶从包里掏出一副狼人杀牌说：“我们来玩桌游吧。”

场上的气氛似乎活跃了一点，一个圆脸男生说：“早告诉我玩这个就好了，什么狼人杀、三国杀，我们实验室屯了好几副牌，我们早就玩得很溜了。”

大家笑成一团，场上的气氛又活跃不少。圆脸男生主动请缨说：“我来当法官吧！我对游戏规则很熟悉，先引导大家玩两盘热热身。”

几个海归男孩搓手叫好，其中一个很兴奋：“早就对这个游戏好奇了，在国外老凑不齐人！”

来的妹子们要么是文静型的，要么是软妹型的，都一团和气地抽着身份牌加入到游戏里。发完牌后，蒋玄的手机忽地响了，他便出去接电话。

等蒋玄回来后，游戏正式开始。大家一阵厮杀，法官宣布：“天亮请睁眼，第一轮死的是——蒋玄。”

话音一落，大家嘻嘻哈哈地调笑蒋玄：“你人气太旺！”

“谁！究竟是谁在嫉妒蒋玄！干得好！”

……

第二轮开始，第一个死的还是蒋玄。气氛开始有些微妙了，有人插科打诨地说：“有点难懂。”

第三轮开始，仍然是蒋玄先被杀。大家都不说话了，只有法官露出一脸高深莫测的笑。

蒋玄蹙着眉，双手抱胸坐在旁边。结果第四轮仍然是他先死，这次他难得说了一句话，是冲着苏瑶说的：“师姐，为什么老杀我？”

苏瑶眨了下眼睛，表情有种微妙的无辜，她轻轻笑了笑：“先死先投胎嘛，十八年后又是一条好汉。”

蒋玄哑口无言，法官喊了声“中场休息”，大家纷纷奔入洗手间。苏瑶倚在门口等我出来：“是你干的吧？”

“什么？”我装傻道。

“少装了，是你杀的我师弟。”

“我只是，我只是……替其他几位男嘉宾拉高交友的成功率而已。”我吞吞吐吐地坦白。

苏瑶歪着头冲我笑了一下：“其实我也杀了一次。”

苏瑶先回包间去了，我从洗手间旁边的侧门溜出去透气。推开门，一阵冷风呼啸着吹进了衣服里，冻得整个人醍醐灌顶般清醒了。空气中弥漫着一股烟草的味道，我一回头就对上蒋玄那双透着亮光的眼睛。

“你又躲在这里抽烟了。”我说。

蒋玄不声不响地把手里的烟灭掉。寒冷的天气里，哈一口气都可以看见白雾，而我们俩站在这样的冷风天里沉默。此情此景，被冻傻了的我开始哼起了《为你我受冷风吹》，越是冷得不行，就越是哼得起劲。蒋玄听了片刻，无可奈何地笑了。

“你跑到这儿来干吗？”他问。

“透风啊！”

“联谊难道没有看得上的男选手？”

“那你呢？你师姐艳压群芳，智力超群，你为什么不喜欢她？”

“我哪有不喜欢师姐？我很喜欢她的。”

我的嘴角一抿，望着蒋玄。他斜了我一眼，又继续说：“但不是男女朋友的那种喜欢。”

“为什么？她长得漂亮，头脑聪明，最重要的是性格还好，简直完美！”我问得那么迫切，连我自己都没有意识到。

蒋玄抬头看着天空，叹了一口气：“是啊，学姐那么好，但和我又有什么关系呢？我并没有想过要站在她身旁。”

“为什么？”我气弱了半截。

“我没出息。”蒋玄说完，把夹在手指间的烟蒂一弹，扔进了门口的垃圾箱里。他不愿意再继续和我聊这个话题，大力地一拉门，把我推进去：“走，回去相亲吧。”

“相亲？我们明明是年轻朋友来相会，是联谊！”

“抢手的男女来相见才叫联谊，找不到对象的就是相亲。”他说完指了指自己，又指着远处的苏瑶说，“联谊！”然后又指我，再指了一下远处歪瓜裂枣的男孩子们说：“相亲！”

蒋玄眨了下眼睛，大步流星地走回包间。我在心里感慨：蒋老师进化了！

长夜已经过了一半，我和苏瑶相互使了个眼色，准备撤退。邻桌的一群客人也散了，埋了单后摇摇晃晃地站起来。有个女的一不小心脚底一滑，整个人摔得四仰八叉。一群醉醺醺的人七手八脚地去扶她，人群里突然有人一声厉喊：“出事了！出事了！”

“快快快，谁给打个120喊辆急救车来，出事了！”

苏瑶把袖子一卷，沉声喊道：“给我闪开，医生在这儿呢。”

本来闷闷不乐的蒋玄也紧跟在苏瑶身后。至于我这种路人，叼着一块火锅店送的西瓜，默默在心里打开了弹幕频道：“医疗大片！能看到圆珠笔插气胸的经典镜头吗？”

我再回头看我们联谊会上的几个男生，他们的目光胶着在苏瑶的身上，大家的眼里简直要泛出光芒。但万万没有想到，苏瑶和蒋玄打开了一幕医疗剧的宏伟开篇，剧情却急转而下。苏瑶半蹲在地上，另一只手握着下巴，一脸深思的表情。

“什么情况啊？还有救吗？”

“死不了，小问题一个。不过宋京夏，你还是过来看一下吧。”苏瑶冲着我摆了摆手。

“我？”我指着自己，呆滞了几秒，还是顺从地走了过去。我凑过去一看对方的脸，就明白过来了。

这位女士显然是刚刚动过脸不久，适逢刚才摔了一跤，磕到了重要的部位，鼻子上的硅胶假体移位，滑到了一旁，整个鼻梁都歪了。加上她打完玻尿酸不久就来吃海鲜，明显是过敏产生了排异现象，现在整张脸都肿了，十分吓人。

蒋玄四下检查完后说：“没什么严重问题，不过要先送去医院进行消炎。等炎症好了，再做鼻子的修复手术。”

这个女人也是个彪悍型的，她从地上起来以后，从外套口袋里拿了一个口罩套到脸上就开始哭闹：“我不去医院，我不去！我就要马上做修复！这样子让我怎么回去！”

蒋玄和苏瑶目光灼灼地看向我，我叹了口气，万万没想到已经有一群学霸在，居然还需要我来拯救世界。

我给办公室的夜班客服打了个电话，没多久，集团的贵宾接送专车就来了。我们集团毕竟是搞整形的，之前专门为VIP客人配置了一辆奔驰商务车用于接送服务，里面挂满了蕾丝帘子，非常有少女心，很受女金主们的欢迎。只不过现在VIP的业务减少了，司机才有空跑这一趟。

搞定了这起突发事件，我们的联谊小分队也要解散了。大家出了火锅店站到门口，互相加微信。那个脸圆圆的担当“法官”的男生凑过来问我：“加个微信呗，说不定要向你咨询一下整形的事呢？”

“你也想整形吗？”我惊恐地问他。

“呃……不。”

我喝了点酒，头是半昏的状态。蒋玄把车从地下车库开了出来，联谊的妹子们几乎没有一个走掉，全部挤上了蒋玄的车。蒋玄一脸尴尬，苏瑶和我站在路边，苏瑶冷眼看着这一幕，在路边随手拦下一辆出租车，扬长而去。

几个男生远远地看着苏瑶的背影，有人说：“我其实一开始是奔着苏瑶来的，她在S大医学院是女神级别的人物，我听说她会来的时候，兴奋得昨晚上都睡不着。”

“现在呢？”

“就像传说中那样，太冷傲了。我还是喜欢甜甜软软的妹子。”

其余的几个男生纷纷点头，我冷笑了一声，搭腔道：“你们别得意了……人家压根儿连你们一根手指都没看上，要不然也不会拉我过来当挡箭牌了。”

我整个人是半昏的，借着酒劲把全场的男生给黑了个遍，再趁着他们变脸找我麻烦前，爬上一辆出租车，迅速逃离现场。

车开到一半，我的胃又翻涌起来，脸色越来越白。出租车司机的态度可不如上次在贵州的司机那么温和，在半路把我放下就跑了。

我整个人没有一点力气，抬手一看，已经是深夜一点多了。我只好给王先霖打了个求救电话。他在那边“喂”了一声，一听是我的声音，就让我在微信上给他发个定位，立即就来了。

王先霖是我身边为数不多的靠谱的朋友之一，我刚进公司那会儿还没搬家，住在遥远的南边。每天挤公交车回家，就像翻山越岭一样。

有一天下班，我出大门的时候，他开着一辆二手摩托车从地下车库出来。张可达在门口大喊一声：“王先霖，你不是住南边吗？你捎宋京夏一程啊！”

王先霖回头看了看我，挥了下手说：“上来吧。”于是我异常小心地坐到他的车后座上。那阵子S城全城禁摩，交警每天都在路上抓摩的，但仍有一大部分人抱着侥幸的心理在路上乱窜。

我们走了一小段路，突然后面的警笛长鸣，王先霖“卧槽”了一声，把小摩的的速度加到最大，又冲着我喊了一句：“你抱紧了啊！”然后就像《速度与激情》里演的那样，开始了他的“亡命”逃跑。

而那辆小摩的无论如何也跑不了太快。警用摩托车一直跟在后面追，开着喇叭喊：“前面的摩托车，快停下！”

就在我以为我们会被抓住的时候，一辆改装摩托车轰隆隆地从我们身边驶过。我们身后的警车忙去追那辆非法改装车，从我们身边扬长而去。

我和王先霖面面相觑，他把车停到路边，旁边是一家超市。王先霖仍然有些惊魂未定，说：“要不，我们先休息一下？买点吃的喝的。”

我们在小超市里各自拿了不少东西走到收银台前。我要替王先霖付款，他连连挥手说：“要么我买单，要么我们AA，两种选项。虽然我没有什么大男子主义，但也是个要点面子的男人。”

我就是那时候和他交上朋友的。他这个人轻易是不说话的，有严重的社交恐惧症，他平时有事都是发微信和QQ，而且喜欢一句话掰开成几个词分别发送出去。有时候在睡觉，收到王先霖的微信提示音，简直就是轰炸。我们加班的时候就睡在办公室里，见到他，他都是埋头在电脑后，但意外地让人觉得可靠。

此时此刻，王先霖骑着他那辆二手摩托车停在我面前，他仍然是那副看不出多大情绪的样子，只说：“上来吧。”

我就缩在他摩托车的车后座上，而回家的路程，也变得不那么漫长了。

第九章

每一个从事文案、策划工作的人，

总会要在不眠不休的加班中苦上一阵子。

等熬过了三五年的时间，

你就会慢慢发现，

你已经适应了。

2014年2月12日

今天张可达给我打电话：“老板找你。”

“不去，我现在是医院运营中心的员工，不归他管。”

“你就别闹脾气了，他是要问关于廖扒皮的事情。”

我迟疑了半天，最终还是没出息地出现在老板面前。老板见了我倒是很不客气，敲着桌板问我：“廖扒皮到底在搞什么？运营线的主管都偷偷摸摸地告状告到我这里来了！大费周章地让员工捐图书？集团还缺了这点钱不成！”

我缩在一旁不说话。

老板等了半天，终于忍不住问：“你倒是说两句话啊！”

“我也不清楚廖扒皮是什么想法，他又不会来跟我谈天说地。”

“那你不是帮他在统筹捐书的事情吗？”

“那也叫统筹？今天谁捐的书、哪几本、书名叫什么、价格是多少……”

“你在那边混了那么久，就混成了一个打杂的！”老板不敢置信地望着我，又继续吼我，“你在我这儿好歹也是个文案组组长，也算是个核心团队的重要角色。他居然把你扔去打杂？欺人太甚！张可达，你给我去查一查……廖扒皮那孙子到底搞什么鬼！”老板莫名其妙地发了一通邪火。

我们三个缩在奶茶店里，每个人捧着一杯奶茶。

“老板到底在气什么？”

“大概是觉得廖扒皮蹬鼻子上脸吧！”

张可达“嘿嘿”一笑：“这还不好猜？他派钦差大臣去巡察工作，结果被地主关在黑作坊里卖苦力，真是闻者伤心，听者流泪……”

我拍了拍张可达的头：“汉语四级能力考你到底过了没？你这阵子到底是怎么带队文案组的？”

张可达挥开我的手：“老板亲自管着文案组呢，估计慢慢想起你的好了。”讲到这里，张可达和我又齐齐地叹了口气。

王先霖闷着头吸了半杯奶茶，忽地冒出一句：“廖扒皮会不会出了什么经济问题？”

“怎么可能？他入了集团的股份，一年的分红都有几百万了吧。”张可达连连摇头。

王先霖茶想了一会儿：“可廖扒皮是有黑历史的人，他在江总接手营销策划中心之前，还负责S城的广告投放。他当时选了一个名声和口碑都很一般的门户网站，一个季度投了六百万。”

“我们半年的电梯框架、公交站牌、灯箱和户外，甚至影院加起来都没这个数。”我扳着手指加了一遍。

“有猫腻，廖扒皮是不是收了什么好处？”

张可达拈了一个蛋仔扔进嘴里，边吃边说：“你是之后才来的，当然不知道他的猫腻。他当时拿了人家网站百分之三十的回扣，集团年底清账的时候查到这一笔款项不对，就上报给董事长老郑了。后来老郑追查这件事，才捅破了后面的秘密。”

“那是怎么处理廖扒皮的？”

“对方网站被无限期拉入黑名单，撤掉了廖扒皮对营销策划中心的分管权力，而且老郑亲自从北京把我们江总请回来坐镇。”

“那这次捐书……”

“十之八九是跟钱有关。”王先霖这句话直中要害，能让廖扒皮乱了阵脚的事情，无非就是钱和女人。

虽然说似乎摸到了方向，可怎么查这件事却有些焦头烂额。我们几个人是没有权限查看集团的财政支出清单的，事情仿佛陷入了一个死局里。

我们身处的这家奶茶店，在S市最大的商场里，楼上一层就是高级餐厅，约莫是人均一千起的豪华馆子。我曾经借朋友的光去楼上一家西餐厅吃了牛排，号称是台湾来的一定一的牛排，卤制过的，吃到嘴里的感觉就跟街边的卤牛肉一个味道。蒋玄也请我去那家店吃过一次，后来把肉打包回家，用大葱、青椒爆炒了，十分下饭。

张可达突然推了推我，他一双眼睛直直地盯着外面，那个方向正对着牛排馆的窗边。我和王先霖好奇地望过去，然后大家都惊呆了。

虽然只模糊地看到了半边脸，但那分明是严露和老郑。两个人似乎在谈事情，老郑一直在很快地说话，严露忽地站了起来，往门口走了。

张可达愣愣地看着这一幕：“难道……那些传闻是真的？老郑和严露？”

“瞎扯什么？说不定是在谈判，让严露交回VIP客户的资源。”我一脸鄙夷地望着张可达。他和陈佳佳倒是天造地设的一对，两个人老喜欢聊没头没脑的八卦，难怪能在一起。

另一方面，整个集团陷入萎靡不振的气氛里。作为运营线的大佬廖扒皮，此刻也有点乱了阵脚的感觉。但廖总到底也是混迹江湖多年的老麻雀了，还有两把刷子。他在今天的例会上略略思索了一下，便在白板上圈中了牙科和纹绣两个冷门项目：“这两个项目可以使使力，拓展一下新客户，冲冲业绩吗？”

两个项目的负责人两眼一黑，吞吞吐吐地说：“我们这儿，客流量一直很稳定，想要一下子冲高业绩，有点……”

廖扒皮两手一摊就骂了起来：“你们不知道想办法啊！国内牙医不好使，花钱找国外的啊！国内纹绣师傅没噱头，花钱请韩国的啊！我是没给你们钱吗？你们这群猪脑子……”

廖扒皮那天骂骂咧咧了好久，午饭也没去吃，把项目经理关在自己的办公室里，让她们当场联系中介找外籍医生。我们这些虾兵蟹将一副事不关己高高挂起的姿态，偷偷地溜了。

虽然说廖总这个人的人品不怎么样，但办起事情来还是有股风风火火的气势，其实气势不输已经是赢了一小半。

2014年3月1日

差不多才两周的样子，两个外籍医生就都已经到院里了。

两位外宾到院的前一天，行政来安排工作，蒋玄早就坐在会议室的角落里，他又拿了一张A4纸，一言不发地用钢笔在画着猫。

行政无非是安排一下外籍医生的接待和配合工作。我这种运营线的边缘人物，当然是打杂的首选。至于蒋玄，他的角色可比我重要多了，他是临时请来的翻译。集团的专职翻译带着注射科的医生团队出国交流去了，只好让蒋玄临时来顶岗。

“蒋医生什么时候这么好说话了？”我悄悄问陈佳佳。

“他听说和你搭档，一口就答应了。”陈佳佳悄悄回答，说完意味深长地看了我一眼。

口腔科请来的王牌牙医是个德国人，头衔有一大堆。给他做营销推广的是张可达，他带着我以前文案组的两个同事，把视觉设计稿传到了院内的电子屏上，上面赤裸裸地写着“德国皇家牙医”。我慌了神，连忙抓住张可达喊："德国现在哪来的皇家？你要死啊！这个广告如果放上去被人看到，那就是年度笑话了！"

张可达争辩道："'皇家'显得大气嘛！而且国内的广告都喜欢夸张一点，很正常。"

"你简直是广告界的毒瘤。"我无力地挥了挥手。

德国的牙医和韩国的纹绣师来的那天，董事长老郑穿着很阔绰的西装亲自出来迎接。蒋玄站在老郑的旁边当翻译，他穿着简单的藏青色西装，头发梳了起来，多了几分严肃和专业的味道。

迎宾室大厅的背景板被一分为二地贴着"中德友谊万岁"和"中韩友谊万岁"横幅。我老板江总那天也到场了，站在旁边观看。看到背景版的幕布被掀开的那一瞬间，他瞥了文案们一眼，眼底的寒气袭人。

牙医已经五十多岁了，不知道是欧美人轮廓深，还是保养得比较好，或者因为头还没秃彻底，整个人看起来还是很精神饱满的样子。

韩国来的纹绣师有张典型的韩国脸，大眼睛、尖下巴、饱满的额头和苹果肌……这张脸一看就是典型的韩式整形脸，针没少打，静态的时候还能看，只要有一点表情就能感受到僵硬。

牙医的老婆也在场，是个年轻的日本人，皮肤很白，表情生动自然，笑起来的时候别有一番味道。牙医跟董事长和廖扒皮寒暄的时候，她就坐在旁边玩自拍，是挺可爱的一个少妇。

牙医夫妇第一次来S城，并不急着工作，两个人聘了个地陪，就去周边的市县游玩去了，倒是洒脱。

2014年3月2日

韩国纹绣师是个性格温和的妹子，语言不通，韩语翻译是临时招聘的。不过文眉也不算一个技术含量很大的工作，她大多数时候都不需要和人交流。她白天替客人文眉，晚上就去城里吃吃喝喝，小日子过得很是惬意。

由于韩剧的影响，这种韩式半永久的平眉很受大家的欢迎，半永久纹绣是目前很流行的一种文眉技术，颜色可以褪掉，仿真度很高，深受受女性的欢迎。但我很讨厌这种眉毛，它的形状又宽又硬，像两条毛毛虫一样趴在眉头。

玄幻古装剧里经常有女演员顶着两条粗眉毛，非常死板。古代人不画这种眉毛。

廖扒皮是个狠角色，半永久平时也就两三千的价格，但韩国纹绣师来了以后，价格涨了三倍。明明是一样的材料、一样的技术，换了个国籍，来文眉的人都多了。

很多人问我两者有什么区别，其实并没有太大的区别。舶来品总是抢手一些，古今皆是。

我们的硬广之前就挂出去了，纹绣师正式上岗那天，我们又在本市的大V和知名公号上打包发了软文，主题就是——“韩国纹绣师替你做韩式半永久”。

但没有想到韩国纹绣师会那么受欢迎，那几天来文眉的人都快踏破了医院的大门。老板决定趁胜追击，再推一把广告。

我们整形医院要在微信公号上做出十万加的稿子，这几乎是不可能办到的事情。但挡不住老板那种“人有多大胆，地有多大产”的干劲。一般来说，十万加的新媒体广告靠的是内容传播，他倒是真想出了一个投机取巧的办法，老板靠的不是内容，而是人头。

晚上八点的时候，我们在微信公众号上推了这篇广告。老板让行政部责令所有的部门负责人，全员转发这篇推送，而且每个员工必须要截图统一，没有转发的员工要扣钱。

这种搞法就和廖扒皮强制员工捐书一样招人厌倦，我们私下的群里一片怨声载道。推送出去后，大家强忍着内心的不满，把广告转发到了朋友圈。

后台的数据一直暴涨，我不在现场，张可达说老板一直盯着后台的数据，喜滋滋的。可就在九、十点钟的时候，正是推送数据成倍攀升的黄金时间，这篇推送突然之间就被微信后台给封杀掉了。

王先霖在群里说：“我们被多人举报，说我们有诱导转发的违规内容。”

整个场面，要多冷，就有多冷。

2014年3月5日

今天早上去上班，慢悠悠地路过报刊亭时，我瞥了一眼当天的报纸。结果晨报头条的标题是——《韩国半永久产品半数不合格，一级致癌物超标5倍》。

我举着报纸走在上班的路上，乍一看还没有反应过来。等我看完整篇文章，狂奔到老板办公室，把报纸拍在他的办公桌上：“又出事了！”

老板缓缓抬头看着我：“我知道了，你去忙吧。”

“不用做公关吗？”

“已经让张可达去对接了，但我也没什么办法。韩国半永久颜料有问题，大家都心知肚明，只是压着不发出来而已。廖扒皮偏偏不信邪，找了韩国的纹绣师，材料打的还是正宗韩国原装进口的旗号。这一下把自己给活活坑死，再没余地了。”

“可你不觉得太巧了吗？偏偏我们打韩国牌的时候，报社就爆出颜料有问题。”

老板垂下头，无奈地笑了一下：“就是严露和叶郁利搞的小动作，我在报社的朋友已经跟我透了风。京夏，我之前怀疑过你跟叶郁利是同谋，我向你道歉。”

“我从来没和你计较过这些，就像你当初招我的时候，你明知我因为假新闻的事情上了黑榜，却还是义无反顾地招了我。除非你主动辞掉我，否则我是不会走的。”我平静地说着这些话，那是被老板怀疑后真正的解脱。

老板点点头，但他已然是一副身心俱疲的样子，他在椅子上像葛优躺一样坐着：“我们前期投了那么多广告，花了那么多钱，全都打水漂了。”

医院这边的场面乱成一团。很多之前在医院做过半永久眉毛的人，都纷纷挤在院内大厅里要求退款并赔偿。

张可达不知道什么时候回来了，站在我的身边叹了口气：“以前从不觉得对手公司难搞，最多觉得只是同行之间的恶性竞争。可是这次，真的有种被对手支配的恐惧感。”

“是啊，每一招都是冲着我们的七寸下的手。要么不出手，但凡出手的那一下，都能让我们脱层皮。”

“京夏，我有种不祥的预感，我总觉得还有后招！一定在什么地方，还有一个大的后招在等着我们。”

2014年3月7日

牙医上岗的第一天，声震全院。倒不是因为他技术好，而是因为钱。

我们作为S城第一的整形集团，来走穴的外籍名医不计其数，可从没碰到过牙医这么大阵仗的。项目经理跟他谈的待遇都是特批的，他的收入是按天算，每天都是大几万的进账。如果手术需要加班，还必须算超额加班费。

牙医工作的时候，他旁边有个小姑娘拎着一大袋人民币守着，每当牙医做好了一个人的牙齿，小姑娘就从口袋里掏出一沓钱点好，交到牙医的日本老婆手里。

牙医很不信任我们医院的财务，他不要转账，只要现钱，而且是现结。但S城的市民很卖牙医的面子，他来的第一天就排满了人。

我在门口负责喊序号，而蒋玄一丝不苟替牙医当翻译。很多患者都是上了年岁的老人，夹杂着S城的一些难懂的方言，说的话半天都听不明白。但蒋玄的语气格外温柔，一句一句仔细问讯后翻译给牙医听。加上他本来就是医生，医学名词翻得准确，听得牙医竖了好几下大拇指。

灯光打在蒋玄的脸上，睫毛上都带了一点点光。他对外面的世界全然无知，这样的蒋玄是很好看的。

今天的客人实在是太多，牙医的日本老婆熬不住，提前回酒店了，我们一直加班到深夜才散伙。我一身疲倦地走出医院的大门时，牙医在后面匆匆忙忙地追上来，他操着一口英文跟我说："借我一点钱。"

"什么？"

"借钱打车。"

我呆了几秒，又问："为什么？"

牙医倍感心累地说："被老婆管制了。"

蒋玄开着车从地下车库绕了上来，远远地看到我和牙医杵在门口，以为我们出了什么问题，连忙把车停在路边过来解围。

"怎么了？"

"他找我借钱。"

"你要借多少？"蒋玄掏出自己的钱包，皱着眉头思索自己的钱够不够牙医借的。

然而牙医却竖起一根手指头说："一百！"

我和蒋玄愣住了。牙医有点不好意思，磕磕绊绊地解释，他虽然赚钱很多，但钱都在他老婆手里，每次他从酒店出门来干活时，他老婆就给他支一百块当路费。今天他老婆走得匆忙，忘了给他钱，所以他现在才没钱打车回酒店。

我和蒋玄面面相觑，这和刚才那副一手交钱，一手医人的架势落差也太大了。

这天晚上，我一直在考虑一个问题：牙医老婆为什么只给他一百块零花钱。对好奇心重的人来说，这简直要人命了。

2014年3月8日

今天上班的时候，我打完卡就一路小跑去找牙医的老婆，我问牙医老婆："你为什么只给他一百块钱呢？还不够吃顿好的。"

牙医老婆摇了摇手，贴在我耳朵边，用英文小声说："我来中国之前有人提醒我，中国的红灯区最低要二百。我就只给老公一百块，他就不能乱来了。"

牙医老婆是个日本人，家境比较优渥，是牙医在日本旅行的时候认识的。两个人满世界地走穴捞金，牙医负责赚钱，牙医老婆就负责一路跟着吃喝玩乐。她比老公小了将近二十岁，也没有什么太大的安全感，唯一能让她觉得有安全感的事情，就是牢牢地把钱全部控制在自己手里。

我回头就把这个八卦告诉了张可达。张可达可是集团出了名的大喇叭，一下午的工夫，这事就传遍了全院。

傍晚下班，我们和牙医一起下班后站在院门前等车，医生和护士们也下班了，换上常服回家。几乎所有人看到牙医，都热情好客地问一句："您要借钱吗？

牙医百思不得其解，回过头来跟我和蒋玄说："中国人真是好客气，好大方。"

2014年3月10日

牙医安静了几天后就开始搞事了。他除了爱钱，还爱多管闲事。这是廖扒皮万万没有想到的。

牙医的特长是做种植牙，他刚来的那几天没怎么说话，一直在观察周围的情况。但是三四天后，他的底气就硬了，要征用外科的手术室。要求没通过，他就堵在外科手术室的门口。

外科主任站在门口骂："不要以为他是老外他就可以横！我们不吃这一套。"

"Excuse me? "老外装糊涂。

外科主任何时受过这种气，这种手艺好的医生都被老板和客户惯坏了。平时廖扒皮出去吃个早餐，路上要是见到外科主任在买包子，会连哄带骗地载着他跑半个城去吃一顿昂贵的早茶。

外科主任不像我们这些唯唯诺诺的员工，人家脾气大了去了。他敞开了吵架，闹到了廖扒皮的办公室。但主任和牙医是两个国家的人，文化人骂人的词汇也不像我们这么丰富。于是出现了奇特的一幕——主任一直在骂娘，牙医一直嚷着"fuck"。两个人重复这一个词，互喊个不停。

我和蒋玄坐在廖董事办公室的沙发上，蒋玄甚至从口袋里摸出一把瓜子开始嗑起来。

我惊讶万分地问："哪来的瓜子？我也要吃。"于是蒋玄匀出了一些给我，我们俩认真地嗑起瓜子来。

廖扒皮被闹得头痛欲裂，然而吵到最后，并没有吵出结果。说起来牙医也是闯荡过世界的男人，干脆仗着自己是老外，强行征用了外科手术室。

牙医坐诊的那几天，那些大爷大妈对他的手艺简直是激赞，单一笔种植牙的手术就能净赚十几万，活生生一棵摇钱树。于是牙医之前撒泼的事，廖扒皮也只能这么认了。

外科主任来上班的时候，发现自己科室的手术室已经被鸠占鹊巢，小跑着冲进廖扒皮的办公室。路上他又拉着我和蒋玄当见证人："哪有这种道理？他一个牙医要外科手术台！那我们科室怎么办？今天必须给我个说法！"

廖扒皮一个头两个大："人家是老外嘛！你犯不着跟他生气，人家现在一天替医院收好几十万，手术室也就给他用几天，大方一点！"

"行，他是大爷！老子辞职还不行吗！"外科主任气冲冲地回去了。蒋玄双手环胸，踱着步子跟在他科室的领导后面也回去了。

外科主任飞速打了一份辞职信，然后把辞职信甩在了廖总的办公桌上："老子不干了！"

我目睹了这一切，摇了摇头，叹气道："都被惯坏了，没一个省心的。"

廖总瞪了我一眼，凶光毕露。

2014年3月14日

蒋玄经常要去忙自己的手术，而我几乎每天都跟在牙医身后。牙医大多数时候都挺悠闲的，喜欢在院里溜达。不管是技术总监还是运营总监的办公室，他都推开了进去看一遍，再用蹩脚的口音说："你办公室不错。"然后他会打开手机一顿乱拍，连卫生死角都用手机拍下来，加上手术器械的整改方案，甚至还对集团口腔科的运营提出建议。

"我们真的是请了个牙医吗？"陈佳佳问我。

"感觉像工商局的老板们来视察。"我说。

难得有一天休息，行政让我和蒋玄带牙医和他老婆去吃点S市的特色食物。

“什么是特色食品？”蒋玄问我。

“臭豆腐。”我答。

蒋玄的嘴角抽动了一下，艰难而缓慢地跟我说：“我很可能因为不可控力而消失……”

“那我们去吃生煎。”

生煎算不算我们的特色食品呢？我和蒋玄也说不清楚。它在老城区一栋古色古香的楼里，店内人满为患的样子激起了牙医很大的热情。

正是饭点，生煎的炉边排了很长的队伍，我和蒋玄各站了一队，一个等着生煎出炉，一个等着排骨汤和海带汤。我们把食物端到牙医面前，他左手拿相机，右手捏着饺子蘸一点酱，“咔嚓”一下，喊一声：“鹅妹子嘤（Amazing）。”

行政之前跟我抱怨过，牙医是个很难搞的人。给他订的是五星级的万豪酒店，问他对酒店的感觉怎么样，他噘着嘴说：“太一般了。”

当我们真正陪他游玩S城的时候，才明白行政叹气中的绝望。牙医要看有味道的老建筑，可S城是个新城，只有四明山的山里有几座书院还保留着一些气质。于是牙医闹着要进山，却又不肯坐车，说要跑过去。

说跑就跑，他在街边买了两双布鞋换上，再把外套一套，就穿着短袖一路跑了起来。路边的人一副看傻子的表情看着我们。

蒋玄不干了，在闹市区跑步这事他干不出来。我从路边招呼了两辆摩的，把蒋玄推上其中一辆。蒋玄满头黑线地看着我，要从摩的上跳下来。

“别闹了！你难道打算陪着牙医这对神经病夫妇跑马拉松吗？”

蒋玄一听，立即跨到那辆摩的上，并抱紧摩的师傅的腰。他屈着一双长腿，很不高兴的样子。而我坐上另外一辆摩的，两辆摩的一左一右地跟着牙医他们。那场面比四个人一起跑步要夸张多了，整个就是行为艺术表演。

牙医像吃了兴奋剂一样跑了一个区，跨了两次过江大桥，一鼓作气跑到了山里。山里是风景区，根本不让摩的进出。蒋玄默默地看了我一眼说：“坐缆车吧，直接去山顶等他们。”

我气喘吁吁地表扬蒋玄：“你终于开窍了。”

我们俩直奔缆车处，蒋玄忽地愣住。这里的缆车还是那种老式的索道，两只脚悬在半空中，安全装置仅凭手里的护栏。蒋玄默默地往后退了一步，缆车马上就要过来了，我抓着他的手，连拉带拽地拖上去。蒋玄死死地抓着护栏，一脸紧张地望着我。

“你怎么了？”

“没什么。”

“你恐高？”

蒋玄没接我的话，缆车越往上走，他的脸就越白一分。

虽然在S城生活了那么多年，但我也是第一次坐缆车。此时此刻，我才知道坐缆车上山有多慢。蒋玄像是真的要哭了，堂堂一个外科医生，每天在“血肉横飞”的手术室里穿梭，现在却因为恐高要吓破胆了。

缆车到达一个极高的点时，蒋玄一头钻进我的怀里发抖。我浑身一僵，蒋玄咬着舌头说：“不……不好意思……你……”

“我没什么，你别怕，马上就到了。”我拍了拍蒋玄的头。突然想起蒋玄说，他从来没有想法要站到苏瑶身边，因为他本质上是个没出息的人。但是，这样没出息的蒋玄，却让我觉得很可爱。

我们从缆车上下来的时候，蒋玄出了一身冷汗，抱着一棵香樟树缓了很久。等到牙医夫妇跑上山来，蒋玄沉着脸一句话也不说，扭头就往山下走，仿佛对牙医夫妇怨恨到了极点。

牙医用蹩脚的普通话问我：“你爱人怎么啦？”

“他不是我爱人。”

“那你们是什么关系？”

“同事。”

牙医摇着手指说：“NO,NO,NO.”

2014年3月25日

牙医闹心归闹心，工作起来还是很专业的。每次有人来种牙，一颗牙齿松动，他都会给人把全口牙检查一遍。

牙医最擅长的种植牙技术是适用于中老年阶层的，广告一般投放在报纸上。在更新报媒广告的时候，运营部给他设计广告卖点时，口腔科项目经理夸张地告诉我们："牙医的种植牙技术精湛到白天种完牙后，晚上就可以吃蚕豆。"

这个广告一投出去，正中客户的需求。有个八十五岁的老太太在报纸上看了他的广告，在下班的点揣着报纸过来排队等他。

牙医当时一脸不解："为什么还要加班？预约的手术不是都已经做完了吗？"

蒋玄说："你有个八十五岁的粉丝在等你，看到报纸就匆匆忙忙地赶过来了，你要伤她的心吗？"

于是牙医答应下来，前一刻还皱着眉，等老太太进诊所的那一瞬间，他的表情立即变成亲切和蔼，真诚得很。

牙医在医院待了两周，备受好评。口腔科的业绩一路攀升，廖扒皮也常常来视察这一块，眼见着效益好，很快就有了新主意。

廖扒皮准备让营销策划中心给牙医拍一条个人形象广告片。

中高层坐在他的办公室里计算着："他不会跑吧？"

"我觉得他留不下来。"

"红了就会到处走穴捞金，他才不属于我司。"

"那还拍吗？他这条广告成本可不少，还要找外模呢！"

"不知道，别问我。"

廖扒皮不愧是廖扒皮，他一拍大腿道："那么费神干吗？直接把上门找他看诊的顾客分流给其他医生不就可以了。"

"可顾客是冲着他来的，会同意让其他医生种牙吗？"

“让他面诊，出个种植牙方案，再给客户减点费用。皆大欢喜嘛！”

廖扒皮的话一说完，我简直服气得五体投地。从来没见识过这么损且这么黑的高招。我们集团口腔科医生的水准良莠不齐，本院的咨询师黑自家的医生都这么说：“他们那叫什么种牙啊，就是看哪里有个窟窿就扔颗牙种进去。”

牙医不了解我市的行情，也不了解商人的险恶用心。廖扒皮变着花样忽悠牙医，让他帮着提升一下本院医生的技术水平，只当是一次学术交流了。牙医的脸上浮现出一种圣母的光芒，我知道牙医跳进坑里了。

牙医尽心尽职地给每一个面诊的顾客都设计了详尽的方案，在递交到本院医生手里之前，他甚至会用自己电脑里带的软件模拟一遍种植的全过程。

尽管如此，我司的医生还是不负众望地捅了大娄子。

今天，有个二十几岁的女孩来看牙，指定要牙医来检查。她的牙齿被踽后，牙面崩坏了。她之前做过种植牙，可这几天发炎不止，怎么也消不下去。牙医小心地给他检查了一圈后，愤怒地道：“谁给你种的牙，糟糕透了！这是医疗事故，你可以去告他！”

女孩一听，炸了！她的牙就是我们医院的医生给种的，拿的就是牙医设计的方案。但种牙这件事，医生的手法、力道、拧螺丝的方向，以及嵌牙的倾斜度都能导致手术失败。我司医生的技术跟不上，所以导致牙槽骨感染了。

那天的口腔科热闹极了，女孩站在大厅里喊：“把你们负责人叫出来！”

廖扒皮缩在办公室里，不屑地说：“一个二十几岁的小孩能闹多大？你们几个自己去处理好就行了。”

廖扒皮都发话了，于是能做主负责的人，没有一个出去理她。

谁能料到之后女孩牵来了一条德国牧羊犬站在口腔科的大堂里。那条狗背部是黑的，耳朵竖起来像狼一样，看起来凶神恶煞的。

保安先上前劝了一下，狗竖起耳朵大叫了一声，保安们于是躲得远远的。医生和护士勉强站在前排，至于廖扒皮，早就不知道去了哪里。狗一直在叫，整栋楼都听得到狂吠，让人不禁颤抖。

牙医怕狗，他早就被狗叫声吓得魂飞魄散，率先跳到大厅客服区的桌子上，一动不动。狗叫一嗓子，他就哭一嗓子，场面十分尴尬。

我和蒋玄也混在人群里，跟牙医接触已有一段时间，被他虐出了感情。蒋玄被狗叫得直皱眉："我只会逗猫啊！"

"我倒是从小就养狗。"我闷闷地说道。

蒋玄赶紧一偏头，冲我道："那你赶紧跟狗打个招呼啊，让它别叫了，怪吓人的。"

我朝着那个女孩走去，佯装镇定地说："我们好好谈一谈，你能让它先安静下来吗？"

"我就是要个说法！"

"让它先不要叫好吗？"

"哼，你们现在怕狗了就求着我让它安静！我找你们负责人时候，东推一下，西推一下的，还故意不接我的电话！"女孩露出一脸嘲讽的笑。

狗在主人的唆使下，冲着我叫了一声。我从小养狗，但看黑背犬那副凶神恶煞的样子，我的腿也有点发抖。我小心翼翼地劝道："你要想啊，别的楼层还有人在做手术，如果医生受了惊吓，一刀割歪了，对别人来说可能就是毁容了。"

虽然说在女孩的牙这件事上我们医院耍了无赖，但庆幸女孩是个讲道理的人。她冲着我们翻了个白眼，拍了拍黑狗的头，那条狗就乖乖坐在那里不叫了。

此刻，牙医见到狗安静下来，才勉强凑过来，脸色惨白地保证道：

“别担心，我会给你修复好的，比之前的还要好。”

“要你亲自动手术。”

“我保证亲自给你做手术。”

女孩这才牵着狗扬长而去。

今天，牙医一句话也没有说，也不接新的客人，在休息室里坐了很久。他后来把之前从自己手里交给别人动手的案例都重新捋了一遍，再让客服通知每一个人来医院里复诊、拍片……

牙医看了一天片子，摘下眼镜，拧着鼻梁不说话。

我小声地问：“要重修的概率是多少？”

他叹了口气，用中文说：“全部。”

2014年4月5日

自从被那条狗吓得不轻以后，牙医就再也不跟我们出去玩，每天都闷在医院里。我知道牙医不开心，他不高兴的时候，就和我一样喜欢上淘宝买买买。从那天起，我代牙医收了无数个淘宝快递，整整齐齐地堆在VIP客户接待室的角落里。

今天是牙医来我们医院走穴的最后一天，他办了一场讲座。他鹤立鸡群地站在大叔大妈的中间，为他们讲种植牙的知识。他把在淘宝上买的盒子都给拆了，里面是一些护牙和洁牙的用具，漱口水、牙线、电动牙刷之类的……他把这些东西都送给了大家。

离开的时候，我和蒋玄一直把他送去机场。

我问牙医：“你很讨厌我们吗？”

牙医摇了摇头：“我很喜欢你和蒋。”然后他一转身，搂着自己的老婆潇洒地过了安检。

“他真的喜欢我吗？”我问蒋玄。

“是的吧，毕竟你挺身帮他挡狗的场面还是非常感人的。”蒋玄安慰着我，露出一脸自豪的表情。

第十章

Snowstorm

不管人事怎么变动，

都跟你没有太大关系。

因为不管谁上位，

总会需要干苦力的人。

2014年4月6日

牙医走后的第二天，我以为工作要轻松了。

早上去上班的时候，步伐都轻盈了不少。蒋玄一路打着哈欠走进办公室，他之前一边忙着外科手术，一边兼职牙医的翻译，几乎忙成了狗。

牙医让我们俩的交情大大地前进了一步，我从旁边的咖啡馆买了拿铁，给他送到办公室去。蒋玄正在接待客人，客人是个戴黑框眼镜的小姑娘，拿着一个黑色的公文包，一直旁敲侧击地问一些问题，神情却显得十分慌张。

我在门口盯着小姑娘观察了几分钟，心一沉，那熟悉的气息扑面而来。尽管那么多年过去了，可我一刻都没能忘掉。这个小姑娘不是顾客，而是一个在做暗访的电视台记者。

我不动声色地走进去，把手里的咖啡递给蒋玄，然后趁机挡住了对方的针孔摄像机镜头。小姑娘大概还是个实习生，见我挡了镜头，有些慌了神，使劲拽手里的包，同时试图把我赶到一边去。蒋玄也在一旁疑惑地望着我。

我说："你好，我是蒋玄医生的咨询助理，请问你是想做什么项目呢？”

小姑娘犹豫地说：“我就想问问拔牙会不会让脸变小。”

她说完以后，我心中了然，想必是之前种植牙那边闹出的事被人透露到了电视台的新闻栏目。我们整形医院一直是本市新闻重点关注的对象，因为可挖的素材实在是太多了。

“那你可走错了，这边是外科，专门做要下刀的手术。我带你去口腔科那边。”

对方如释重负地赶紧跟上我，我引领着她，穿过长长的回廊，一直走到后门。她愣愣地望着我问：“我们不是去口腔科吗？”

“你是暗访记者吧。”我点破了她的身份。

小姑娘脸色一变，慌张极了。她抱住怀里的黑包，嗫嚅着说：“不是的……我不是的。我是来做整形手术的。”

“你别怕，虽然我们医院的保安很凶，但我不会对你怎么样的。我以前也做过暗访记者。”我双手环胸，倚着后门的墙，想起以前的事情不禁有些动容。

小姑娘瞪大眼睛：“那就是前辈了……你怎么会来整形医院？”

“你快走吧，下次做暗访不要慌，理直气壮地去，越跋扈，就越没有人怀疑你。”

她抱着包慌不择路地跑，走了几步，忽地又折回来朝我鞠了个躬：“前辈，爆料的人也是一家整形医院的，你多小心。”然后就飞快地跑了。

我看着她像只敏捷的水鸟一样，轻盈地跳上车，然后就消失了。

蒋玄慢慢从楼道走出来，他有些讶异地说：“我刚刚都有些慌了，以为自己差点就上了新闻，要出名了。”

“才不会呢，会给你打上马赛克的！”

“你以前是媒体记者？”

“嗯。”我点点头。

“那你做暗访时有没有被人发现过？”

“我第一次做暗访就被发现了。我理直气壮地要对方带我去见他们老板，结果对方把我引到后门，让我平安地回家去，还告诉我说不要这么天不怕地不怕的，要是出了事，伤心的是我爸妈。”

蒋玄对我笑了笑：“那对方可真是温柔。你也不差。”

2014年4月7日

中午从地下室出来，猛然发现已经是四月了。医院的后面是一个大院子，里面的玉兰和海棠开得很是旺盛，于是我溜到花园里去偷花。在一株开得明艳的海棠树下，身高不够的我伸长手跳来跳去。

“你这样蛮像只蛤蟆的。”听声音我也能知道是蒋玄。

我没好气地喊：“那你还不快来帮我！”

蒋玄定定地站在那里，手一扬，就从树上折了一束海棠。他把花举得高高的，却不肯给我。

“给我啊！”

“求我啊！”

“你怎么那么无聊？你小学毕业了吗？”我振振有词地责备道。

下一秒钟，蒋玄就把花扔到我手里。

我还没来得及感动，物业的保安就追过来喊：“谁折的花！”蒋玄当机立断地指我。

保安拉着我气愤地说：“我总算是抓到一个了。这几天开了花，来来往往的人都快把树给拆了。交罚款吧！”

我把衣兜的两个口袋往外翻：“罚款可以，但我什么都没带。”

保安也愣住了，没想到我一副死猪不怕开水烫的架势。但他也是个聪明人，指着蒋玄问：“他是你什么人？”

“同事！”他说。

“男朋友！”我说。

我们俩异口同声。

蒋玄愣了愣，看了我一眼，随即掏出钱包，镇定自若地说：“既然你都说我是你男朋友了，那就让男朋友来帮你缴了这笔罚款吧。唉，都怪我工作太忙，疏于管教，让你在公众场合做出这种没道德的行为。”蒋玄演得很认真，我在旁边配合地低着头。保安也就说了两句，并没有真收我们的钱。

反正花已经折了，我便捧着花走向办公室。蒋玄在后面喊：“女朋友！别走这么快啊，等等我嘛。”整个园区都听得到他的嚷嚷。

回到办公室后，手机忽地“叮”了一声，小叶子的微信跳了出来：“京夏，我现在在江边的老地方等你哦。”

我拿着手机思考了半天，还是打了一辆车往江边的老地方去。小叶子以前喜欢带着我在江边的北段闲逛，那边都是些高档社区，科技馆和美术馆都在那附近。小叶子经常在那儿的一家社区咖啡馆玩，咖啡馆在22楼，落地窗正对着江面，风景一览无余。

小叶子在窗边的位置等我，见我来了，给我点了英式下午茶套餐。我已经很久没见到小叶子了，她好像变了一个人似的。以前穿得很随意，什么舒服简单就拿什么往身上套。现在的小叶子做了指甲和头发，还化了淡妆，穿着翠绿色的裙子和姜黄色的上衣。这一点都不像她能搭配出来的。

“小叶子，你现在越来越像一个人了。”

“谁？”

“甄嬛。后期‘开挂’后，连妆容都变了。”

小叶子没有接我这种无聊的挑衅，她一边给我倒茶，一边问我：“你觉得是董事办那边的风景好看，还是这里的风景好看？”

我往外探了探，这边的风景显然是要优于董事办的。对面远山层叠，江心还有一个小小的冲积洲。江与海在此处交汇，形成一个无边无际的壮阔的水域。可小叶子没头没脑地问这个问题是想干吗？我警惕地望着她。

“你不是一直很想开咖啡馆吗？”

“那又怎么样？”

“你到明嘉来帮我怎么样？这家咖啡馆已经被我盘下来了，你过来，咖啡馆就让你经营。”

我闭上眼睛，两手一推。我最恨别人给我扔糖衣炮弹了，我历来就不是个什么意志坚定的人，何况还要送咖啡馆给我。

“京夏，你赶紧过来，老郑那儿的气数差不多了。”

“你怎么就知道气数不多了？”我反问道。

小叶子笑了一下：“不管它到底还有没有气数，我只知道严露现在是铁了心要把它给弄垮。我跳到明嘉其实也就挂了个虚职，最多做些宣传推广。但她手里有钱，又有客户，还有人脉。老郑扛不住的。我是看在我们俩关系好的分上，想让你赶紧过来。”

“严露跟老郑到底什么仇什么恨？要这么赶尽杀绝！”

小叶子一副无可奉告的表情。

“就算集团可能要散了，还有那么多人在，跳到你那里去，转过头来帮着对付以前的同事？这种事情我是做不出来的，就像我也不明白你为什么要这么对我？张可达、王先霖他们以前为你上下奔波的时间还少吗？”

我正说着，有人从门口进来，小叶子伸手招呼道：“张可达、王先霖，这边。”我们三个人面面相觑，谁也搞不清这是唱的哪一出。

张可达口无遮拦地喊：“鸿门宴！”

三个人坐定，小叶子跷着二郎腿，双手环胸，一派昔日老大的架势：“跟我干吧，薪水都翻倍。京夏作为我的闺中密友，还送这家咖啡馆给她。”

张可达捂住胸口，惊诧地问：“所以你一人得道，发家致富，现在来带鸡犬升天了吗？我有兴趣，你快跟我讲讲。我跟你混，年薪多少？”

“张可达，你去吧。我不想当鸡犬。”我说。

“京夏，你别啊！我们犯不着跟钱过不去不是？我们这个行业，从来都是逐利，人员流动性也大，基本都是些见钱眼开的主。你这么坚贞守节，老郑和老江是不会为你立牌坊的。”

“你说得都没错，可人总要讲点道义。我当年做媒体记者的时候，节目组爆出假新闻事件，全组被上了媒体黑名单，我也被无辜牵连进去。就因为这个污点，后来根本没有企业敢用我。我天天蹲在家里，靠给电商写商品文案赚点生活费。后来是江总看了我写的文案，把我挖到集团来的。”

张可达撇嘴：“他当时可能只是缺个文案给他使唤罢了。”

“我不管他是不是缺文案，但做人总要有点良心，他当时拉了我一把，我犯不着在这个时候落井下石吧。”

张可达悻悻地说：“好好好，你说了算。”

“所以你们的决定呢？”小叶子拧着眉头问大家，一副不是很高兴的样子。

王先霖摇了摇头：“我听京夏的。”

张可达带着哭腔说：“那还是等有机会再跟叶大姐混吧，现在走了……我觉得小夏会拉着陈佳佳撕了我。”

小叶子目光灼灼地看着我说：“你现在也是能独当一面的厉害人物了。”

我只觉得浑身都冷，全身都在发抖。

从小叶子那里离开，刚走到楼下，我就两腿一软坐在花坛边上。王先霖赶紧蹲下看我：“你怎么了，浑身在冒汗，而且脸很白，没一点血色。”

“大概是太紧张了吧。”我坐在那里，大口大口地喘粗气，也不知道是怎么回事，总觉得小叶子身上有一股难以言说的气场。

喘了半天气，稍稍平复过来后，我精神涣散地望着天空说：“叶郁利大概是要下杀招了。”这是我第一次那么正经地叫她的真名，因为从没有像现在这样，需要打起精神来面对她。

2014年4月14日

上次见了小叶子后，我们每天都活得战战兢兢的，生怕明嘉集团会明里暗里给我们来一手。为了以防万一，我每天都会溜回营销策划中心的办公楼，和张可达他们一起汇总明嘉的各类消息。可是一切都很平静，对方每天开市后，都在正常地促销、打折、推广告，仿佛什么都不会发生。

S市的医美行业就这么相安无事地过了一周。

张可达问我：“会不会是我们想多了？人家说不定真的只是想来挖我们？现在整形行业那么缺人，我们都是人才，挖我们合情合理，很正常。”

“挖我们？会薪水翻倍，还送咖啡馆吗？”

“那也许是她觉得跟我们私交好呢？”

“放屁，小叶子这个人从来是只有做亏心事的时候才会给我们送东西。她偷京夏电脑里的设计图的时候，就抱了龙虾过来给我们吃。”王先霖掷地有声。

张可达蔫蔫地点头。

就在我们几个密切盯着敌军阵营的时候，营销策划中心的工作群里突然有人推了一条链接。王先霖跳起来喊：“工作群不许发广告！”

“不是广告啦，是今天直播平台发的热门视频。一个人气网红在直播高端会所的豪华赌局。”策划部的同事说。

“你当是周润发的《赌神》哦！几个人玩扑克有什么好看的。”张可达不屑道。

“说了是豪赌，一次输赢几十万，看着挺刺激的。”设计妹子小梨接话。

这两年直播平台崛起，整形医院也跟得很紧密。一开始，大家会在直播平台上直播整形手术的过程，但这两年医美行业被管控得很严，大家也只敢偷偷地直播打针和激光，打打擦边球。

工作群的这条直播链接看起来有点不一样，点进去一看，是那种我们医院流水线出去的网红脸软妹，一直在不停地眨巴眼睛，东走走、西看看。妹子举着自己的手机，时不时地补充几句：“这家会所在一个别墅区里，真的好大呀！装修得很豪华的！宝宝们看到了吗？”

张可达看得专心致志，我拿桌子上的花生砸他的头：“有那么好看吗？两只眼睛都要放光，可以当灯泡了。”

“漂亮啊！”

“不就是一张整形脸吗？山根都快跟额头一样高了，你好歹也是整形医院的员工，有一点审美好不好？”

“你错了！男人是不会在意这些小细节的，他们也不会注意你今天是不是画了眼线。只要一个隐约的轮廓，是个美女的形状就可以了。”张可达恨不得有口水可以擦。

妹子的镜头一换，她坐到了一张牌桌前面，视频的画面也变得幽暗而隐蔽，显然是在偷拍。画面里出现了四个男人，有年轻的，也有中年的，占了桌子的四个角在打牌。

视频上的围观人数一直在成倍递增。王先霖扶了一下眼镜，表情严肃起来：“这个数据跳得也太快了吧，应该是多个端口在不停地推广转发这个视频。”

张可达在群里随口问了一句：“喂，你们是在哪里看到这个视频直播的？”

“朋友圈啊。”

“谁发的？”

“明嘉整形的一个市场专员，我平时会打听他们的促销政策，我们就加了好友。”

张可达、王先霖和我猛地一抬头，大家面面相觑。事有蹊跷，一群人都凑到张可达的办公桌前围观。就在这个时候，镜头猛地一转，对准了旁边的一个人。他穿着条纹衬衣，身体微微发福，那不是廖扒皮又能是谁？

众人俱是一愣，张可达率先喊道：“赶紧给廖扒皮打电话，告诉他被人偷拍了。”

大家几乎是一起拿手机给他打电话，然而他的手机却关机了。

一种不祥的预感在我心中腾升到了极点，我刷开微信朋友圈一看，但凡跟我们医院沾了点关系的人，都在齐刷刷地转发这个视频。评论千奇百怪，什么都有——

“大家快来看廖扒皮赌局实况！”

“什么情况？”

“这孙子居然在豪赌！”

……

就在这时，老板突然一脸愠怒地冲进办公室来，他抓着手机举到我们面前：“这是怎么回事，廖扒皮在干吗？他怎么上了热门直播？我的微信朋友圈都翻了天，大家都在转发这个视频。”

我们回头望着老板，大家很有默契地两手一摊，摇了摇头。

“张可达，你赶紧想个办法找到老廖。再这么搞下去，整个S市的医美圈都围观他实况转播赌博了，影响不好。”说完，他又不停地接着各种问询电话。

张可达张了张嘴，最终无言地走出了办公室。他大概也不知道能用什么办法找到廖扒皮了。

“对廖扒皮而言，这还不是九牛一毛的事。他在集团有股份，每年都有巨额分红，可以随心所欲地玩了。”围观的同事随口扯了一句。

我心里的一团疑云被同事的这一句话瞬间点散了。我抓起电话打给张可达：“不好了，是个套路。我们一直都在盯着明嘉的动向，以为小叶子是要打价格战，其实根本就不是这样，她是拿廖扒皮下套了。”

“你在说什么？她怎么拿廖扒皮下套？廖扒皮就算输了牌也没多大的事情，输了就输了呗，他又不是输不起。”

“你傻啊！廖扒皮是宁可让员工捐书，也不肯让出一个子给公益项目的人。他今天被直播输掉几百万，员工知道他把钱输掉也不用来填坑会怎么想？”

张可达愣了几秒，大概是想明白了其中的关系，声音有些哆嗦：“问题是我去哪里找他啊？他手机都关机了，根本联系不上。”

我想了片刻，只好出了个馊主意说：“聚众赌博不是违法的吗？拿着这视频直播去报警！他们总会有办法的。”

而画面里，四个赌徒面前都堆满了各种花色的筹码，看起来很像是专业的地下赌场。旁边的人开始说话了：“廖老板上次输得挺多的，这次来势汹汹啊！”

廖扒皮眉毛都不皱一下：“当然！特意带足了现金，就是准备来翻本的！”廖扒皮打开随身携带的黑色公文包，露出码得整整齐齐的人民币。

“哟，你这出门还带这么多现金啊，都不嫌沉。”

“现金赌牌才刺激，我来之前特意让财务给我准备的现金。”

“哎哟，这个财务不错，还帮领导准备赌资，廖总应该给他升职加薪了。”现场一阵哄笑。

一直在旁边当花瓶的妹子突然说话了：“廖总不愧是整形医院的

大老板，你们医院可有名了，我都去打过针呢，一针大几千，打得我肉疼。”

廖扒皮一遇到温柔乡就整个溺死了，他得意地挑了下眉：“下次去打针之前跟我说一下，我跟注射科打个招呼，送你几针进口玻尿酸。”妹子赶紧道谢，顺势坐到廖扒皮的身边去，说给他旺旺运气。

廖扒皮被妹子撩拨得高兴了，嗤笑一声：“这钱是我跟财务申领，原本是准备捐给贵州的学校建图书馆的。我想着反正是打水漂的，还不如我拿来先投个资呢。”

廖扒皮轻松地说出那句话的时候，我们这群站在电脑前围观的人全都呆住了，王先霖用胳膊肘捅了捅我：“我是不是听错了？”

“你没听错，廖扒皮把贵州公益项目的钱拿去赌钱了。”

“他是不是疯了？”一直板着脸守在旁边的老板，此刻仿佛油尽灯枯地冒出这么一句话来。静寂的几秒钟里，微信、QQ、电话、短信好像被飙风席卷了一样，吵个不停。

曾经被我们集团打压过的同行通通从朋友圈冒了出来：“碰到这样的老板，你们还在等什么？跳槽吧！×××医院欢迎你。”点赞数一路激增。

而画面里的老廖并不知道自己刚刚的那句话引起了怎样的轩然大波。他们已经开始发牌了，廖扒皮手里似乎握了一把好牌，一直在跟注。有两个人先后弃牌了，但坐对面位子的人似乎牌也不弱，两个人胶着在了一起。廖扒皮把面前的筹码一次性全推了出去，王先霖隔着屏幕粗略估算了一下，皱起眉头说：“这一把下去，输赢几十万。”

“是啊，贵州公益项目的款项可能就被他一把给输掉了。”

视频直播里，廖总和对家同时开牌，廖扒皮一手同花顺，输给了对方的三条A。廖扒皮面前山一样多的筹码全被对方搂了过去。

我们这些围观的路人甲乙丙丁都倒吸了一口凉气，办公室里陷入真空般的静寂。就在同时，视频直播突然被关闭了。我们再也看不到那边发生了什么，而办公室却再也安静不下来，窃窃私语的议论声从各个角落冒出来。

老板拍了拍手："大家今天都辛苦了，下班吧。放大家半天假，难得休息，今天就去吃好喝好，逛街花钱。"

老板不愧是纵横职场的大佬，在这种非正常时期，宁可放假也不让员工窝在一起议论公司和领导。他把整层楼的员工都赶出了办公区，回头看见我和王先霖呆呆地站着，过来拍了拍我的肩膀，什么话也没有说。老板拿着自己的公文包，出办公室的门时在门口顿了一下，似乎是叹了一口气，然后走了。

我收拾着东西往门口走去，一贯不太说话的王先霖突然问我："如果公司要倒了，你有什么打算？"

"不知道，我从来没想过它会倒闭。"

"要跟我一起跳槽吗？哦，我说的是你和我，还有张可达。广州有一家大企业，跟我沟通很久了，特别希望我们一起过去任职，他们给的待遇也还不错。"

"连你也觉得公司要垮了吗？"

王先霖抿了抿嘴："它垮不垮对我来说并不重要，对我而言，所有的工作都是混口饭吃。在任何一个地方，我也都是埋头写代码的命。我之所以肯在这里留这么久，是因为张可达，还有你。以前，还加一个小叶子。"

"如果你想走，我百分之百支持你。可这么灰溜溜地走掉，不是很符合我的性格。"

王先霖的神色一黯，转而又从容地道："小夏，说到底我也只是一个程序员，但不管你想做什么，我都会站在你这边。"

2014年4月15日

就在今天，明嘉集团的严露突然发布招聘信息，各种推送、H5，疯狂地被转到我们的朋友圈里。其中一条招聘公告完全是针对我们来的，对方承诺只要是从我们集团跳槽过去的人都加薪百分之二十，这可不是个小数目。而且明嘉集团正处在上升期，消息一发布，很多人都动摇了。

我们营销策划中心网络营销的负责人，之前跟小叶子的私交很好。两个人大概暗通很久了，廖扒皮的事情发生后，网络营销一个团队七八人全都跟着主管跳槽了，等于我们网络营销部门被连锅端了。

我的手机忽然响了，是陈佳佳的电话，她让我赶紧去一趟外科办公室。虽然她做项目经理的时间不长，但一直是个性格沉稳有担当的人，有什么事情自己就解决掉了，极少有求人的时候，比她男朋友张可达不知好了多少倍，现在估计也是逼不得已。

我忙接通电话，陈佳佳的声音显得有点焦虑："不知道是怎么回事，今天一连好几个外科医生都递交了辞职信，我们外科这边差不多都走光了。"

我拿着电话站在路边，荷花玉兰开满了整条街道，那种香味充满了幽暗的感觉。我一贯是很喜欢S城的初夏的，可接二连三的坏消息让人对这个季节突然充满了厌烦的情绪。

我赶到外科办公室时，医生们都已经走得差不多了。陈佳佳手里握着几封辞职信，看见我来了，扑进我怀里哭了起来。

她从护士转岗到项目经理这个岗位上，一直勤勤恳恳，每天都加班到十一二点才走。这几封辞职信就把她所有的努力都否定了。

蒋玄倚靠着墙，他有自己的专属办公室，此刻大概是为了安慰和稳定陈佳佳的情绪，一直在旁边站着。

不知道为什么，王先霖问我的问题，我突然也很想问蒋玄。

我问他："蒋医生，如果医院要垮了，你有什么打算吗？"

蒋玄顿了一下，大概没有想到我会问这种问题。片刻后，蒋玄才缓缓说道："老郑是我导师的同学，以前经常来我们实验室，很照顾我们这些后辈。"

"所以呢？"

"所以……我会照顾一下老郑的情绪，不在他低谷的时候跑路，回报这些年蹭前辈吃喝玩乐的恩情。"

"你倒是知恩图报。"

"自然的。"

蒋玄这番话让陈佳佳的心又从容了起来，医生们要集体离职的事情我们也拦不住，只好用那句经典语录安慰陈佳佳："天要下雨，娘要嫁人，他们要走就走吧。"

2014年4月16日

再见到廖扒皮的时候，是在派出所里。他聚众赌博被刑侦拘留15天，老板带着我和张可达站在探视窗口，张可达一脸的义愤填膺："哪个王八蛋报的警！"

张可达怪会演戏的，明明是他自己跑到派出所里，把人家老廖的信息捅了个底朝天，这会儿却一脸痛心疾首的模样，让旁人半句话也插不进去。

廖扒皮一脸憔悴，拘留所的生活不滋润，让这位老总受苦了。他蔫蔫地问我们："怎么就你们几个来了？快把我给保出去。"

老板双手环胸一脸严肃："是郑董让我来问问你，批给贵州山区公益项目的钱是不是全都输光了。"

老廖一愣，万万没料到老板连寒暄都没有一句，就这么单刀直入地问这么尴尬的问题。他悻悻地干笑道："你们……你们都知道了啊。"

"是不是，全部，输光了！"老板又一字一句地重复道。

廖扒皮炸了："才几十万，用得着这样吗？你还咄咄逼人了你！你别忘了你跟我级别一样高，没资格甩脸给老子看。"

一直没说话的财务总监不高兴了："廖总，恐怕不只是几十万吧。"他打开公文包，掏出一份详单，随手抖了抖，那张单子竟然长达半个人那么高，一直垂落到地上。财物总监照着单子念了起来："西门子四开门冰箱，13200元；美诺洗衣机，32000元；嘉格纳烤箱22950元……"

总监一路念了很久，我和张可达傻傻地听着，有些不明所以。

而廖扒皮的手开始颤抖。总监念完那一长串清单，抬头问廖扒皮："廖总，您还记得这些家电和家具吧？您跟我说是替集团买的，全部都拿到财物来报销，这些东西我可一件都没看到过。"

"廖总是拿公家的钱，给自己换了个豪华的新家吗？"我冷笑道。

老板摘下眼镜捏了捏鼻梁，从口袋里掏出一块擦镜布，漫不经心地擦起了眼镜。等廖扒皮连喷带骂地喊了一嗓子后，老板才定定地望着廖扒皮说："几十万而已，对我们来说的确是九牛一毛。不过你可能还不知道，你逼着员工替集团的公益项目捐钱，自己却提着这几十万公益款项去赌场输了个精光。现在运营线闹得沸反盈天，三分之一的员工闹着要辞职，外科那边的医生本来就紧俏，很反感你的行事作风现在差不多都走光了！老廖啊老廖，我真是小看你了！"

老板说完最后一个字，把眼镜布揉成一团，用力砸到廖扒皮脸上。廖扒皮被怼得哑口无言，他哪能想到会是这样的境地。

廖扒皮大概是气弱了，说话变得很小声。他说："我……我愿意加倍把公益款补上，马上就补。我马上安排人去买书和文具，按图书室的高配，给十所学校配送图书过去。"

老廖这个人一直都喜欢马后炮，但有总比没有要强，至少贵州那边的承诺是兑现了。

我们几个盯着老廖安排好一切事宜，才从拘留所出去。老廖在后面喊：“喂！你们不把我保出去吗？”

“廖总，保你出去干吗？现在医院那边每天都有员工拉横幅在等你，只等你一露面就准备撸起袖子动手。你还是在拘留所里躲着吧，这样安全。”张可达和蔼地劝慰着，且温柔地威胁着。那话听在我们几个的耳朵里，还是相当舒缓人心的。

第十一章

Snowstorm

来整形的人里，

失恋和离婚的女人很多。

就像心情不好，

去隔壁发廊做了个新发型一样。

2014年4月20日

四月是个好时候，S城遍植玉兰和香樟都炸开了花蕾，海面的暖风轻柔地扑进城市。风拂面而过时，大小街道上的花树那种甜腻腻的味道萦绕着整座城市。

这是整形行业的旺季，每年的这个时候，被暖风一熏，女人们总是存着捯饬一下容貌来提高桃花运的念头。往年这个季节，医院的大厅里早就客流如织，咨询师们纷纷堵在门口抢客，争得面红耳赤，场面热闹到炸。

而如今，医院里空荡荡的，比医闹那会儿更加萧条了。

上门的客人太少了，场面很难看。行政组织我们去医院里当托儿，凡是手头没有急活的人全被安排到医院的各个角落里坐着，我被分到了外科的区域。

外科有能耐的医生差不多都走了，留下的那几个都是混日子的。蒋玄只好迎难而上，坐在主治医生的办公室里镇场子。

蒋玄从公立医院过来，从没见过这种事，只能皱着眉头坐在那张可以把人吞掉的真皮办公椅上沉默。

大半天后，有个二十出头的女生过来咨询割双眼皮的手术。门口的咨询师冲我使了个眼色，让我进去当托儿。我跟在女生后面，和她一起进了办公室里，我抢先说：“医生，我要丰胸！”

蒋玄目瞪口呆地望着我，手里的圆珠笔都掉了。来咨询双眼皮的女生也被我吓到，小心翼翼地问我：“咨询师不是说蒋医生擅长割双眼皮吗？”

我眨了下眼睛，意识到自己背错台词了。我是个文案，当托儿实在没天赋。于是我只好硬着头皮说：“我的双眼皮就是在蒋医生这儿割的，感觉特别好，想再找他隆个胸。”

女生连忙凑过来看我的双眼皮说：“是割得挺好，挺自然的。你是做的埋线，还是韩式三点？”

“是……”我从小到大不会说谎，一说谎就紧张，一紧张就结巴，我接了半天的话都没接上。客人看我的眼神从期待变成了疑惑，门口的咨询师终于按捺不住，赶紧冲进来，连哄带骗地把客人带去体验激光项目了。咨询师临走之前还瞪了我一眼。

怪我咯?

我去二楼溜达时，发现张可达正在激光科的门口坐镇。他忽悠客人的手法很娴熟，算托儿界“老司机”了。他往等候区一坐，遇到有客人来，总能找到各种借口和理由套近乎。他最常用的手法是问洗手间在哪儿，还会假装迷路再问一遍。可是天地良心，他熟悉院内所有的角落，厕所的方位闭着眼睛都能找到。等客人的戒备心消除了，对方就会好奇地问他：“你也来做嫩肤美白？”

张可达妖娆地摇摇手：“何止美白嫩肤啊，我鼻梁、太阳穴、下巴都准备打玻尿酸。我们这个行业不容易啊，竞争压力大，不来个套餐全脸改造一下，连饭都吃不上。”

“你哪个行业的？”

“跑剧组，当演员的。”

对方露出了然的表情。

等客人进去做项目了，我坐到张可达的旁边赞叹不已。我们俩结伴去找王先霖，他在注射科室门口，像尊门神一样立在那里，整个人一动不动。如果加个火炬举在手里，他就是一尊自由女神像了。别说当托儿了，只怕有顾客来看到他都要绕路走。

整形医院的销售们为了拉业绩，总是花样百出。比如她们一贯喜欢谎报年龄，还不是往小了报，而是往高了报。三十岁的说自己三十五了，三十五岁的说自己四十了，四十岁的往往说自己五十好几了。客人们听到她们的年纪时，一般都会一脸惊讶地追问销售为什么能保持那么年轻的状态，这就开始往坑里掉了。等大家醒悟过来时，已经稀里糊涂买了一堆抗衰老的项目。

我们在院内当了一天的托儿，大厅里门可罗雀，后院传来流浪猫的叫声。我和张可达循着声音过去，看见蒋玄正揣着一包小鱼干在喂猫。那只流浪猫的皮毛油光可鉴，可见得到了医院不少妹子的投喂。它吃完猫粮后，甚至懂得再舔一舔蒋玄的手心表示感谢，完全是一副成精的样子。

张可达拍了拍我，轻声说："这是不是就是传说中的'斩女'伎俩。"

"你说的是猫还是蒋玄？"

"两者皆是。"

四月天里下了一点点雨，后院的树木被雨水一润，叶子泛着幽绿的光泽。我们三个人站在台阶上，张可达沉不住气想要分享八卦："你们知道吗？廖总被革职了。"

"这只能说明管理层的大佬们总算是开始干活了。"我应道。

"那又有什么用，亡羊补牢。"张可达一脸沮丧。

蒋玄对我们聊的八卦不感兴趣，他安静地玩着怀里的流浪猫，口袋里的手机突然响了，然后我的手机响了，张可达的手机也响了……三部手机的铃声此起彼伏，热闹得像菜市场一样，然后大家各自接起电话。

蒋玄放开猫说：“我要外出一趟，我导师找我去谈话。”

我愣了愣：“老板也喊我出去一趟。”

张可达把头凑过来喊：“我也是！他让我跟你一起去。”

于是三个人在路边拦了两辆车，各自上了路。

张可达在车上哼哼唧唧：“我感觉老板的行踪太诡异了，他居然让我们去医学院的形态馆！那地方不都是人体器官标本吗？”

“谁知道呢？他不是一贯疯疯癫癫的吗？我早就习以为常了。”

张可达“啧啧”地叹了两声：“京夏，你对老板的怨恨都快溢出来了。”

“你什么时候不乱用词，我就给你烧高香了。”

我们的车停在医学院的校门口，王先霖一身宅男打扮站在门口等着我们。大家一进校园，突然有一种“要去干大事先摆个造型”的心情。张可达撩了一下头发，王先霖从口袋里摸出一副墨镜戴上。这才四月，春风拂面，阳光轻柔，他就戴起了墨镜，简直做作。

我被这种气氛传染了，有一股不能输给这两个兔崽子的冲动，把穿得好好的牛仔外套脱下来，单手拽着衣服往肩膀后面一甩，看得旁边路过的学生们捂着嘴一笑。

我们走到形态馆的门口，蒋玄和苏瑶从旁边的小道里窜出来。

蒋玄一脸惊愕地望着我们，特别是我。

“天好热啊！今天的气温太高了！”我摸了摸额头假装擦汗。早知道就不跟着王先霖和张可达放飞自我了。

“对啊，的确是挺热的，都二十五摄氏度了。”蒋玄微笑着接了我的话。

“你们来这儿干吗？”苏瑶冷着脸问我们。

“老板叫我们过来开会。”

“来医学院的形态馆开会？”苏瑶笑了。

“形态馆气氛阴森，适合开严肃的会议。倒是你们两位，不愧是医科生啊，约个会都要来形态馆。”

张可达和王先霖站在我身后拉我，他们担心得有点多。在苏瑶面前，我连半点便宜都占不到。

蒋玄不说话，径直往形态馆里走，我们几个人只好悻悻地跟在他身后。

我市医学院的形态馆，在全亚洲都是很有名的。里面收集了各种人体病变的标本，还收藏了一具罕见的巨人症遗体，供科学研究。

我们几个一进去，感觉世界都安静了。周围都是用福尔马林液浸泡的标本，蒋玄和苏瑶淡定地从中穿梭而过，而我们三个人缩成一团，像蚂蚁一样挪动着。

“我上次参加书店分享会时，认识了一个医学院的女学霸。她期末考试的时候天天待在形态馆里过夜，我现在想想都觉得瘆得慌。”

张可达接过我的话茬：“那我们为什么要挑在这种地方开会？”

王先霖摇了摇头：“可能真的要散伙了，领导觉得这种地方有气氛，适合告别。”

老郑和老板围在一个标本面前，那是一个人的头颅，剥掉了皮肤后，里面的组织清晰可见。集团的一把手带着自己的小弟，总归不是来这儿“一日游”的。他们旁边还站着两个人，蒋玄和苏瑶走过去，朝其中一位喊了声“老师”。我们三个面面相觑，也过去喊了老板和董事长。

原来大家赶的是一个局，这下好了，谁也不用埋汰谁了。

老郑旁边的两个人年纪跟他一般大。一个是蒋玄和苏瑶的导师洪江老师，明明是个老师，却长了一张悍匪的脸，身材比老郑还要高，也还要壮。要是戴副墨镜，差不多就是个黑社会老大哥了。不过能收服蒋玄和苏瑶这种学生，大概比较有内在美吧。

老郑身边的另一个人就矮多了，他戴着眼镜，穿着笔挺的西装，斯斯文文的，倒像个高校老师。老郑和导师低着头听他说话的样子，像人家带的两个保镖。

这一定是个很厉害的人物。我在心里默默感慨。

老板见到我们，皱着眉毛朝我们摇了摇头。他在人前最喜欢装大了，此刻对着那个眼镜讲："这就是我的Team。"老板用了个英文单词，大家顿时明白过来，对方应该是个大人物。老板这个人能力很强，学历欠佳，缺什么却喜欢什么，好在文人面前装有内涵。

眼镜姓沈，蒋玄和苏瑶的导师大大方方地提醒他们俩："叫沈老师。"老郑指着我们说："你们就叫沈医生吧。"

沈医生看着满屋子的标本很是感慨的样子，他问老郑和洪老师："你还记不记得我们以前上学的时候，老是拿着断胳膊追着女生跑？"

"我怎么会不记得？还被人告到教导处，写了检讨书。"老郑微微一抬头，似乎在思索着。可见大佬们年轻的时候，也曾有过愉快的岁月。

沈明之医生是整形界传说级别的人物，一直在北京。他手里出品的案例个个绝佳，电视上出现的好几个当红明星都是经他手做的面部调整。他年轻的时候在北京读博，跟着自己的导师给要员做过皮肤癌手术。只不过隔行如隔山，加上他本人低调，这些事一般也只有业内人才知道。

我记得很久之前的一次茶会上，老郑提起他的这位同学，语气里颇带骄傲地说："老沈啊，我以前跟他睡上下铺呢！"

沈医生也曾在S市医学院念过书，那会儿医学院的形态馆还没有建成，就只在老楼里放了一些标本，条件还很艰苦。据老郑说，他当年念书的时候，医学院严重缺"大体老师"，每次有新鲜的尸体送过来，大家都是用抢的。后来沈医生和洪老师还有他便合谋"抢大体老师"，两个人信息互通，体能互补。

有一天，老郑和洪老师在食堂吃着饭，啃着排骨。沈医生两条小短腿一路风风火火地跑到食堂大喊一句："郑宇宙，尸体来了，快去抢！"

老郑说自己当时头"嗡"的一声，把到嘴的排骨一扔，跟着沈医生就往学校门口跑。运送尸体的车辆一般会停在后门口装卸，很多得到情报的学生已经挤在门口。而老郑和洪老师一个西北人，一个东北人，两个近一米九的身高，在人群中简直是鹤立鸡群。

两个人往人堆里一站，像两尊罗汉一样杵在那儿。其他小组的同学只能等着老师们分配，而这两位同学还能挑拣一下。

"尸体有什么好挑拣的？"我很是疑惑。

"那可就大不一样了。"蒋玄目光斜斜地望着我，继续说道，"一般来说，我们上解剖课的时候，尸体被福尔马林泡着，皮肤失去了弹性。如果运气不好，分到的是一个胖子，一刀切下去，脂肪能溅人一身，光是处理脂肪就得花一个多小时。如果运气很好，分到一个瘦子的话，一刀下去，肌肉组织清清楚楚，愉悦！"

蒋玄的眼里闪着光，特别是他咬着牙说"愉悦"的时候，那神情简直就像个变态。

从这几个人的聊天中，我大概摸清楚了来龙去脉。沈医生这次受母校的邀请回来搞讲座，洪老师先得到了风声，通知了老郑。两个人在参观形态馆的间隙里，老郑就开着他的奔驰过来堵人了。

老郑的阵仗本来不大，但老板非要通知我们几个来，加上洪老师也想给得意门生苏瑶和蒋玄引荐一下，这么浩浩荡荡的队伍，简直像要去春游。

老郑看了看表，招呼着大家说："要不找个地方喝点茶去？"

洪老师连忙道："那就山脚的茶苑？"

这两个人不等沈医生点头，一左一右架着他就往门外奔。沈医生身材小巧，根本没有反抗的能力。想必当年这两个汉子抢"大体老师"时，也一定是这么强横的吧。

我们这群年轻人，谁都不愿意跟那四个大人物坐车。分车的时候，我一马当先地抢了副驾驶的位子，蒋玄从容地坐上驾驶座。张可达、王先霖和苏瑶挤在后排，苏瑶看了我一眼，叹了口气：“天下武功，唯快不破。”

我们一路跟着老郑的车进了四明山，我突然发现，他们口中所说的“山脚的茶苑”其实蒋玄带我去过一次。我望了蒋玄一眼，他挑了下眉，不动声色。

大家下车进茶苑，张可达和王先霖发出“啧啧”的惊叹声。王先霖忽地扭头问我：“京夏，你是不是来过这里？”

张可达挥了挥手：“她怎么可能来过？她穷得要死，还每天三班倒地加班，怎么会有闲钱、有时间来这种地方？”

王先霖笃定地说：“她绝对来过，以她的性格，要是第一次来这种地方，早就拿起手机自拍三百张了，怎么可能会像现在这样镇定？”

王先霖的话说完，我反射性地想要关手机。不愧是多年的狐朋狗友，简直对我了如指掌。上次蒋玄带我来这里喝茶，我趁他不注意的时候，真的自拍了一组图存在手机里。

大老板们都在，看来是有话要谈。这次不能像上次一样选在露天的位置，听听溪流和风声，看看植被丰茂的样子了。

老郑和洪老师径直走到后院的一间厢房内。这厢房小小的，用砖石垒墙，临院的一边是一块巨大的落地玻璃，屋外的春光一览无余。

大家挤在小小的一间屋子里，空间太小，以至于连人的呼吸声都放大了。洪老师给老郑使了个眼色，老郑嗫嚅了一下。洪老师拍了拍老郑的肩膀：“你还不赶紧求人家办事？你还在犹豫什么呢？”

沈医生一脸疑惑地盯着老郑，老郑端起面前的茶杯一口喝光杯里的茶，像是下了巨大的决心：“小明，我们睡上下铺那会儿，但凡我有事求你的时候，我都喊你小明。”

老郑这口气，分明是在说笑。但沈医生神色一凛，直了直腰板。我们这些小辈们就更不消说了，人人俱是一副肃穆的神情，只等着老郑说话。

然而有些事情就真的有那么凑巧。落地窗外，有个人影在院子对面，一直疯狂地向我们招手。老郑正想说话的时候，张可达瞪大眼睛喊道：“廖扒皮！”

众人纷纷转头，果然是廖扒皮。他从对面跑过来，脸上的肉都在抖。他过来后趴在玻璃窗上，打量着屋子里的一行人。廖扒皮数来数去，忽地露出一个瘆人的微笑。

S城的茶馆有很多，但是像四明山这种茶庄，只有那么一家。全城的有钱人都喜欢往这边跑，动不动就能在这儿碰到熟人。

他推开门闯进来，喊道：“太好了，郑董和江总都在，省得我多跑几趟路了。”

张可达以为廖扒皮是来踢馆的，他和王先霖两个人连忙挡了过去，一左一右地抓着廖扒皮的胳膊。

“怎么着，我来打个招呼，你们还准备打我啊？”廖扒皮甩开他们。

老板装傻式地寒暄：“好久不见啊，老廖。最近怎么样了，在哪里发财呀？”

老廖被集团开除的事情虽然没上通告，但传得尽人皆知。我老板就更歹毒了，当着大家的面问他在哪里混，显然是不想给他面子。

谁料廖总笑得更灿烂：“发什么财啊？我也就变卖了点家产，套点儿养老金而已。”

老廖说出“变卖”那个词的时候，大家的表情纷纷一变，尤其是老郑的表情，阴森森的，仿佛就要下一场暴雨。老郑把手里的杯子用力一掷，神情一变，恶狠狠地问：“你把股份卖给谁了？”

“我说郑董，你别这么严肃嘛，我跟你共事了那么多年，带着集团风里来雨里去的，我对集团是有感情的，我也希望它越来越好，肯定不会随随便便把股份卖掉。”廖扒皮说完顿了一下，看着满屋的人，咬牙切齿地说，“这个人，在座的诸位大多都认识。人家对我特别仗义，还给那点股份加了价码。”

他说完这话，走到门口冲着外面的人喊道：“来都来了，不打个招呼再走吗？怎么说都是几个熟人，不太合适吧！”

于是茶苑的回廊下，两个女人影影绰绰地走出来。她们一路走到茶室，所有人都愣住了。打前阵的人大大方方地喊了一句：“郑伯伯、洪伯伯，很久不见了。”

这个人不是严露还能是谁呢？而跟在她身后的，正是我们昔日的死党小叶子。此刻，我突然想起很久以前，有人跟我说：“同事的关系再好再融洽，还是应该下了班就分手。”

老郑先是愣住，然后气急地一拍桌子：“严露，我到底哪里对不住你了？你非要这么干？你揣着集团的客户跳槽也就算了，今天这又是唱的哪一出？你是非要逼得大家都下岗失业了，你才满意是吗？”

这是自打严露跳槽以后，我们这些人第一次正式和她碰面。严露的头发剪得更短，染成了栗色，穿着条纹西装和阔腿裤，直挺挺地站在那里。

她比起那时候和我们厮混在一起的日子，如今显然得志多了。

老郑气势汹汹，但严露也不是吃干饭的人，她接了老郑的话茬说：“郑伯伯，你也是太看得起我了，我在你手底下干了那么多年，有几斤几两的能耐你都是看在眼里的。人各有志，我只不过是换了个东家而已，你就把账算到我头上，怕是不合适吧？”

“严露，你也知道自己换了个东家，你套走集团老廖手里的股份又是几个意思？”老板开口问道。

“就想凑个热闹，没什么意思。”严露朝着老板从容一笑，她一贯是不把老板放在眼里的。随后她又继续说道：“郑伯伯，我买了廖总手里那一点点股份，翻不起什么风浪的。”

一直站在门口的小叶子才不像什么话都插不上的我们这群小跟班，她笑着说：“郑董，我觉得比起担心我们手里的那一点股份，您还是先担心一下贵集团的医生状况吧。听说连外科主任都跑了，只怕是割双眼皮、隆鼻、去眼袋这些小手术都无人问津了吧，就更别提丰胸和切下颌角这类手术了。”

老郑的脸一黑，整个人说不出一句话来。小叶子在他手底下做了这么久的助理，深谙他的弱点，逢出口必是直插软肋，往七寸那儿痛打。

洪老师听不下去了，两条眉毛一横，怒气满满的样子很是吓人：“你一个小辈，怎么光会些两面三刀，挑事的本领？”

“不学无术呗。”张可达也跟着加入了战局。这样的场面尴尬极了，严露也没有恋战的意思，打完招呼就和小叶子往外走。

廖扒皮追在后面悻悻地喊：“就这么走了啊？”

小叶子劈头盖脸地吼了一句：“你还想留下来凑个饭局啊！”

等他们走远后，老郑的腿一歪，倒在一旁苦笑：“我们这一屋子大半是些克己复礼的医生，论起拼无赖，还真不是老廖和严露那个小辈的对手。”

看了半天热闹的沈医生忽地插话问道：“你有事找我帮忙，是跟刚才那几个人有关吧？”

老郑经过廖扒皮这么一搅和，整个情绪都乱了。他有些悲愤：“S城的总院目前出了些大问题，如果稳不住的话，崩盘只是时间的问题。”

“这么严重？”

“现在迫在眉睫的是没医生，一个拿得出手的医生都没有，客人根本就不上门来。”

“已经到这种程度了？”

“就是这样，所以想求着你帮忙坐诊，给我腾点时间弄几个好医生回来。”

沈医生思索了片刻，忽地问道：“那个严露到底是什么人？看起来跟你们两个关系匪浅。”

这个问题问得好啊，它也萦绕在我心里好久，严露竟然能管老郑和洪老师都叫伯伯。老郑和洪老师面面相觑，两个汉子吞吞吐吐了半天，老郑才勉强吐出一句话：“她是故人的女儿。”

场面一下就冷了，沈医生露出意味深长的表情，却也不再过问。他喝完手里的那碗菊普，突然就从榻榻米上下来，然后奋力地把脚塞进鞋子里。

老郑和洪老师望着沈医生，一脸蒙的表情。老郑小心翼翼地问："你要上哪里去？"

"我回北京跟同事打声招呼，然后收拾一下行李，毕竟要在你这儿待一阵子，我得准备准备。"

"你答应过来了？"

"你那儿医生都走得差不多了，我要是再不来，你差不多也要破产了吧。"沈医生干脆利落地穿好鞋子，直愣愣地望着老郑，"你还愣着干什么？送我去机场啊！"

沈医生又看了看洪老师，不客气地说："你那两个学生我看着挺喜欢的，记得拨给我当助手。"

"可他们都是学临床的。"

"那更合适啊，你带的临床学生，想必都是聪明伶俐，手法好的。"沈医生理所当然地说。

洪老师叹了口气："你说怎么办就怎么办吧。"

蒋玄和苏瑶面面相觑，洪老师拍着蒋玄的肩膀说："老师也没办法，在老师还年轻的时候就被他吃得死死的，现在到老了也改变不了这种关系，你要体谅一下老师。"

蒋玄两眼一翻。

第十二章

Snowstorm

年轻的时候，

如果找工作只考虑钱的问题，

那么，

你将来就真的会得偿所愿。

2014年4月21日

沈医生答应要过来坐诊的消息一传开，全院振奋。特别是外科项目经理陈佳佳，激动不已。

就连之前犹豫着要跑路的医生们也回收了自己递交的辞职信。老板天天带着我们开会想创意，务必在新一轮的宣传上给出漂亮的一击。

可今时不同往日，目前集团的业绩下滑，想要打好这一仗，显得尤其艰难。老板把创意团队关在办公室里没日没夜地想点子。

他给策划、文案、设计和他几个钟爱的手下每人发了一张折叠床，饿了就点外卖，渴了就喝白水，另外无限供应咖啡和功能性饮料。

深夜三四点的时候，大家把折叠床摊开，摆了满满一排。那场面和上次在医院太平间看到的场景还真是没什么差别。

设计妹子睡到一半的时候，突然从折叠床上惊醒，抓着我的手惊慌地问："京夏姐，我到底造了什么孽？我想回家看我的猫。"人累到一定的程度时，其实不太在意别人的情绪。我翻了个身，背对着设计妹子，丝毫不理会她。

正装死的时候，我的手机铃声忽地响了。这就像在图书馆扔了串鞭炮，把整个屋子的人都炸醒了。大家纷纷在折叠床上翻了翻身，我赶紧把电话摁掉。但手机又不罢休地响了。

一屋子的人全都从折叠床上起来，像僵尸一样面无表情地冲我喊：“宋京夏，你找死啊？还不关掉手机！”

我生怕打电话的人有急事，拿着手机一路跑到了天台上。深夜三点半的S城，从天台上俯瞰街道，一片静寂。接通手里的电话后，一个男声发出“哎哟嘿”的一声：“您终于接电话了。”

“您是哪位？”

“我姓洪，是蒋玄的老师。”

我听到那个声音，整个人如醍醐灌顶一般，醒了。

洪老师约我在南城的24小时书店见面，我到的时候已经四点多了。洪老师穿着一身黑衣，戴了一顶咖啡色的帽子，坐在书店的咖啡台前，皱着眉头好像在思索什么。

我只披了件开衫，冻得哆哆嗦嗦地坐到洪老师对面：“老师是碰到什么烦心事了吗？也需要个树洞？”

洪老师眯着眼睛看我。从我接到他电话的那一瞬间，我想了无数种可能，洪老师到底会因为什么事情要约见我。我才见过他一次，因为他长得凶悍，也不敢跟他说话，实在没料到他会找我。

洪老师清了下喉咙，正色道：“我在沿海地区的项目出了事，我现在要赶过去处理，少则十天半个月，多则半年。我想拜托你照看一下我的学生蒋玄。”

他说完，我就愣住了。这间24小时书店里本来就只有我们俩和一个店员，加上现在是人在一天之中最困的时候，店员躲在咖啡台下偷睡，然而洪老师的这番像托孤一般的话，在我听来竟然有种心惊肉跳的感觉。

“我……我不觉得蒋玄需要我照顾，他比我强多了。你看啊，他成绩好，赚钱多，人也理性。他关照我还差不多……”

洪老师看着我惊慌失措的样子笑了。我语无伦次地说了一通后，小心翼翼地问他：“难道蒋玄有什么问题吗？”

“我先反问宋小姐一个问题，你喜欢蒋玄吗？”

“这个……我也不是很清楚，我谈的恋爱不多，也不知道如何与男生相处。看到那些闪闪发亮的男孩，我总是会下意识地躲闪开来，以免产生什么误会的情绪，让自己陷入难堪的境地。”

我搓了搓手，洪老师目光灼灼地望着我：“那你对蒋玄是什么感觉呢？”

“大概……大概希望他能经常笑吧，他笑的样子真好看。”

“那就行了。”洪老师沉默了片刻，继续说，“偏爱学生这种事情对一个教育工作者来说是不对的，但是从私心上来讲，蒋玄是我最喜欢的学生。我的本意是想培养他成为一名好的外科医生，他也一直表现得很好，直到上回……”

洪老师比他的两个同学——老郑和沈医生有理想多了，他当医科生的时候，心无杂念，每天泡在解剖室、标本馆和实验室里，是典型的学霸。据说有一天晚上，他半夜还在解剖人体，恰巧学校遭了贼，这个贼还是个路痴，一头闯进洪老师的解剖现场。一个穿着白大褂的彪形大汉，举着一把手术刀愣愣地看着小贼，他旁边是一具分解了的人体，那场面的效果不亚于一部恐怖片。碰巧那个贼胆子也小，一下就给吓昏了。

如此热爱医学的洪老师，后来成了S城医学界泰山北斗式的人物，每年报考他名下的研究生简直快挤破脑袋。但洪老师眼界高，一般资质的学生他是看不上的。

资质好的，例如苏瑶。苏瑶在她那一届学生中名气极大，很多学术和项目做得不错的老师私底下都找过她，希望她能考自己的研究生。但哪怕是苏瑶，也恭恭敬敬地考到了洪老师的名下。

只有蒋玄，他完全是个异类。洪老师至今都记得，研究生面试的时候蒋玄悄悄地闪进教室的样子。

蒋玄的成绩单好看得有些过分，洪老师考他的专业，他都答得很好，让人赞叹。

想到这样好的学生将要成为自己的弟子，洪老师有些膨胀，他问蒋玄："你为什么要报考当我的学生？"

蒋玄愣了一下，耿直地说："听说你这里发钱发得多，我对选谁当老师没有特别的要求，给钱就行。"

洪老师顺风顺水的人生，就这么被一个毛头小子给捉弄了。他很抑郁。

蒋玄的天资很好，水准甚至在苏瑶之上。但蒋玄比起苏瑶来，最大的缺陷是少了一股一往无前的"气"。他整个人都是散漫的，能考六十分，就绝对不追求九十分。

问苏瑶为什么而学医，苏瑶总是会掷地有声地回答："为了救死扶伤。"同样的问题问蒋玄，他总会迟疑几秒，用不确定的态度回答："工作稳定，不需要想太多。"

然而就是这样没什么上进心的蒋玄，他只要稍微用一点心，却总是能轻易就超越别人。天赋和才华这种稀缺的东西真是无法不让人着迷啊。洪老师每每被蒋玄气到，总是这样含泪安抚自己。

很快，蒋玄就在学校的附属医院实习了。洪老师这个人严重护短，他在蒋玄轮科的时候，借口考察学生的实习态度，把每个科室都溜达了一遍，不动声色地跟各科室打招呼："睁大你们的眼睛，这是老子的学生！给老子照顾好了！"

蒋玄去骨科学习，洪老师就在旁边不停地讲："骨科的医生啊，有一个特点。医生大概会换三个对象，第一个对象是他以前的恋人，当医生后，根本没有时间陪人家，立马就会分手；第二个对象是他的病人，因为骨科的病人一般要治疗好几个月，一来二去就有了感情，但也长不了；最后那个就是他现在的老婆了，因为忙到没时间分手。"

蒋玄去妇科学习的时候，洪老师就和去妇科做检查的病人一起，坐在走廊的长凳上排队。他是整条队伍里唯一的男性，来来往往的女人像看怪物一样盯着他。

洪老师也很难理解自己这种好像给蒋玄当爹又当妈的心情，大概蒋玄天性里那种始终和人隔着距离的冷漠感激起了一个老师的胜负心。如无意外的话，蒋玄应该会成为一个合格的外科医生。

然而一切的变故都发生在去年夏天。那时候，蒋玄已经是S城最好的综合医院的住院医生。

蒋玄当时在心胸外科，他那天值完班后，照例在休息室里睡觉。之后临时接到通知，让他去诊治一个患有先天性心脏病的病人。

那个病人是个十二岁的小女孩，长得十分可爱。从穿着打扮来看，家境似乎也不富裕。医院这个地方，见惯了生死，几乎每天都在迎来送往。很多实习医生总是被前辈教育，不要跟病人有太多的感情联系，他们能痊愈固然好，要是死了，自己会很伤心。

但蒋玄收治的那个女孩的性格十分开朗乐观，常常会跟蒋玄说话和聊天。女孩家在西南的山区里，她会跟蒋玄说山里的小动物，大雪封山的时候，狐狸、野狼、野猫都偷偷到居民家偷食物。女孩讲得绘声绘色，蒋玄也很喜欢听。她的出现，让医院这种冰冷的地方也有了一些暖意。

但女孩的病情是突发的，就在夏天的某个清晨，她突然倒在地上。蒋玄抱着她，主治医生冲着蒋玄摇了摇头："救不好了，让她回家见见家人最后一面吧。"

S城的医院开设了临终关怀这个项目，只要在能力范围内，对那些濒死的病人提出的特殊要求，都会尽可能地满足。小女孩的家属请求医院把她送回老家，见见亲属最后一面。送小女孩回家的费用不菲，几乎是那个家庭所有的积蓄。这本不关蒋玄的事情，但他强烈要求加入送人的队伍。

一辆车、一个司机、一个医生和一个护士，还有靠着呼吸机维系生命的女孩和她的家属，这一队人匆匆地从S城出发，一路向着西南的山区驶去。

经验丰富的护士一路话很少，但走到半途的时候，她不安地跟蒋玄说：“你千万要看护好她，不能让她死在路上，不然我们大概会有麻烦。”

蒋玄几乎衣不解带地照顾着对方，只要护士一喊“不好”，他就从简易床上跳下来进行急救。可尽管如此，也没有抵挡住命运的摧残，在车子行进到五分之四的位置时，女孩停止了呼吸。死的时候，女孩的小手攥着蒋玄的衣角。

家属扑到女孩身上哭得稀里哗啦，护士吓得脸都白了。她抓着蒋玄的手臂说：“快走，我们快回去。”

“不把她送回家吗？”

“千万别，你把她送到家后，我们就走不了。人死了，他们会迁怒到我们身上，不让我们离开。这种事情以前就发生过，我没有骗你。你让家属租个车把她带回去就可以了，我们快点回医院吧。”护士几乎哀求地说。

蒋玄没同意这么干，他坚持要把女孩送回家去。

等车开到了村口，女孩的家属率先跳下车，进村后里里外外地叫唤人。

护士绝望地喊：“完了！我们肯定跑不掉了。”

村民们到齐之后，先把女孩抬下了车。几个身材魁梧的男人把他们几个也请下了车，然后蒋玄就看到了有生最难忘的一幕。那些村民满地捉鸡，捉到一只后，就用稻草系住鸡的双脚，装进竹篓里，放到一旁。

女孩有个高龄的奶奶，眼睛已经看不见了，握着蒋玄的手哭个不停，嘴里念叨着一些话。西南山区的方言很难懂，但蒋玄连蒙带猜地搞懂了她的意思，大致都是在感谢自己照顾她的孙女。

村民们留他们一行人吃了饭，又留宿了一晚上。女孩的家人忙着给她张罗后事，搭了棚，并买了白布。

山野的夜里很安静，喇叭里的哀乐传到了很远很远的地方。蒋玄坐在门外的一个石块上，想起女孩跟他讲的那些山鬼精怪的故事，突然十分感伤。

第二天一早，他们准备回城去。那些村民把前天晚上捉到的鸡全都塞进他们的车里，算是给蒋玄的谢礼。

司机和护士一脸惊愕，只有蒋玄捂着脸，突然哭了。他从未有过那样的情绪，他顺顺当当的人生里从不知努力和梦想为何物，轻轻松松便得到了一切。哪怕是需要抉择的分岔口，他都可以用扔硬币来决定一切。

他却在那一瞬生出了一种不知该何去何从的迷茫。

蒋玄回了医院，却无法再给病人看病，每天都无精打采的。洪老师看在眼里急在心里，去找老郑想办法。老郑思索半天："我也没办法啊！要不就让他去我那儿，先混混日子，时间久了自己就想清楚了嘛。"

"他可是心胸外科的临床医生！你让他给人割双眼皮、隆胸、抽脂？"

"他说不定还做不好呢！你是歧视我们整形医生？沈明之不也从临床转做整形了！"

"可蒋玄毕竟念了那么多书，人又聪明，应该有更大的作为和成就！"

"你又不是他爸！操那么多心干吗？"

洪老师被老郑几句话堵得哑口无言，悻悻地把蒋玄交给了老郑。只是没料到，他不出几日就被老郑派出去坐诊，那副冷面少话的俊脸让他成了一时间风头无二的高颜值整形医生。

洪老师跟我说完前因后果，24小时书店的店员已经换了班。替班的店员是个齐刘海小姑娘，大概是没料到早上六点就会有人坐在店里谈事情，表情非常惊讶。

洪老师和我面前已经摆了六七个空的咖啡杯，天已经有亮光了，一整夜过完后，这座城市又恢复了车水马龙的生气。

洪老师说："我下午的飞机飞深圳，蒋玄的事情就拜托你了。"

"拜托我？那我需要做什么？"

我仍然不太理解他的托付，而洪老师已经抓起自己的外套穿上，戴好帽子，准备要走。

"他不会在整形医生这个岗位上耗太久的，他最终还是会回来做一名外科医生。你只要陪着他就好了，在他失落的时候，安抚一下他。"洪老师说完，推开书店的玻璃门，大步流星地走了。

我在城南搭了首班地铁，车厢里只有三三两两的旅客，一个个都蜷成一团。我从包里掏出电话，打给了蒋玄。他还在睡觉，迷迷糊糊地"喂"了一声。

"蒋玄……"

"嗯？"

"我记得很久以前，你说你很羡慕我，到底是为什么？"

"嗯。很羡慕你，虽然看起来不怎么聪明，还经常犯傻，一些很普通的事情要花大量的时间和精力去做。"

"你这哪是羡慕我？听起来倒像是讽刺。"

"很羡慕的，因为那时候我都不知道怎么努力，又是为什么而努力。"

"那你现在知道了吗？"

"并不是很清晰，但模模糊糊好像有个方向了。"

蒋玄说完这句话，电话就挂断了，大概是继续睡觉去了。我回到办公室的时候，大家还病恹恹地躺在折叠床上。老板盘着腿坐在会议室里，他看见我来了，挂着两个巨大的黑眼圈，欣喜若狂地跟我说："宋京夏！老子有创意了，老子有个无敌创意！这次可以掀翻严露那帮孙子。”

“你准备做什么？”

“名！媛！大！会！”老板一字一句地说道。

就在老板的创意顺产的时候，沈医生也马不停蹄地从北京飞过来了。老郑把他接回来的时候，苏瑶拎着一个行李箱跟着走进了医院的大门。

她四下打量着整形医院的装修和布置，叹气道：“难怪我好多同学都要转做整形医生。”

新配置的人马第一次开会。整个外科只余三个医生，沈医生、蒋玄和苏瑶，但鉴于沈医生一个顶十个的战斗力，加上蒋玄和苏瑶这两个医生，如今的外科俨然是史诗级的配置，让人有些莫名的激动。

昔日很多同事要么跳槽，要么辞职了，全院大会居然出现了一半的空缺。

2014年4月22日

老板在会议上简要提了一下自己的“名媛大会”的创意，他准备甄选S城的女性精英，做一场名媛整形的真人秀，以此来打开医院目前困顿的局面。

没有了廖扒皮，老板的创意通过得一帆风顺，以至于他发出了一声寂寞的叹息。同时，没有了平时的吵吵闹闹，会议就像走个过场一样，很快就结束了。

提案通过以后，加了满满一周班的大家都各回各家了。其实加班过度频繁的人是没有私人生活可言的，大家商量着趁着难得的休息时间，一起去四明山爬个山，再吃个饭。我们从办公室出来后，在附近的商场吃了饭，然后换了双跑鞋就准备去登山。

接到蒋玄的电话时，我们已经在山脚下了。他问我："你在哪里？"

我站在山脚吵吵嚷嚷的人堆中间喊："我在进山的门口。"

蒋玄说："你站住不要动，我来找你。"

张可达和王先霖的目光一对，王先霖拿着一瓶饮料，吸得"吱吱"响。张可达站在路边抽烟，陈佳佳一脸茫然地问："蒋医生也要来吗，少见啊。他可是一向不参加我们的群体活动的。"

张可达"嘿嘿"了一声，露出"你也不看群体活动里有谁在"的眼神。

天已经黑透了，蒋玄穿了薄薄的运动衫，踩了双白色跑鞋，手里端着两杯冰摇柠檬茶，递给我一杯。

我有些失望地说："为什么不是咖啡？"

蒋玄看了我一眼："大晚上的，喝什么咖啡？"

"可我已经一晚上没睡觉了，不喝咖啡的话，整个人都是昏昏沉沉的。"

"那你还来爬山？"

"反正也睡不着，想到山顶上去吹吹风。"

我们平日缺少锻炼，才到山门口，大家就撑着腰喊累。张可达号道："不行了，我走不动了，我要回家去。"王先霖冲张可达冷哼了一声，倒是陈佳佳一副精力旺盛的模样。

蒋玄突然抓住我的手往山上走，我"嗷"了一声，蒋玄皱着眉头说道："你别喊了，可怕！我只是拉你上山而已，怕你昏倒在半路上。到时候还要背你下来，太惨了。"

我尴尬地四下看了一眼，其他几个人都目光灼灼地盯着我们，一副看大戏的热闹。

S城每逢三四月总是下雨，淅淅沥沥的。但那天的天气却格外好，整个天空是像丝绒一样的蓝色，缀着几颗闪烁的星子。一路上山的人很多，有的人骑着自行车，带着一个便携式音响放着《套马杆》。

蒋玄笑了笑："审美有待提高。"

"这是接地气好不好？要是边骑自行车边放德彪西或李斯特什么的，会比较可怕吧。"

蒋玄莞尔一笑。

山路上有很多急匆匆的人带着相机和望远镜，我在旁边好奇地打量。蒋玄掏出手机翻查了一下，忽地拉着我大步往上走："快走，新闻里说今天有红月亮看！"

"红月？"倒是让人很意外啊。

我们一群人拼了老命地快步登上了山，山顶的观景台已经被占满了。我冲着蒋玄摊了一下手，准备随便看看就下山去。但是他四下望了一圈，指挥着我们上了一条小道。

那条路直通向山巅上的古寺，平时人迹罕至，连灯光都没有，只听见风的呼啸和踩踏落叶发出的沙沙声。头顶的天空不断有树枝的影子掠过，不过有蒋玄在旁边，我觉得分外安心。

古寺建在一个崖壁上，门虚掩着，蒋玄带着我们大大方方地走进去。古寺后院紧贴崖壁，可以眺望到整个海面的夜景。一轮圆圆的红月亮挂在半空中，下面是一望无际的海，在夜里发出幽蓝的光芒。和山顶观景台的热闹全然不同，这样的场景美到足以让人的心微微悸动。

"你怎么知道这个地方的？我在这个城市里待了那么多年，还是第一次来。"张可达一边鬼哭狼嚎地喊，一边问他。

"别人带我来的。"蒋玄答道。

"男的还是女的？"陈佳佳好奇地问。

"女的。"蒋玄瞥了这对小情侣一眼。

"后来呢？"我问道。

“夸了她很有生活情趣，看完夜景就回去了，后来就没来往了。”

“那个小姐姐真可怜，掏出自己私藏的地方讨好你，结果你不跟她好，还带别的妹子来这个地方看月亮，没心的男孩是最残忍的生物。”张可达“啧啧”说道。

蒋玄整张脸都黑了。天上的红月亮只出现了片刻就又变成亮黄色了，月亮慢慢地升到半空，四周偶尔响起几声鸟鸣。

下山的时候，蒋玄跟在我身边，趁着汹涌的人潮，小声地说：“你别信张可达的瞎话。”

“哪番话？”我好笑地问他。

蒋玄支支吾吾地说：“就……就我被女生带来看月亮那番话。”

“可你到底还是跟人家来了，有什么好让我别信的。”

“我跟她没什么的。”蒋玄急了。

第十三章

Snowstorm

打错了玻尿酸，

还有溶解酶这个后悔药。

但是动错了手术，

手术的条件、基础、结构已经和原来不一样了。

2014年4月25日

老板的“名媛大会”到了执行阶段，这比以往任何一个创意都要难执行。

老板跷着二郎腿开导我们：“你们不要怕难，我也知道很难办啊！不然要你们干吗？阿猫阿狗都能搞定的事情，我们不屑去做的！”

张可达瘫在椅子上装死，王先霖低着头不说话，设计妹子抱着她的加菲猫玩个不停。其他人抠手的、两眼发直的……什么都有。

“哪那么容易？你一开口就要找本城十个有头有脸的女性给你做平面广告，人家既然都混到那个位置了，谁还乐意给你打整形广告啊？就算真动了哪里，都恨不得藏着掖着呢！”

“所以要你想办法啊，你不是鼎鼎有名的宋京夏吗？现在S城整形行业谁不知道你？”

我彻底被老板一脸无赖的样子惊呆了。正无计可施之时，外科项目经理陈佳佳又十万火急地给我打电话：“有个女的一直在VIP咨询室哭，吵着要见郑董，说我们医院欠了她东西。”

“不是吧？这么快又出事了？”我们一伙人面面相觑，我和张可达赶紧奔到院前，苏瑶双手抱胸倚靠在门口看热闹，见我来了把路一让：

“靠你了，这种情况我搞不定。”

VIP室里坐着一个三十出头的女性，头发被扎成一个丸子头。她的四肢修长有力，有明显的肌肉。但她脸上的泪沟和法令纹都很深，看起来生活压力比较重。

“您找我们郑董有什么事？”我小心翼翼地问。

“你们郑董早几年答应过给我的东西，我现在来找他要了。他当时明明说答应我的事永远算数的！”她说完这句话，我和张可达默默对视了一眼，溜到门口小声讨论：“难道是老郑的老相好上门讨债来了？”

“这年龄差得也太大了吧，都不止兄妹恋了。”

我们偷偷给老郑发了条微信，他秒回道：“你问问她叫什么名字？”

我们俩齐齐回头问：“您叫什么名字？”

“崔友京。”

老郑知道后说：“她啊！奥运会冠军。那时候她才十几岁，刚拿到金牌。我当时想去蹭点热度，就跟她签了个协议，答应给她永久免费整形。谁知我后来真的能把公司做大，我也没办法啊！你们看着办就行了。”

老郑曲折地表扬了自己一番，回了个笑脸的表情就失踪了。

“我感觉老郑可能真的有个老相好，而且老郑一直还在等着对方，他每次一听女人找他就特别敏感。”张可达讪讪地说道。

而更棘手的是我们面前的这个女人是奥运冠军，我们得罪不起。我们把她领到沈医生的办公室，沈医生刚从武馆里练散打回来，一进门看到这个客人，忍不住“哟”了一声。

“来了个运动员。”他戴上眼镜再仔细一看，惊讶道，“这不是那个奥运会跳水冠军崔友京吗？”

崔友京瞪圆眼睛，她万万没想到，居然会被一个整形医生认出自己来，于是她抓着沈医生的手就不肯松开了。

崔友京退役后就在S城的跳水中心当教练，因为性格高傲，一直没嫁人。后来领导给她说了媒，和同单位的一个男同事结了婚。结婚没三年，老公就出轨了。

崔友京握住沈医生的手："我的年纪本来就比他大，我不怪他出轨。我只想把自己拾掇得好看一下，让他回归家庭。"

张可达"扑哧"笑出了声。崔友京冲着张可达怒目而视，张可达连连摆手："我不小了。"

沈医生问她："那你想要变成什么样呢？"

崔友京掏出手机，亮出几张网红的照片，有点兴奋地说："像她们这样的，大眼睛，尖尖的下巴，脸又小又饱满。我老公喜欢这一款。"

沈医生了然道："按照你的基础，打点针就可以，不难的。"

崔友京心花怒放，又再次申明："我们当年签的协议是给我免费整形，现在还算数的啊，有法律保护的！"

"全脸填充玻尿酸，也不是个小数额！"

"反正我没钱，我就一个穷教练。"崔友京两手一摊，看上去赖定了这一单。

崔友京如果是真跟我们签过合同，集团还真没办法收她的钱。但这已经是很久以前的事情了，我回头还得先核对一下合同的细则，才能确定答复崔友京。如今，只有先把她哄走。

我冲着旁边的张可达使了个眼色，他马上领会了，使出三寸不烂之舌，好说歹说把崔友京劝走，又约好择日再来注射。

我从沈医生的办公室出来，路过客服中心，我们的客服小姐正鞠着九十度的躬给客人道歉。客人气急败坏地揭开口罩，把脸凑到客服的眼皮子底下。

这个客服显然对付不了这样的客人，我凑过去问情况。客服妹子哭丧着脸说："这位客人对玻尿酸的注射效果不满意。"

我仔细看了一下客人的脸，左右脸的苹果肌打得一高一低，她倒是没有冤枉我们。

“是哪个医生做的注射？”

“苏瑶医生。”

我没敢再问下去，拿客服中心的座机给注射科的主任拨了电话，让他来救场。我拍了拍客服妹子的肩膀：“别慌，没多大的事。先带客人去打溶解酶，把玻尿酸都溶解掉。主任那边我已经打了招呼，会亲自给她重做。”

客人不依了，嚷嚷道：“这就算完了啊？我还没表态呢！”

“这单给您全额退款，您之前打的是国产玻尿酸，我们这次换最好的进口货给您，怎么样？”

时下最流行的玻尿酸注射，其实内里的花样太多了。国产的玻尿酸纯度不够，有些人注射后，大概两到三个月就会吸收了。而一些进口的大牌，由于使用的时间和数量经过了检验，它更稳定，保持的时间也更长，价格差了好几倍。有些技术高超的医生，甚至能把玻尿酸通过叠打的方式，使之保持到一年甚至更长时间。差不多是神乎其技了。

客人一听要把国产的玻尿酸溶掉换进口的，脸上的怒气慢慢消了，点点头说：“这还差不多。”

而我翻了一下投诉登记册，苏瑶的名字密密麻麻地排了一排。按照这种频率，但凡是她上手的项目全都出了问题。如果S大女学霸看了这个投诉单，只怕会躲去哪里哭吧。

我从医院回到办公室，老板正在和王先霖下五子棋。两个人看我一脸怒容，劝慰道：“小夏啊，你这一脸急火攻心的模样，男人们看了可是要害怕的啊。”

“刚刚被那个奥运冠军拿走了一个大单，心里气不过。”

“别气，那件事我也听说了，当年老郑抱人家大腿的时候怎么不说呢？现在不过是风水轮流转而已。”

“所以说，名气大又有什么用？要赶紧把名气折现，等名气一散，跟我们这些苟且营生的小员工有什么区别？”我负气地说。

王先霖忽地冒出一句：“你说崔友京算不算名媛啊？”

大家的动作一滞，每个人都皱着眉头在思索，老板率先反应过来，把手里的棋子一扔：“算的啊！算半个！她现在是跳水中心的教练，接触的可都是有头有脸的人物。”

他挥着手喊：“快快，京夏，你快联系这个冠军，告诉她，有什么要求我们都答应，只要她肯上广告。”

我赶紧给崔友京打电话，但冠军的电话关机了。老板把车钥匙扔给我：“开我的车，直接去找她。”

每次遇上这种闹心的事情他都会塞给我。基于我不会开车，我拉上了垫背的张可达。

张可达是开车的好手，他们家四口人，他爸催着他考驾照，然后给他买了辆奥迪。提车的那天，张可达兴奋不已。一周后，他发现全家上下班，包括妹妹上学全都让他接送，他爸爸即便买个包子也让他开车载着去——他彻底沦为了家庭司机。他的车技也在这日复一日的“摧残”中成长了。

车一直开到“跳水训练管理中心”，我们去找崔友京时，她正在训练队员。她是馆里的一级教练，但她带的队员都是一群年纪小小的孩子，很多动作必须亲身示范。

崔友京穿着运动泳衣，给小朋友示范跳跃的动作和入水时压水花的技巧。她整个人的线条匀称漂亮，额前落了几缕碎发，整个人有种力量的美感。

“她这么好看，居然想要把自己整成网红脸，想一想就觉得很难过。”我感慨万千。

我们一直等到训练结束，崔友京换了身衣服，领着我们去附近的咖啡馆谈事情。

去咖啡馆谈事这种行为我是忌讳的。失业的那阵子，我也想过考研究生。我租住的房间简陋，冬天总是冻得我手脚冰凉。于是我经常去附近的咖啡馆蹭暖气，每次都点一杯咖啡，从早坐到晚。

正式考试的那天，我去店里买了杯咖啡提神，结果咖啡馆坐了三对夫妻在谈离婚。我偷听得太入神，错过了时间，没有赶上考试。

总之，咖啡馆是我办公的禁忌之地，但凡去咖啡馆谈事，总是要出问题的。

崔友京带我们去的咖啡馆是典型的北欧风装修，给人的感觉冰冰凉凉的。

我们围坐在一张高桌旁说明来意，崔友京听说要上广告，一脸不可思议地问道："你们的意思是，我给你们代言，然后告诉全市人民，我的脸是翻新过的？你们怎么能想得出来这么损的点子？"

崔友京的脸上有怒意，我和张可达被问得哑口无言。

就在此时，咖啡馆的大门口涌起一阵风，一男一女挽着手走了进来。崔友京神色一变，直勾勾地盯着对方。我和张可达也忍不住好奇地望过去，男方的年纪还很轻，看上去只有二十七八的样子。张可达推了推我，示意我仔细看看女方。那个女人化着浓妆，看不出年纪，白白瘦瘦的，但那张脸我再熟悉不过了，完完全全的整形脸。

对整形从业人员来说，整形脸实在太好认了。沈医生曾说："人的脸天生就是不对称的，刻意追求对称的话，会让脸很刻板，失去灵性。"

日本的整形术在全世界都排得上号，它最大限度地保留了人的特点。而韩国已经是工厂流水线运作，垫鼻梁的时候假体都不用医生雕，直接选型号就可以了。

面前这个女人的脸，几乎是一堆整形手术的堆砌，韩式半永久眉毛、开眼角、平行式双眼皮、韩式小翘鼻……难怪崔友京会悲伤地跟我们说，她老公喜欢这种整形脸。

他们两个人没有注意到崔友京，自顾自地打情骂俏。崔友京面有苦色地低下头去，不远处那个女的突然在男人脸上狠狠一亲，崔友京再也忍不住，冲了过去。

“你几个意思？非要大庭广众之下让我难堪是吗！”崔友京推了男人一把。那对男女一惊，女的露出惊惶的神色，一直往男人身后躲。

我和张可达愣住，没想到运气这么好，居然撞上了这种“捉奸修罗场”。我们连忙占据有利的位置，安心当起了围观群众。

那个男的不出意外就是崔友京的老公了，一开始他还有点尴尬，躲躲闪闪的。但是当崔友京推那个女人时，他忽地站出来拦在崔友京前面：“有什么事冲我来，不关她的事。”

这下崔友京火了，她冲动地把自己老公抓着往地上一甩，她老公就像只弱鸡一样倒在地上。人家这么多年运动员可不是白当的。

崔友京又踹了自己老公一脚，这个手无缚鸡之力的男人被踹得嗷嗷乱叫。整个咖啡馆的人都被吓到，大家纷纷朝这边看过来。

崔友京一转身，望向那个柔弱的女人，目露凶光。

我暗叫一声“不好”。按照崔友京过去的名气，加上这么一出家庭大戏，再加上伤人……妥妥的社会版新闻头条啊！到时候，上广告的事情就想都别想了。

眼见着崔友京要动手，我赶紧冲过去从背后抱住她。崔友京也没多想，条件反射般地给了我一拳。这一拳稳准狠地打在我的右眼上，我当即两眼一黑就倒在地上，昏迷了。

倒下的那一刻，我突然觉得自己很可笑。

我为什么要这么拼命啊？

醒来的时候，我发现自己躺在医院里。蒋玄趴在我的病床旁，我小心地戳了一下他的头，他没有动静。我又抓了一下他的头发，这下他终于醒了，慢慢抬起头看着我，眉心拧成一个“川”字，严肃得让人害怕。

“你怎么会在这里？”我疑惑地问。

“张可达那个二百五，见到你晕倒了也不懂送医院，光给我打电话了。”

蒋玄拿了柄小镜子递给我，我照着镜子一看，整个人都不好了。我的右眼青了一圈，像只熊猫一样。

蒋玄说：“检查过了，轻微脑震荡，大碍倒是没有。”

“张可达和崔友京他们呢？”

“你还有心情关心他们？”

“主要是想知道事情的后续，他们最后打起来了吗？有没有闹得不可收拾？”

我正幻想着，张可达和王先霖带着医生慌慌张张地进门来。张可达说：“京夏！你终于醒过来了，你要是死了，谁替我打活、加班啊？”

我两眼一直，虚弱地从头底下抽出枕头，用尽全身的力气砸向张可达：“你个丧尽天良的！”

王先霖坐在床边，温柔地问我：“你想吃什么吗？我给你削苹果？”

蒋玄靠着墙不说话。

医生给我做完检查，一回头看到蒋玄：“蒋玄？你怎么会在这里？”

“照看家属。”蒋玄平静地应了一句。

整个屋子里的人的目光都投向我，医生又顺势八卦道：“你找对象了？这可是大新闻啊！”

“还在接洽中，你先别泄露，怕吓着家属。”

张可达的手抖得像筛子，指了指蒋玄，又指了指我，磕磕巴巴地问道：“这是哪一出？你们已经搞上了，哦不，好上了？”

蒋玄诡异地笑笑，拉着医生往外走：“我们出去叙旧吧。”

“苍天啊！京夏，你居然搞到蒋医生了，你会被集团的女同事生吞活剥的！”

“牡丹花下死，做鬼也风流！”我恶狠狠地回了一句。

趁着张可达和王先霖吵闹的空当，我借口要上厕所，举着挂着输液袋的杆子去找蒋玄。他和医生站在大厅的休息区说话，我兴高采烈地凑过去要打招呼，忽地听到医生问他：“你还真跑去当整形医生了！”

“不挺好的吗？以前考试温书的时候，大家每天都在嚷嚷着要当整形医生。有钱又有闲，远离医闹。”蒋玄耸了耸肩膀，不以为意。

医生摇了摇头：“别人这么想或这么干是挺正常的。可蒋玄，你不同，当时实验班的其他同学对你望其项背。你天资这么高，就应该好好使用它。”

“再说……你真的能干好整形医生吗？割点双眼皮、打点针、研究一下皮肤，真的能让你有存在感吗？你可是学心胸外科的。”

“你这番话，洪老师和苏瑶不知道对我说了多少遍了。”蒋玄微笑着应答，大概是不想继续再聊下去，他借口要照看家属，匆匆结束了聊天。然而他一回头，就看到了我。

2014年4月26日

昨天我吊完针，又留院观察，在医院躺了一天。今天医院通知我可以出院了，蒋玄开着自己的车来接我出院。

“蒋玄，你沿江开一段，我在医院闷了两天，想吹吹风。”

蒋玄“嗯”了一声，于是把方向盘一打，沿着S城滨海路一直开过去。S城是座临海而建的城市，最美的一道风景线就是滨海路。现在是四月底，江两畔的阔叶玉兰都开花了，格外好看。

蒋玄的车一直往北边开过去，越往北，人和建筑就越少。

“你再往北开就要出S市了。”我小声提醒道。他自从昨天和同学分别后，就一直心神不宁的。我就是害怕他出事，才借口让他带我兜风，只是并没有什么作用。

车渐渐远离了市区，但天空的颜色却明朗不少。

突然，有人冲到道路中间疯狂地招手，蒋玄一个急刹把车停到路边。我们下车后一看，我和招手的人都愣住了，她居然是昨天打得我住院的崔友京。

“你怎么会在这里？”我们俩异口同声地问道。

崔友京不由分说拉着我的胳膊就往江畔走：“来不及了，你快帮我救人。”

“难不成有人跳海？”

“不是！”

“那怎么了？你打我眼睛的那一拳，我还没和你算账呢！”

“你先帮我把人救了，只要人活过来了，我什么都答应你。”

我和蒋玄赶紧追过去看，一个瘦瘦的女人躺在海边的沙滩上。我凑近一看，她居然是昨天在咖啡馆被崔友京捉奸的小三。她怎么会和崔友京单独约在这个荒僻的海边？还一副奄奄一息的样子。

“你居然杀了人？”我厉声问崔友京。

崔友京猛一回头：“怎么可能？是她自己约我到这里来谈判，让我给她一笔钱，她就和我老公一刀两断。”

“所以没有谈拢，你想杀了她？”

“怎么可能！”崔友京慌张地辩解道，“她刚刚莫名其妙昏倒了，一直不醒。”

蒋玄趴在地上给那个女人做检查，测了颈动脉和心跳。之后他皱着眉对我说：“可能是心梗和心律不齐引起的昏厥，要马上送医院。”

蒋玄说完又往四周看了一眼，前后都是空荡荡的大道，旁边是茫茫的海水。这里离最近的大型综合医院有一段车程，完全来不及。

我瞪了崔友京一眼："你们也真是能挑地方。"

崔友京退后一步，丝毫不敢还嘴。

蒋玄思索片刻，先拨打了120，喊了一辆急救车过来。他又指挥我们把病人抬到通风的地方，然后开始给病人做心肺复苏术。

我目瞪口呆地望着蒋玄，怀疑地问道："这能行吗？"

蒋玄笃定地对我说："相信我，可以的。"

他蹲在地上，不断地给病人做心肺按压，可病人半天都没反应。蒋玄思索了片刻，双手握拳，对准病人的胸口用力一捶。昏厥的病人突然就醒了。

没几分钟后，救护车呼啸而来。蒋玄冷静地跟救护人员讲述病人的情况，对方疑惑地问道："你是医生吗？"

蒋玄笃定地回答道："对，之前是S大附属医院心胸外科的住院医生。"

救护人员点点头："你急救得很及时。"

崔友京也跟着上了救护车，她上车之前拍了拍我的肩膀："你男人不错，要抓牢一点啊。"

我想要解释时，救护车的门一关，她坐在里面，一脸落寞的神情。

蒋玄花了一点时间休息，我们重新坐回车里。在回家的路上，蒋玄虽然神色疲累，但眼睛里有光亮。

我从来没有见到他这样的表情，他在整形医院工作的时间不短，每天都像混日子一样，和人打个照面就走了。

有人跟我说，心胸外科医生只有做手术的时候是最帅的。而蒋玄对整形手术根本看不出热情，他的心落在了哪里，其实明眼人早就看出来了。

蒋玄把我送到家门口，我忍不住说："蒋玄，等集团这个项目结束了，你就回去当心胸外科的医生吧。"

蒋玄略感意外地望着我，我又继续说道："洪老师之前找过我，让我帮着劝劝你。他说你不会在整形医院待太久，你最终还是会回公立医院做临床医生。我以前不懂，但是我现在理解了，人的天资是不应该被浪费的，更何况是看到你闪光的样子。”

蒋玄没有接话，只是摸了摸我的头。

2014年4月27日

今天上班，崔友京到办公室来拜访我，一进会客室就冲过来搂着我狂哭：“昨天幸好碰到你们了，警察在医院里盘问了我半天，后来证明了是她自己身体不好，跟我没关系。我老公铁了心要跟我离婚。”

“那就离呗，甩了这种老公也是一种解脱。”我劝道。

“我舍不得。”崔友京哭诉。

“谁让你那么傻，要约也约在闹市，大不了泼她一脸咖啡。那么偏远的地方你也敢去？要是她对你动手怎么办？”张可达在我旁边叨叨个不停，像个义愤填膺的大妈。他一边叨叨，一边拿出协议书，口气温和无比地劝道，“女人啊，就应该多爱惜自己一点，要不我们先把协议签了吧。”

崔友京抓着协议看都没看，大笔一挥就签了。她一副大彻大悟的样子说：“反正家丑已经扬出去了，还怕上广告吗？”

崔友京签完协议就迫不及待地往医院跑，婚姻的失败让她迫切想要靠整形来改变自己。真说不准这出闹剧的结果到底是好还是坏。

按照以往的惯例，下午是营销策划中心员工出门检查广告的时间。集团每个月在S城各种渠道投放的广告超过三百万元，我们作为金主，会定期检查各渠道的实施情况。

张可达负责的是路牌广告，那可是一项巨大的工程。曾经有同事到路上数广告牌，累到愤而离职。不过张可达太油滑，他从大学城里找了做兼职的学生，男男女女一大群把办公室堵得水泄不通。他给每个人发了一张表，只要填满上面的数据，就可以回来找他领工资。

而我和王先霖负责的影院映前广告就拉风多了，拿着电影院发的“监播证”，可以随意出入任何影院，电影任看。

我们去了S城最大的一家电影院，站在杜比厅前，我得意扬扬地说：“马上就可以看到自己策划制作的广告短片了，好激动。”

然而一直等到广告播完，进入电影片段，我都没有等来我的广告片。我和王先霖换了一间放映厅，仍然没有。我们一头雾水，只好再换了一家电影院，同样没有看到集团投放的广告，我们这才意识到不对劲。

而张可达那边的情况同样不妙，和从前相比，公交车站、路牌灯箱的广告起码少了一半。

我们回到办公室，老板坐在会议室的沙发上嗑瓜子，我们几个面面相觑。

张可达壮着胆子问他：“又出什么事了？你可别吓我，你每次一嗑瓜子，总是要出大事。”

老板一脸憔悴，几缕头发油腻腻地掉到额间：“你们去检查广告了？”

“嗯。”我们几个小声说，不敢把噩耗告诉老板。

谁知他甩了一下头：“忘了告诉你们，我停掉了一些广告。”

“什么？”我们异口同声地问道。

“集团没钱了，以前廖扒皮在的时候，只卡我三分之一的广告费。现在他走了，运营线那边不赚钱，我们的广告预算砍了一半。所有的影院、高速路牌全部暂停，我们手头上的这笔钱必须花在刀刃上。如果这次没成，我们就真的要去喝西北风了。”

“已经这么严重了？”

“集团下属二十一家医院一直是独立经营，自负盈亏。到了这个时候，都在观望着董事办。一旦董事办这次运营失足，只怕会彻底崩盘。”老板皱着眉发愁。

而上第一批“名媛大会”的平面广告至少要三个模特，可现在只搞定了崔友京一个人，剩下的两位只怕是大海捞针了。

第十四章

职场上，

每个人都是明码标价的。

2014年5月15日

我们花了半个月的时间，在全城地毯式地搜索名媛，可真的名媛根本不会搭理我们。

董事办的行政总监给我推荐了本市一家跨国五星酒店的总经理，我们约好时间上门去拜访。我们集团也算得上有钱的公司，处于食物链顶端的角色，养肥了不少小企业和大公司。这家五星酒店就是其中之一。

集团每年都有几百号的外籍医生来坐诊，还有一些重要的客人，都住在这家酒店里。除此之外，各种聚会、晚宴、年会……都订在这家酒店。

来之前，总监信誓旦旦地保证："你放宽心去谈，她一定会答应你的。我们跟她做了那么多的生意，以后还要合作下去，你只管提要求。"

然而这个世界上最不值得信赖的就是同事的承诺，总经理一开始以为我是去订房间和场地的，婀娜多姿地出现在我们面前。近一米七五的身高，长鬈发，穿一袭修身的宝蓝色天鹅绒套装，整个人都明艳不可方物。

"宋小姐，好久不见了，上次见你的时候，还是贵集团去年在我们酒店举办的年会上。"总经理声音软软糯糯的，温柔的模样让人如沐春风。

当时我们的年会一共来了一千多人，她居然还能记得我。所以这个人能做到总经理的位子，并不光是凭她的外表。

“你们这次是想订客房，还是订宴会厅呢？”

“都不是，我们是有事求你。”我轻咳了一声，总经理露出困惑的表情，我简单地表明来意。

她的笑意收了起来：“你是觉得我的脸哪里需要整呢？”

我忙摆手：“你的长相很完美，我们只是希望能和你达成一个合作。我们集团在全城有六千块电梯框架牌，还有三条主干道的灯箱，你来当广告模特，对你个人而言也是很有利的事情。”

对方不动声色：“我一个五星级酒店的总经理，去给整形集团当广告模特，我的客户会笑话我的。”

“怎么会是笑话呢？漂漂亮亮地出现在全城的广告牌上，你不觉得很瞩目，很风光吗？”我有些心急地劝话。

她仍然保持着那种让人如沐春风的笑容说：“那你有没有想过，如果我上了你们的广告，我花了大概十一二年和普通人拉开的距离感会马上打回原形呢？”

“我不太明白你的意思。”

“做到我这个职位的人，该想的是怎么活得更体面，而不是去糟践自己的名声。贵集团在我客户那边的名声不是很好。”

她这话已经有送客的意思，我听懂了她的弦外之音，只好起身告辞。她送我到大厅，又变为那个明艳温柔的总经理。她客气地说：“宋小姐，喝完下午茶再走吧。我们这边的斯里兰卡红茶很不错，点心也是从欧洲空运过来的，价值348元一位。我请你。”

我盯着她的脸，直到这一瞬间我才顿悟，我还没有跟她谈合作的资格。在她眼里，我顶多是个跑腿的小伙计，连一次下午茶都消费不起。该客气的时候客气一下，已经压榨不出利用的价值了，就随手给打发了。

我回去的时候，天下起了雨。S城这个鬼地方，总是连月地下雨。有一年连续下了四十二天的雨，本市的一家报社甚至给它做了一期专题稿件。

我一路冒雨，全身湿漉漉地走进办公室。张可达不在，只剩下正在专注打游戏的王先霖，他看见我这副鬼样子时愣住了。

“你下雨天也去散步了？”

我“哇”的一声就哭了：“我今天被人羞辱了。”

王先霖慌忙扯纸巾递给我擦眼泪，我哼一嗓子，他就递一张纸，如此循环。王先霖小心翼翼地问我：“你要不……多喝点水？”

我哭得更厉害。张可达从外面回来了，看见我哭得天昏地暗的样子，捂着耳朵就躲到了一旁。我对这个世界彻底绝望了。

没等我哭完，老郑突然给我打电话：“宋京夏，刘芸要过去做保养，你去院内接待一下。之前专门负责她的客服辞职了，交给其他人我不放心。”

“哪个刘芸？她就这么有能耐了不起吗？还让董事长亲自打电话逼着我去接待！”我一边哭一边嚷。

老郑悻悻地说：“你在哭啊，怎么哭成这样？算了，那我换王先霖去吧。”

“是哪个刘芸？”我不依不饶地追问。

“就那个开玛莎拉蒂的刘芸。”

我瞬间止住哭泣，一本正经地说：“那还是我去吧，刘芸打王先霖的主意很久了，我怕他晚节不保。”

我去卫生间洗了把脸，就利索地去迎接玛莎拉蒂大姐了。这位大姐之前朴素过一阵，每天开着一辆小大众到医院门口堵王先霖。可她万万没想到，王先霖是个不出门的死宅，长期在办公室里过夜。刘芸大姐在我们医院门口堵了十天半个月也见不到他一面，后来就再没来过了。

刘芸大姐也是个傲气的有钱人，以她的条件，什么样的男朋友找不到呢？她也就放弃了。

刘芸大姐这次来，又开着她那辆招摇的玛莎拉蒂。她的豪车可不止这一辆，据说保时捷、卡宴、路虎全都有，但她说这款玛莎拉蒂最有少女风，很适合她。

少女风？我可没看出来，我只看到了明晃晃的贵妇风。

刘芸大姐从车上下来，手挽着一个小鲜肉。她的男朋友换得勤，每次来医院做保养带的都不是同一个人。

她这次是来做超声刀的，于是我把她引到激光科。大姐这次带的小男友在门口吵着闹着也要进治疗室，他在护士面前喊了无数声“姐姐”，喊得护士们的心都化开了，只好放他进来。

刘芸大姐做超声刀的时候，不肯敷麻药。因为人体体质的差异，有的人用了麻药后会过敏一个多星期，刘芸正是这种体质。

超声刀可不是普通项目，它是利用超声热能刺激皮肤深层筋膜，达到面部提升、除皱、紧肤的作用，是抗衰老效果最好的项目之一，均价都从万元起。大姐用的仪器又是从美国弄回来的，整个S城就只有这么一台，价格就更贵了。

机器平时被扔在角落里没人用，激光科的医生闲得无聊，只要是脸部下垂的女人，上至总监，下至拖地的阿姨，脸都被像熨衣服一样拉得肉实皮紧。超声刀温度很高，痛感非常明显。医生开始做治疗的时候，我想着要不要人道一点去握刘芸的手。说时迟那时快，刘芸的小男友忽地抓住她的手，语调夸张地安抚道：“不疼不疼！不疼哦！”

在场的医护人员脸色都变了。上次听到有人用这种语调说话的时候，还是小时候我妈哄我打针。

整形医院绝大部分顾客都是女性，我一年要见无数女人，年轻的、年长的、富裕的，也有穷得只能靠我们的免费公益项目才来整形的。这么多人唯一共同的地方就是怕老、怕死，渴望着能把青春和美丽再延续一段时日。

其实集团上下都知道这个人物，我们一般管她叫刘姐。她是做房地产起家的，S市北城区滨海新区那个卖到几万块一平方米的富人区就是刘芸的产业。

以前看韩剧的时候，有部电视剧对有钱女人的设定是“拥有整条街的女人”，但刘芸的产业还不止一条街。现在S城在搞大开发，新区那边起码有半个区都是她的产业。刘芸三十七八了还没结婚，只是经常换男朋友，没有一次恋爱能超过三个月的。

刘芸出了名记仇。以前她跟一个合作方撕破脸了，对方在公众场合泼了刘芸不少脏水。这个人是一个摄影爱好者，选了个好日子，在S城艺术馆办了一场摄影展，还做了一场小型拍卖。

业余摄影师的作品又能好到哪里去呢？但人家的本职是个企业家，手头的资源丰富，请了全城的媒体去报道。我一个电台的朋友叫明朝，她去现场领车马费，拆开红包一看居然有小一千那么多。要知道S市的市场价，五百一个的红包就算很客气了。

明朝是个媒体老油条，总是拿了红包就跑路，那天却规规矩矩地坐在那儿捧人场。她说，等到拍卖会开始的时候，突然从馆外闯进来一个穿黑色皮风衣的女人，硬生生地站在展馆中央。台上那些策展的人的脸全都绿了。

在场的媒体都认识这个女人，她就是大名鼎鼎的刘芸。

尽管大家都知道刘芸是去砸场子的，却不知道她到底会干什么。拍卖开始之后，摄影师的那些有钱朋友们纷纷举牌，让这一场十八线摄影师作品拍卖会也掀起了不小的高潮。

但每一次，当主拍人敲小锤子问“最后还有没有要加价的人”，刘芸就不徐不疾地举手，把作品抢拍过去。她连续举了十二次，把那场拍卖的作品全都买了下来。

她可不是拍了去收藏的，而指挥人把拍品搬到艺术馆门口，来一个小孩就送一幅，且叮嘱道：“好好学习，天天向上。这幅照片送给你，长大以后别拍出这种垃圾来丢人现眼。”

明朝说，在围观完整个过程之后，自己差点想给刘芸大姐那种精湛的侮辱人的技术跪下。

能成为大姐级的人物，必然有过人之处。刘芸在S城的名气很大，我也不是没打过她的主意。

上次我问老板："刘芸算名媛吗？"

老板磕磕绊绊地说："绝对的，可能比名媛还要高一个级别。"

"那你去劝她加入我们的名媛大会怎么样？"

老板睁圆了眼睛瞪着我："你是不是脑子进水了？她能答应来参加这个？她有钱归有钱，却是公认的不好惹，你知不知道？"

"我不知道。"我冷冷地说。我又混不进那个精英朋友圈，而我老板就是个欺软怕硬的主。

刘芸的超声刀治疗结束后，在休息室里观察了几分钟。她戴着一个口罩，人有点恹恹的。我也不知道自己那一刻到底是怎样的心理，只是内心深处一直有个声音在惶惶不安地催促我。我必须快点问问她，不然就再也没有机会了。

我壮着胆问："刘总，你可以来参加我们集团的名媛大会吗？就是给这一季的主题广告画面当模特。"

刘芸抬头看了我一眼："你是什么岗位的？"

"我是做文案的。"

刘芸轻笑了一下："你的领导都不敢来跟我谈这些，你明明知道我会拒绝你，为什么还要来问这个问题？"

"总想要试一试，亲耳听到拒绝才彻底死心。就好像小时候玩刮刮乐。'谢谢惠顾'四个字，已经刮开'谢谢'的'谢'字了，却非要把那四个字全部刮出来才死心。"

刘芸点头："也是这个道理。我倒没那么清高，也不是不能答应，但我有个要求。"

"是什么？"我迫切问道。

“你们这儿的王先霖要给我当男朋友。”

刘芸这话刚说完，不止我僵了，她身边带着的那个小男友把眼睛瞪得跟水牛一样，气急败坏地问：“刘芸你什么意思？”

“我意思很明显啊，我腻了。”刘芸不胜其烦地回了一句，她又望着我嘱咐道：“你回去和王先霖好好商量一下吧。”

刘芸说完这句话，扔下小男朋友扬长而去。小男友一路追到楼下，刘芸开着自己的玛莎拉蒂，一踩油门把他远远地甩在身后。

小男友远远地望向我，冲我比了根中指，然后撩了一下自己的头发，吹着口哨走了。可见刘芸就算甩了他，也只激起一簇小小的水花。

我从观察室出来，准备回营销策划中心的办公楼时，听到拐角的茶水间里有蒋玄的声音。

那个茶水间是专门给医生们配备的，里面放着冰箱、咖啡机、微波炉……冰箱里除了各种碳酸饮料，还会定期存放冰激凌。蒋玄酷爱这个茶水间，常常上班一会儿，就来茶水间里顺走一根雪糕。

我听到他的说话声，连忙凑过去。发现苏瑶也在茶水间，这会儿偷听也不是，不偷听又对不起自己，我只好鬼鬼祟祟地贴在墙角听。

蒋玄说：“师姐，你别消沉，我也好不到哪里去。以前有个妹子非要找我切下颌角，被我训了，说你年纪轻轻的，脸型端正没毛病，把下颌角切了干吗？”

苏瑶提高音量问：“然后你也被投诉了吗？”

蒋玄摇了摇头：“那倒没有，她把自己的电话留给我了，让我常教育教育她。”

苏瑶的声音有些低，她说：“我刚来医院，第一次动手术的那天，全院各科的医生都来了，他们说‘来学习一下S大医学院优秀学生的技术’。结果一群不知是哪里毕业的三流医生们来告诉我，说我的双眼皮手术做得不对称！”

蒋玄笑了出来，苏瑶也自嘲地笑笑：“我现在完全就是被群嘲的状态，那天中午在食堂吃饭，我也听到一群医生在议论我，说我不过如此。”

“师姐，你本来就是搞科研比做手术要厉害得多，又何必这么生气呢？”

“我不是生气，我是挫败感太强。洪老师一直都喜欢你多一些，我总是不太服气，通宵达旦地查资料写论文。我发的论文比你多多了。可是有一次，洪老师一边表扬我的论文，一边自言自语地说‘一个外科医生，发那么多论文干吗’。”

蒋玄轻轻地“嗯”了一声，苏瑶长长地舒了一口气：“我以前觉得割双眼皮没什么了不起，可现在才明白，我连这种最基础的手术都做不好。”

我在门口听了一会儿，决定溜走，苏瑶突然说：“师弟，我以前的梦想是留在S大医学院当老师，但现在觉得这个梦想太没意思了，我想去北美留学，你会和我一起去吗？”

蒋玄沉默了半天，缓缓地说：“我要考虑一下。”

我满腹心事地从医院走到办公室。陈佳佳这时突然给我打电话哭诉：目前外科拿得出手的三个医生，一个吃满了投诉单，一个动不动就劝客人不要整形。另一个沈医生，年纪一大把了，天天在拳馆里和年轻人打拳。万一受伤了，外科也就彻底垮了。

现在的情况也没有时间和精力让我去思考蒋玄和苏瑶。我把张可达、王先霖和老板拖到会议室里，关上门，深深地吸了一口气。

“刘芸答应给我们的名媛大会当模特了。”

“真的？”大家异口同声地问我。

“但她有一个条件。”

“答应！答应！她要什么条件我都答应。在她面前，我们就是一个小破私企，她有什么能看得上的，都给她送过去。”老板大大地一挥手，整个人跟打了鸡血一样。

我当头一瓢冷水浇下：“如果她要王先霖呢？”

老板哑了，王先霖一脸惊恐，颤抖着声音问我：“你不会答应她了吧？她简直像得了失心疯一样。”

我连连摇头，张可达摸着下巴劝道：“要不，你就答应一下试试？刘芸大姐的后宫可不是一般人能进得去的，她都点名要你了，你就去呀。”

王先霖没有说话，我用力拍了一下张可达的背：“算了，一开始她让我找大家商量，我也不是没在某个瞬间动摇过，但难道我们真的要让王先霖出卖色相吗？就算你觉得无所谓，我心里这一关也是过不了的。还是再想别的办法吧。”

张可达见我神情肃穆，也收起了吊儿郎当的表情：“我只是开个玩笑。”

大家达成共识后就散了。

2014年5月16日

今天是难得的休息时间。不知道别人休息都干点什么，反正我是要在自己狭窄的公寓里睡上一天的。所以当手机在八点钟就响了的时候，我接电话的口气差不多是要杀人的。

“要死啊！这么早打电话！”

蒋玄轻声问：“你还没醒？”

“大周末的，谁会这么早就起来！”

“我。”

和蒋玄的对话又冷场了，我几乎是痛哭着从床上爬起来。等我收拾完后，蒋玄已经开着车在小区门口等我。

“你这么早叫我起来是准备干吗去？”

“我同学今天结婚，我给包了笔特大的份子钱，觉得太亏了，就把你叫上一起去吃酒席。”蒋玄从善如流地答道。

我举起手表：“吃酒席怎么也得中午吧，现在才九点。”

蒋玄被拆穿了，干脆咧嘴一笑：“早点去占座位呗。”

但他的方向盘一转，就去了城东一家男装店。那家店的装潢很气派，孔雀绿的墙面，原木雕花的装潢摆饰。

蒋玄笑得狡诈：“其实我是想让你帮我挑套衣服参加婚礼，这个同学跟我在一间寝室睡了四年，关系很好的，得穿正式一点。”

我点点头，随口问：“和你一个专业的吗？”

蒋玄正经道：“不是，人家专业很酷炫的，是法医。”

我认真给蒋玄挑起了衣服。这家店的衣服极贵，一件动辄五六千，又不是什么知名品牌。我一边挑一边皱眉，小心翼翼地问：“真的要在这家店买衣服吗？”

蒋玄道：“买呀，郑伯伯给了我免费名额，可以任挑一套。”

我一听老郑给了免费名额，一头扎进衣服里。

收银台处站着一个瘦高的女人，她不冷不热地说：“你挑的是定制款，要三个月到半年才出货。我刚刚听说你们等会儿就要用衣服，二楼的跑量款可能更适合。”

我抬头看了一眼，她穿着一件简单的白T，搭配黑色长裤，明明是极简的打扮，却硬生生地拗出了大牌范儿。可那道张扬的一字眉，还有高耸的颧骨却分分钟唤醒了我的记忆。她是S城有名的高级定制店老板，以前当过模特的冯欣。

就是她，在去年年底大促派对的走秀环节上，为了和几个同行女老板抢品牌的出场顺序闹得不可开交。她还扬言，总有我求她的时候。

此时，冯欣冷冷地望着我，看来去年她撂完狠话后忘了我了。我赶紧拉上蒋玄，准备上二楼迅速挑套衣服就走。就在这时，楼梯口试衣间的门打开，有个头发稀疏的壮汉双手捏着领口的蝴蝶结兴奋地走出来：“这套衣服太适合我了！太帅了！”

我们和壮汉撞了个正着，我和蒋玄随即被惊得呆若木鸡。而壮汉被熟人撞破，脸上闪过一丝慌张，原本捏蝴蝶结的双手也瞬间放了下来。

“郑董，你买衣服呢？”

“呵呵，是啊，你和蒋玄来逛街啊。”

我们一来一往尴尬地聊着天，聊得不知所云。

而就在此刻，偌大的男装店里忽地像平地炸了一个雷，一个女声恶狠狠地喊道：“宋京夏！”

我怯怯地回头去，冯欣怒气冲冲地瞪着我，那张严肃的脸看起来可怕极了。

很明显，冯欣记起我了。

我气若游丝地回道：“是我。”

老郑还不知道我们的过节，拍了拍身上试穿的衣服，大步踱到试衣镜面前，左看看右瞅瞅：“小冯，你再给我搭条领带试试，颜色不要那么沉闷，要低调中有一丝张扬。”

冯欣挑了一条孔雀石颜色的领带替老郑系上，就在冯欣低头的那一瞬间，老郑忽地开口：“小冯啊，来给我们做广告模特吧，到时候我那儿的所有资源都帮你一起推，你这个店呀，一下就红了。”

冯欣瞥了老郑一眼：“好啊，不过郑总，我也不是年轻小姑娘了，最怕的就是你们这些大老板，今天给了承诺，明天忘得连屁都没有。你要真的有诚意合作，那恐怕要先给我尝点甜的。”

“你有什么想法尽管提，只要我能拍板的，我都同意。”

“我和我这个店，要上本市电视台八点档的《晚间新闻》。”冯欣浅浅一笑，右边嘴角勾起，露出得意又精明的表情。

老郑马上使出四两拨千斤的技能，把头转向我：“京夏，这个没问题吧？”

我能说有问题吗？我不能，我只能痛恨自己今天出门的时候没有看一下黄历。但老郑挑这个模特冯欣，却真的是再合适不过的人。

冯欣家的衣服在S城的名流中间很有口碑，她家的裁缝师傅是去英国萨维尔街学过打板的，那个地方一向是给英国皇室做衣服的。

S城的传媒业也算发达，电视行业是后起之秀，虽然比不上北京和湖南那边的电视台，但在全国也是前几名了。每年来走穴上节目的明星不计其数，很多造型师都会找冯欣借衣服。而且有很多老郑这种级别的企业大佬都会过来定制衣服。

冯欣替老郑整理好衣服后，又去楼上给蒋玄拿了一套，但不是西装。那是一件衬衫，一件棕色麂皮的夹克和一条黑色牛仔裤。

冯欣说：“你长得这么好，要是穿我们家的西装去，肯定把新郎的风头全给抢尽了。你就穿我给你拿的这套，休闲又时尚。”

蒋玄将信将疑地去换衣服，他推开试衣间时，整个人像洋溢着一股春风，顿时明媚了起来。在穿搭上，冯欣的确有两把刷子。

老郑把自己和蒋玄的两套衣服都埋了单，刷卡的时候俨然一副霸道总裁的模样。但我总疑心我们是不是拿错了剧本，要是放到八点档肥皂剧里，老郑是男一号，蒋玄是女一号，至于我，那就是个不懂事还胡搅蛮缠的女N号。

买完衣服，时间也差不多到中午了，蒋玄意气风发地去喝喜酒。我们刚一进场，他那些同学就鬼哭狼嚎地喊：“你还是蒋玄吗？你不但换了新衣服，你还带了个妞！”

另一个同学一把抱住他的腿：“苟富贵，勿相忘！”

有人牵开我喊：“妹子，你别看他现在人模狗样的，他以前在实验室里养老鼠的时候，整天不洗头不换衣服，一身的老鼠味。”

蒋玄露出迷之微笑，指了指各位同学说道：“一群手下败将。”

那几个男生纷纷拥上来，作势要掐蒋玄的脖子。

蒋玄的男生缘一向很好，之前在贵州山区做公益项目的时候，他的学弟们就整天黏着他。他天性中的温柔大概连他自己都不知道，平时寡言少语，但在熟悉的人面前，他就像是一只猫一样软萌。

新郎和新娘出来了，有人插话说："这两个人真是天造地设的一对。"

蒋玄解释道："我那个同学是法医，天天跟死人打交道，交往的妹子一听说他是个法医就会和他分手。后来好不容易相亲认识了一个女朋友，他一直隐瞒自己的工作，说自己是警察。结果在和女朋友聊电影的时候，分析起一部惊悚剧里的碎尸手法，说漏了嘴。"

我连忙追问："后来呢？是不是也要分手了？"

周遭的同学忽地就笑起来，蒋玄莞尔，又继续说道："结果女朋友一本正经地和他争论起尸体的话题。两个人越聊越起劲，然后坦白了各自的职业。"

"妹子也是法医吗？"

"她是殡仪馆的化妆师。"

"那真是天造地设的一对。"我点头称赞道。

台上的新郎新娘正在互相交换婚戒，互相拥吻之后，新娘就开始扔捧花。一群女孩挤到前面，一副势在必得的样子。就在这个重要的时刻，新娘忽地把花递给新郎，自己退到一边。而新郎接过花，径直砸向了蒋玄。

那气力之大，方向之准，让那束花像是喷射机一样准确无误地被蒋玄接住。新郎随即向蒋玄挥了一下手，拿过司仪的话筒喊道："蒋同学，祝你早点脱单！你知道吗？你本科五年都没谈过一次恋爱，让我为你操碎了心啊！一度暗搓搓地怀疑你的取向问题。"

场上的嘉宾一阵哄笑，蒋玄也抓着花哭笑不得。

台上的新人拥吻到了一起，蒋玄凑在我耳边说："宋京夏，你知道我们医科生表达爱应该怎么说才合适吗？”

“我只知道，我们文科生会指着天上的月亮说，今晚月色真美。”

蒋玄笑了笑：“我们医科生会说，如果你是抗原，那我就是抗体。”

第十五章

Snowstorm

做广告千万别玩概念。

要知道，

地摊文学代表的差不多就是普罗大众。

2014年5月20日

新一周开工，老板亲自出马约了《晚间新闻》栏目组的负责人和冯欣组了一个局。医美企业的广告不许上卫视，所以我们集团电视投放的预算全部被本市电视台吃掉了。给冯欣报条新闻，这个面子他们还是要给的。

负责人是个戴眼镜的小胖子，拿着案子的文本，拍着胸脯打包票：“上新闻没问题，但是关于整形企业的信息，一点点都不能放进去。”

冯欣双手抱胸，跷着二郎腿说：“我也赞成。”

“凭什么？我们集团出钱出人出主意，连混个脸熟的机会都不给！”我愤愤不平。

老板把我拦住，敲了敲桌子，意味深长地说了一句：“我们来日方长。”

这些事情达成共识之后，小胖子说：“那我们来讨论一下，这个新闻要怎么播，用什么形式？”

“用揭秘的形式不可以吗？比如，‘为什么来S城走穴的大明星们，人人都穿他们家的衣服’？”

小胖子冲我摇了摇头：“现在都什么时候了，谁还爱看这些啊。要知道我们节目的受众群可都是一些宅在家里无所事事的大妈大婶，人家喜欢看点狗血的。”

冯欣皱着眉头问：“就不能说说我家的衣服有多高级，裁缝多厉害吗？”

“不能！”我们异口同声地答道。

老板思索了片刻，一锤定音：“就说她如何从北上广回乡创业，如何亏空父母的养老钱，最后如何东山再起的吧！”

小胖子连连喊好，冯欣被惊了许久后才缓缓地说了一句：“这跟地摊文学《知音》有什么差别？”

开完会后，小胖子就带着一组人马去冯欣的店里做采访，把我们一行人给撇开了。他临走前嘱咐道，晚上一定要守在电视机前看新闻。

当天晚上八点整，我们守在会议室的液晶电视前，冯欣那张凶神恶煞的脸出现在电视机里，侃侃而谈创业的心酸，时不时还配合着掉几滴眼泪。作为本市最红的新闻节目，这档新闻播得可圈可点，不但有冯欣的父母齐上阵，左邻右舍也都被采访了个遍。一段平平无奇的故事，愣是被编成人骗、被人欺……一波三折。

老板的手指点了点桌子，总结道：“冯欣的店只怕是要火了。”

“她真是我见过最厉害的女人之一了，太会借力。”

“明天一早就催着她把广告合同给签了，怕夜长梦多。按照冯欣的性子，过河拆桥的事情她肯定没少做过。”老板敲了敲桌子，重重地说道。

2014年5月21日

第二天一早，冯欣的照片在朋友圈里被刷屏了。冯欣给照片配了鸡汤式的句子——“只要怀抱梦想，就一定会成功的”“从创业之初到现在真是百感交集，所以老天不会亏待任何一个用心做事的人”……

但冯欣只字都没提我们。

早会上，我当着办公室同事的面给冯欣打了个电话："冯总，看你朋友圈，生意很不错啊，恭喜你心想事成了。"

我话音刚落，冯欣一嗓子就吼回来："着什么急啊？我知道你要催我给你们公司做广告，我又没不答应你。你们的广告不也还没上吗！等等怎么了？"然后"啪"的一声就挂断了电话。

整个办公室一片哗然，我拿着电话一愣，这和老板料想的一样，不过才短短一天，冯欣就反悔了。

老板指了指张可达和王先霖说："你们俩跟着京夏一起去她店门口堵她。京夏你机灵点，问问她后面全城的电梯、灯箱广告牌和电影院映前广告是不是不想要了。"

我们几个匆匆忙忙地赶到冯欣的店里，我们生怕冯欣出尔反尔，这一路都在盘算着如何让她顺利把合同给签了。

到了目的地后，我和张可达先进去，王先霖在外面等着。

冯欣的店门口车水马龙，和上次的场面截然不同。可见昨天晚上的新闻倒真是给冯欣打了个天大的活广告。

冯欣今天穿着包臀的短裙，上身穿着一件粉绿色的衬衣，又把鬈发给扎了起来，整个人显得干练又妩媚。

这次，张可达堵在冯欣前面，压低了声音说道："冯老板，我们还是聊一下合同的事情吧。"

"你是谁啊？不是宋京夏在管这事吗？"冯欣上下打量了一下张可达，语气收敛着，没有打电话时那股嚣张劲。

张可达狐假虎威地说："我们郑董长怕京夏职位低，在你面前做事不周全，特意调派我来的。他还让我带一句话，如果冯老板实在想过河拆桥也可以，既然我们昨天可以让你上新闻，明天也可以让另一个台给你爆个负面，这也是很容易的事情。"

冯欣一拧眉毛："你吓唬我呢？你们这么搞可就没意思了啊。"

我连忙配合张可达演了起来：“冯小姐，这位张可达主管是我们集团专门负责媒体公关的，平时我们集团那些负面新闻都是他去处理，跟各大媒体的交情都有，也不完全是吓你。”

冯欣左右看了一眼，领着我们去了二楼的办公室，不情不愿地拿着我们的合同看，却也不签字。

冯欣主要是看我不顺眼，此时换了张可达，她的表情明显软了下来，招呼店员给我们泡了英式红茶，还准备了点心。然后她才面露难色地说道：“不是我不想签合同，我们这家店是走高端路线的，要是我给你们做广告，那些企业家得怎么想啊。”

“冯小姐，你不想当我们的广告模特，你事前就应该说，而不是占了我们的资源，再得了便宜后翻脸不认人。”我第一次说出这么咄咄逼人的话。

冯欣实在是个看盘下菜的主，毫不掩饰地对我翻了一个白眼，拿着那几页薄薄的合同当扇子一样扇来扇去，丝毫没有要签字的意思。

张可达清了清嗓子：“冯老板， 我们领导问你，全城一万多个电梯、灯箱广告位，还有几十家电影院的映前广告，是不是都不想要了？你要是不想要，我们马上换人。”

“你们还准备给谁？”冯欣挑了挑眉毛。

“你对街那家高订店肯定会想拿到这个机会的。”张可达冲着窗外努了努嘴，冯欣办公室的窗户正对着街对面的商铺，众人的目光被一齐引了过去。

S城的高级定制店并不止一家，而且都邪了门地集中在这一条街道上。冯欣主打的是男装，加上衣服的品质好，少有敌手，在这条品牌扎堆的街道混得如鱼得水。

她最大的竞争对手就是对街的这家男装定制店，两家店积怨已久。冯欣号称巴黎海归，另一家的老板就说自己是顶级时装杂志主编；冯欣说自己的裁缝去过英国萨维尔街学习，另一家的老板就说自己的裁缝师傅承自皇宫匠人。

两家店闹得不可开交，去年那个走秀，冯欣就是不乐意出场排位在这家店之后，非要在现场发难，才搞得我们俩结了梁子。要不是这一次非逼着冯欣就范，我们大概也不会知道这些行业八卦。

而且冯欣不但出尔反尔，还是个肚量很小的人，宁可自己不好过，也绝不可能让对方好过。

此刻，就在张可达努嘴的时候，一直等在外面的王先霖收到了张可达的微信提示，掐好了时间，大张旗鼓地走进了对面的男装店。

张可达指了指王先霖，冲着冯欣喊道："冯老板，你看到没，那是我们的同事王先霖，你以前在我们公司看见过对吧，长着一张小白脸，特别扎眼。"

冯欣攥紧了拳头，脸色不悦道："你们想干吗？"

"你不是不准备签这份合同吗？我们也是做了两手准备来的。如果你不签，我们就跟他们家签，他们家可是想这份合同想了很久了。"张可达不紧不慢地说着。

冯欣不屑地冷笑道："就他们家那档次，也只配捡点老娘手指缝里漏掉的面包屑吃了。"

"的确，人家衣服没你们好，也不如你们高档，不过等全城广告一铺开，再来几波广告轰炸，我相信他们替代你们也只是迟早的事情。你别忘了，我们集团的炒作能力可是出了名的。"张可达双手环胸，一脸深沉，看得我这个外人心里都发毛。

张可达过硬的本事没有，但论唬人的本领，那是十成十的。

冯欣惊呆了，没想到我们会出这么一招。一听要给对手的店上广告，她的心里防线仿佛被彻底击溃。冯欣一拍桌子，指着张可达吼道："好，你狠！"然后抓起签字笔在合同上写上了自己的名字。

冯欣气急败坏地把我们几个从店里给赶了出来。临走前，张可达从点心碟里顺走了一块草莓绿茶卷。

我们三个人站在人来人往的街边，道路两侧的树木在太阳底下泛着油亮的绿光。

张可达一身冷汗地说："我刚刚紧张得浑身都在发抖。"

我拍了拍张可达的肩膀："演技可以拿奥斯卡了。"

张可达狠狠地点点头，把蛋糕全都塞进嘴里。他吃完蛋糕，又舔了舔手说："这样一来，就搞定了两个模特，只差一个了。"

一直没有说话的王先霖突然问我们："是不是搞定刘芸，我们这批广告就可以出街了？"

"何止出街啊，要是搞定刘芸，我们简直是逃出生天啊！"张可达一把箍住王先霖的脑袋，"别想了，刘芸怎么可能搞得定啊！总不能拿你献祭吧！"

我深深地叹了一口气："我从来没搞过这么棘手的案子，找个广告模特就跟扒了自己一层皮一样。"

"真是可惜了刘芸了！"我和张可达同时哀怨道。

S城的夏天一直在下雨，这天难得出了太阳，我们终于"移平"了冯欣这座"大山"，三个人干脆跷班在路边的咖啡馆喝下午茶。

本城的小咖啡馆极多，店面只有几平方米，却像麻雀一样五脏俱全。我们占了咖啡馆吧台前的三条凳子，这家店也就被我们包场了。张可达点了焦糖拿铁，王先霖要了热巧克力，而我点了一杯美式咖啡。

老板是个短发小姑娘，看着我笑了起来："喝美式的人都是劳碌命，你一定经常加班吧。"

她的话刚说完，我的手机就应景地响了。我低头一看，给我打电话的人竟然是苏瑶。

"你赶紧回医院一趟。"苏瑶急切地说道。

"出什么事了？"

"有个男的要来做丰胸手术，我搞不定，蒋玄也搞不定。沈老师打拳去了，今天不回来。”

“什么？男的要丰胸？你们都搞不定，难道我能搞定？”

“我的意思是，要不你回来帮我们赶他走。你脸皮比较厚，应对这种情况有着丰富的经验，我们这群医科狗总是丢不开面子的。”苏瑶振振有词。

张可达只差贴在我耳朵边听八卦，他又惊又喜地喊了一句“居然有男人想要做丰胸手术”，便端起手里的焦糖拿铁一口干了，火速叫了辆车载着我们往医院驶去。

走之前，我把美式装进纸杯里，边买单边冲老板苦笑：“你说得对，喝美式咖啡的人都是劳碌命。”

当我们火急火燎地赶到医院时，蒋玄和苏瑶一本正经地坐在那儿看诊，一个三十五岁上下的男人比画着自己的胸口，喊着：“我想要一对D杯。”那画面简直不能更美……

张可达兴奋地说道：“第一次看到男人要做丰胸手术！”

苏瑶见我们来了，不停地朝我们使眼色，示意我们把人赶走。但张可达拽着我坐在一旁，娴熟地扯了个借口说：“老板们让我们来观摩一下这个案例，看需不需要做成广告推出去。”

蒋玄看了我一眼，又专心致志地问他话：“你结婚了吗？”

“结了。”

“那你夫人知道你想隆胸的事情吗？”

“知道，并且很支持我。”

“那你对隆胸有什么要求吗？”蒋玄大概用尽了这辈子最轻柔的语气，想必对这个手术好奇极了。

“我要做双平面的，你们这儿的沈医生能做这种手术对吧？”

“双平面”这个专业术语一跳出来，我和张可达对视一眼，这个人一定不简单。

隆胸手术最大的毛病，就是假体植入后摸上去硬邦邦的，像块石头一样。不管硅胶材质多么先进，始终无法像人体的脂肪那样柔软。有一个改善的办法，那就是双平面动刀，在乳腺和胸大肌两个平面内放置假体，这对医生的技术要求极高。

要在以前，整个S城几乎没有医生能做这项手术，但现在我们这儿有沈医生，自然是不在话下。

张可达凑到我的耳朵边悄悄道：“这个男的，估计想隆胸是假，想打探消息是真。”

S城的整形机构不少，我们集团作为最大的一家，每年都要接待不少来打探消息的同行。有来打听价格的，有来打听新的优惠政策的，自然也有来打听医生和项目的。

男人大概经验也不太足，不但说的话让人怀疑，还左看、右看，正大光明地从口袋里掏出一部手机，对着墙上的医生照片“咔嚓”了一下，又对着柜子里的硅胶假体拍了一下。

他哼哼了一句：“拍点资料，我回家研究考虑一下。”

办公室里静悄悄的，他问：“沈医生呢？我是专门来找他的，你们这群年轻小医生我可信不过。”

他这句话不偏不倚，正好扎在了苏瑶的心上。苏瑶生气了：“不就是一个隆胸手术吗？塞俩假体完事，你还在这儿嫌弃我年轻，我可是上过心外手术台的人。”

她指挥着张可达道：“你把他的上衣解了，我们来看看什么形状的假体适合他。”

张可达最喜欢这种乱糟糟的场面了，他立马窜上去就要扒对方的衣服。说时迟那时快，男人的手机忽地响了，电话铃声回荡在狭窄的房间里，整个办公室都寂静了。

以前，彩铃这种东西还很火爆。别人打电话来，动不动就唱段RAP，说个段子。后来不兴这玩意儿了，但有些企业仍然会把一些广告语制作成彩铃，让员工用着，权当是免费的广告。

这个中年男人的手机彩铃正好是一段企业的广告语，而且还是我们最大的竞争对手——明嘉集团。

我们集团的广告语叫“了解最美的自己”，而严露和小叶子跳到明嘉后，把他们的广告语改成了“没有最美，只有更美”。这标语一改，两家就有点打擂的味道了。

而此刻，那个优美温柔的女声响彻了办公室的每一个角落。男人脸色尴尬地望着我们，嘴里叨叨道：“各位同行们，幸会了，幸会了！”

“你是明嘉集团的？”我问。

“是的……”

“你玩我们是不是？打探情报就好好打探，一个大男人非要隆一对D杯，你有病啊？”张可达握了握拳头。

对方连连摆手，颇为无奈地解释道：“不是我，不是我的主意，是我们领导叶郁利让我这么干的。”

“小叶子！”我和张可达异口同声地喊道。

“对，她说我来问隆胸才合适。一个男人想隆胸，够八卦、够猎奇。你们整个集团的人都会倾巢而出来看热闹，你们营销策划中心的人也会拿这个案例当新闻炒作。到时候最好的医生、技术、材料，都会送过来。我们什么都不用干，就全搞清楚了。”

小叶子真是够聪明，要不是她派来的人太蠢，这个套路几乎就要成功了。

男人在奋力地为自己洗脱，苏瑶冷眼看着眼前的场面。一直不声不响的蒋玄突然失望地说：“我还以为自己终于接到了一个奇葩手术，可以在自己平凡无奇的人生履历上添上浓墨重彩的一笔。”

大家齐齐望着蒋玄，他咳了一声，悻悻地说道：“你们要理解一个医生的心情。”

我们把竞争对手的探子交给保卫科后，我给小叶子打了个电话。必须要跟她见一面了，“名媛大会”出街在即，倘若在这个节骨眼上被她钻了什么空子，那我们就真的功亏一篑了。

我和小叶子约在了建国北路的一个酒吧里，那条街是S城赫赫有名的酒吧一条街，小叶子以前经常带我们过来玩，张可达十分喜欢这个灯红酒绿的地方。但自从小叶子跳槽后，我们就再也没有来过。

小叶子在一个叫“U”的酒吧里等我们。她坐在吧台那边，吧台前有个穿着红色紧身衣的女人在给小叶子调酒。

大概是很久没见，小叶子见到我们颇为高兴，她让调酒师给我们各调了一款鸡尾酒。

小叶子高兴地说：“京夏，你终于肯找我玩了。工作归工作，我们私下里还是可以约着喝点小酒的。”

“别装了，你派来打探消息的人露馅了。”我冷冷地说。

小叶子波澜不惊地抿了一口酒：“我就知道他成不了事，还尽添乱。你犯不着为了这种事情来找我算账吧。”

“那什么样的事情才有资格找你算账？你是不是都忘了自己做了些什么？”

小叶子摊了一下手：“京夏，你是第一天在这个行业吗？打探点消息是很正常的事情。而且这事也不是我主导的，营销线的人听说你们来了个沈医生，紧张得不得了，来找我出个主意而已。”她又拉长音调说，“再说了，你们那儿也有员工经常跑我们明嘉装顾客，这是你来我往的事，大家装不知道是最好。”

小叶子说这话时，我看了一眼张可达，他心虚地点了点头。我们明明是来兴师问罪的，被小叶子这番话一搅合，大家突然都没了底气。

气氛稍微和缓了一点，小叶子安抚道：“我知道你们最近有大动作，我没打算搅合，再说了，是京夏你跟的项目，我是不会搞事的。”

小叶子端着酒杯，一口酒喝干，她喜欢用这种方式跟人表决心。而我们这几个人都是吃软不吃硬的角色，大家酒一喝，旧日的情谊似乎又想起几分来。况且我们这群人加起来都不是小叶子的对手，她都已经信誓旦旦地保证不会搞事了，我们似乎也没什么好争的。

我们将信将疑地开始喝酒，酒精上头也就没有去细想。其实小叶子从来都是个两面三刀的人，她最大的本事，就是一边对你心怀愧疚，一边随时捅你一刀子。

穿红衣服的调酒师一杯接着一杯给我们上酒，大家喝了又喝。那些酒入口又甜又温和，让人忍不住一口接一口。但酒的后劲却很大，王先霖一杯就倒了，张可达也喝了个半死，我喝得愣愣的，看着这个调酒师说："你真好看啊！"

小叶子连忙介绍道："酒吧的老板娘，在S城也是响当当的人物，挺适合上你们那个名媛大会的。"我晕乎乎地听着她的话，记在了心里。

很久以后，我才醒悟过来，这个朦胧的夜晚，四面八方铺天盖地的酒香，就是为了请君入瓮。什么男人来隆胸，什么酒吧老板娘，这都是给我设的一个局。

但这天夜里，我们一直喝到半夜，小叶子也醉到不省人事，被老板娘喊人送了回去。而我们三个工薪阶层，只能晕乎乎地搭着肩膀在大街上走。我走着走着就哭了起来："名媛大会还缺一个广告模特，我怎么办啊？"

"走，我们去求刘芸！"张可达晕乎乎地说。

"那她要是不答应呢？"我问。

张可达顺手牵着王先霖的衣领，愤愤不平地说："那我们就是砸了她家，也不会让她染指王先霖。"

刘芸住在城东的一个别墅区，我们三个人爬上一辆出租车，径直往刘芸家去。我们一路上都在醉醺醺地讨论要怎么对付刘芸，的士司机以为遇上打家劫舍的人，一路连大气都不敢出。车一到目的地，他就把我们甩下，飞快地开走了。

别墅区的安保很严格，门卫死活不让我们进去。我们按了刘芸家的门铃，三个人挤在可视电话前喊：“大姐，你快开门啊！”

刘芸没好气地问：“你们找我干吗？”

张可达把王先霖的脑袋按在镜头前，狡诈地道：“大姐，我们给你送男朋友来了！”

大铁门“嘀”一声打开了。

物业的电瓶车一直把我们送到了刘芸别墅的门口。门是敞开着的，里面一片灯火通明，亮得让人心里发毛。

我们三个瑟瑟地站在门口，不敢进去。

刘芸双手抱胸，站在她家的旋转楼梯口，居高临下地问我们：“王先霖，你想明白了吗？”

王先霖俨然一副喝酒喝蒙了的状态，他缩着脑袋，怯怯地问：“想明白什么了？”

“当我的男朋友啊！”

一向惜字如金的王先霖斩钉截铁地说：“除了这一项，其他的都可以。”

“除了这一项，我对别的都没兴趣。”刘芸好笑地看着我们这群人。

我们僵持了一会儿，张可达搓了搓手：“刘总，强扭的瓜不甜，强留的汉不黏。”

我被他惊得打了个嗝儿，一口酒气喷了出来。大家纷纷看着我，我连忙摆手低下了头。我只是没想到张可达乱造句的本领精进了不少，居然还押上韵了。

张可达来了个先抑后扬，他猛地抬手：“刘总，要不这样，我们把这按S城的规矩给办了。”

S城的规矩是什么？碰到扯不清的状况，要么白酒一口闷，要么牌桌定输赢。

刘芸定定地望着我们，也说不准她到底是什么心思：“你们都喝成这样了，喝酒肯定是不能选了，那我们打麻将吧。”

当我坐在麻将桌前的时候，还是有点反应不过来发生了什么，一边思索着，一边不受控制般地在砌牌。

外面开始下起雨来，一道闪电划破天空，一阵惊雷炸响半边天。屋外的树影婆娑，屋内的灯光忽地闪了一下，就跟拍恐怖片一样。

刘芸催促道：“你到底摸不摸牌啊！”

她的脸被闪电映得苍白，我手一抖，牌掉在地上。我害怕地说：“我要回家。”

刘芸用手支撑着头，看着窗外的树影哼了一声：“你这就怕了？我还一个人住呢。”

“你就不请个保姆陪着你住吗？这么大一个房子，看着富丽堂皇，其实挺瘆人的。”我搓着手指。

“我怕啊，所以才不停地找男朋友，让他们天天陪着我。”

“可你甩男朋友的速度比神舟号上天还要快吧。”

“那是因为他们喜欢的是我的钱。还有几个不懂事的，天天上蹿下跳闹着要和我结婚，没完没了的。他们口口声声说是真爱，其实就是为了上我家户口本，分我的钱。”

刘芸意味深长地看了一眼王先霖，王先霖双手交叠，摆了个大大的叉：“刘总，我已经有喜欢的人了。”

王先霖说完那句话，天空响了一声炸雷，但他的话比雷还要吓人。

我吊着嗓子问：“谁？”

张可达轻轻叹了口气，刘芸心平气和地抓起一张五万，随即打了一个自摸将将糊。她两手一摊，冲着我们露出大佬式的微笑：“你们输了。”

我们三打一也没有赢过刘芸，只好你看看我，我看看你。

刘芸把牌一推：“谁还没几个喜欢的人啊，你不是还没跟人在一起吗？再说，结了婚还能离呢，我看中的东西，就不会放手。”

王先霖低下头，气息微弱地说：“我也就是暗恋人家而已。”

刘芸拍了拍王先霖的肩膀：“要不这样吧，我呢，就当无聊，给你们做了这次广告。你呢，就当给我一个机会，不要一开始就戴有色眼镜看我。我们就像两个从未见过面的陌生人，试着相互接触一下，相处一阵。”

刘芸的话说得很诚恳，王先霖愣愣地想了片刻，终于点了点头。那一刻，我和张可达在麻将桌下击了一下掌。张可达的兴奋之情溢于言表，他只差没有在这个风雨交加的夜晚跑出去裸奔了。至于我，只差当场哭起来。

刘芸话音一转，又说道：“今天晚上，你们哪儿都不能去，就在这儿陪我打麻将。”

那天夜里，我和张可达几乎是昏睡的状态，陪着刘芸打了一通宵麻将。没想到这个看起来最不可能答应我们的女大佬，反倒是最好说话的人。而王先霖，一整晚都心不在焉，猜不透他到底在想些什么。

第十六章

Snowstorm

活在自己的世界里的人，

朋友圈就是她的T台秀场。

明明没有一个观众，

却把自己经营得有声有色。

2014年6月15日

在搞定了三个姑奶奶后，老板找了全城最好的摄影师来拍广告画面。

崔友京是最好商量的一位，可挡不住夏天的比赛多，她的训练任务重；冯欣的行踪十分诡异，一会儿北上广，一会儿国外，还经常故意不接我的电话；至于刘芸，根本没有人敢催她。

为了能把三个人凑到同一个时间拍摄，我们几乎耗尽了最后一丝力气。

在我们千辛万苦地和冯欣还有刘芸周旋的时候，老板也没闲着，一直闷在办公室里想设计和文案。他大概准备了十几套稿件：文艺版、大气版、深沉版……最后，这批广告的画面和文案异常简洁，只留下模特的名字以及她做的整形项目。崔友京做了全脸填充玻尿酸，冯欣只做了牙齿美白，刘芸做了超声刀抗衰。

连续三个通宵后，所有的广告出街的这天，我们的会议室里安静得仿佛一根针掉到地上也能听得见。我特别害怕这种安静，一个电话声、一条短信声，甚至是一个QQ提示声，都让我如同惊弓之鸟。

我从办公室里溜了出来，在医院的前坪踱步。如果这批广告的反响好的话，那么相应的，医院的客流量就会增大。

蒋玄端着一杯豆浆，提着一根油条递到我眼前。他看了看手表说：“才七点钟，还早。”

我抹了一把脸，接过豆浆和油条，狼吞虎咽地吃起来。

“京夏，洪老师在帮我和苏瑶师姐申请北美的研究所，你觉得我应该去吗？”

我怔了一下，重重地点了点头：“当然去了，哪怕我这个外行也知道，北美的医学院是全球最好的。这不是所有学医的人都梦寐以求的事情吗？”

“那的确是很多人的梦想，但不是我的梦想。”

“那你的梦想是什么？”

“时机还没到，不能告诉你。”

蒋玄说这句话时，太阳的光影从他脸上掠过，我也很想抓着他的手说，你留下来，和我在一个城市里吧。但我并没有那样的勇气，他应该站在高高的地方发光，去做他应该做的事情。

九点，苏瑶来上班了，张可达和王先霖也从办公室过来了。我们站在大门口望着、等着。十点左右，有零星的几个顾客过来，临近中午的时候，整个大厅已经坐满了人，直到这一刻，才有一点集团鼎盛时期的气氛。

2014年7月1日

第一批广告的成功让营销策划中心的所有同事都松了一口气，然而第一批广告投放一个月后，要马上进行第二批广告的投放。这一个月的间隙对我们来说只能算是喘息，我们还要马不停蹄地找第二批广告模特。

幸运的是，崔友京、冯欣和刘芸的名气足够大，广告出街一周之后，S市的名流圈就像一块石头砸到了平静的湖面，掀起一连串的波澜。已经有人主动联系我，问我们需不需要模特。

老板是个精明的人，见有人主动找上门，他也就开始挑拣起来。征集第一批广告模特时缺人，老板在外形条件上并没有过于设限。然而征集第二批广告模特时，他开始得寸进尺地要求对方的长相了。好在S城历来是个产美女的地方，企业高管、公关、餐饮业的老板娘、大学里教师……我们网罗到了一大批人。

老板把大家的照片翻来覆去地看，叹了口气，指着照片不甚满意："还差了一点点，你们看这些人，总感觉哪里缺了点味道啊。还有这个……缺点了风情。"

"你到底想要什么样的感觉的？"

"要那种一看就知道招男人喜欢的类型，会让女性产生一种错觉，只要我整形，我就能走桃花运。"

会开到一半，仍然没有多少进展，行政突然敲门说："有人过来应聘模特，你们谁去接待一下？"

"不见。真是什么人都来了，她知道我们这个叫'名媛大会'吗？她拍着胸口问问自己，她是名媛吗？"听张可达这么说，行政就打算出门打发了对方，但张可达又嘴欠地问了一句，"长得怎么样？"

行政肯定道："是个美女。"

张可达来劲了，连连招手说："把她叫进来，美女还是可以聊一聊的。"

行政把对方请进会议室时，我、张可达还有王先霖都愣住了。来的人正是上次和小叶子在酒吧喝酒时那个穿红衣服的调酒师。

张可达连忙迎了上去，张嘴就喊："小姐姐，原来是你啊。"

来的人叫曲弯弯，是个调酒师，她一进办公室，整个会议室的男男女女都望了过去。她的长相是那种又美又媚的类型，穿着一袭紧身裙，衬得身材凹凸有致。

她跟我们打了招呼，说话的语速很缓慢，听着十分悦耳，大家都在认真地听她说话。曲弯弯说自己是上次我们碰面的那家酒吧的老板，这两年酒吧的生意不如以前了，想当年建国北路酒吧一条街，是整个S城夜生活的标志。一入夜，年轻的男女们都往那边窜。不过这几年，年轻人都不爱出门，以前那种红红火火的场面再也回不去了。

曲弯弯前阵子在自家门口的电梯里，还有酒吧对面的灯箱广告上看到我们的广告，她想借机推广一下自己的酒吧。

弯弯似乎很了解我们这种整形企业需要什么，她介绍完自己，又特别说道："如果你们选我当模特的话，我就把我在酒吧街的人脉都介绍给你们。混酒吧的人，很大一部分都是你们整形医院的客户吧。"她的这句话正中老板的下怀。

一直在旁边没说话的老板让行政拿来合同，直截了当地摆到了弯弯的面前。老板表明自己的身份后，就和对方谈起了置换条件。两个人聊了一阵，把双方的置换条款都谈清楚了，老板就急着让她马上把合同给签了。

老板是个纠结的天枰座，平时签什么合约要翻来覆去地考虑很久，那天却果断得令人意外。曲弯弯走后，老板才长长地舒了一口气："最近S市的整形医院都在打电视台和酒吧街的主意。"

"不是一直都在打这两个地方的主意吗？明嘉集团都找了电视台的主持人做代言了，而且广电工作人员可以凭工作证在他们那儿免费整形，效果好得很。"

"所有我才急着把她签下来，如果我们不签她，明嘉就会抢着签了她。"老板定定地望着我们，又探询似的跟我们说，"你们说对吧？"

老板这个人说话做事一向不太征询我们的意见，可这次不知道为什么，他总有一股莫名的不安感，并且这种不安也感染了我们这群下属。

2014年7月5日

第二批广告进入制作阶段。这天下午，我接到一个电话，对方用不标准的普通话说："你是宋京夏吗？我们这边是派出所。"

"派出所？哪个派出所，说句S市的方言给我听一下，你要是说不出来，那你就是骗子。"

"你是在质疑我的普通话吗？"

"我就是在质疑你！"我挂断电话。

过了一会儿，电话又打了过来，仍然是那个号码。我又狠狠地挂断电话。

不消片刻，老板突然从办公室出来，气冲冲地喊道："宋京夏，你在抽什么疯啊？派出所打电话过来说沈医生被人打了。"

我两眼一直，真是万万没想到，刚刚还真是个警察给我打电话。

我通知了外科的陈佳佳，和老板一起赶去派出所，沈医生缩在等候区的角落里，陈佳佳忙问："您老伤着哪里了？您要是受了伤，医院可要少赚很多钱啊。"

沈医生的嘴角哆嗦了一下，半天没有回话。那个普通话不标准的警察凑过来说："他倒是没受伤，他只是把别人给打了。"

老板和我大吃一惊，沈医生看起来是个斯文的学者，不可能啊。

被打的人是个体型很壮实的汉子，额头上贴着膏药，嘴角也裂开了，边哼哼着边喊："这老头儿不是什么好人，跟踪我们公司的女员工，被我发现了。我打算修理他一下，让他明白为老不尊的下场。"

"你还修理人家呢，这下被人家修理了吧。"警察在一旁语重心长地教育人。

我拍了一下沈医生，八卦地问道："您真的跟踪人家公司的女职员了？"

沈医生缩在一旁不说话，老板拍了拍壮汉的肩："你哪个公司的？"

壮汉道："明嘉整形医院的。"

老板"哦"了一声，又继续问道："你那个女员工是谁？"

"我们总经理严露。"

他的话说完，场面安静了。我们齐齐望着沈医生，他的眼珠转了一圈，晓得隐瞒不下去了，于是辩解道："不是他胡扯的那样，我怎么可能为老不尊地去跟踪女员工，我什么美女没见过，没摸过啊！"

旁边的警察一惊，陈佳佳连忙解释道："他是有名的整形医生，经常给人做手术动刀子。"

沈医生也憋了一肚子火，指着那个壮汉喊："你还想来教训我？我可是练散打拿过奖的！"说完，他又对着老板道："还有你，老郑大老远从北京把我给请过来，你们这么久了给过我一个大手术做吗？没有！尽是些打针、激光、脱毛的破事……我一个搞外科的，我能怎么办啊？我也很绝望啊！"

"这……没手术做，您也不能出来跟踪严露啊。"

"我无聊，我怎么就不能跟踪她了？我就想查一下严露到底是不是老郑的私生女。"

沈医生这句话说完，我和老板都哑口无言。陈佳佳曾经跟我抱怨沈医生一天到晚神龙见首不见尾，我还以为他是去打拳了，没想到是去跟踪严露了。

老板沉默了几秒，还是没能压制住自己八卦的天性，他问道："那严露是郑董的私生女吗？"

沈医生叹了口气："不是，但也差不远了。"

"你这叫什么话，不是就不是，什么叫差不远呀？"

沈医生伸手，老板马上给他点了一支烟，明嘉那个保安也蹲在一旁听着。沈医生抽了一口烟，徐徐地说起了这段旧事。

老郑这个人五大三粗，和凶恶的洪老师站在一起就像是一对出来收账的黑社会分子。但老郑这个人却很长情。他大学的时候有过一个初恋，是隔壁师范学校的一个小姑娘。

那是个周末，医学院当时会定期组织学生去乡下做义诊。老郑他们三个结成队，背着工具和器材就下乡了。那天天气明媚，十月中旬，田野里都是熏人的果香气，城里一些高校的学生也三五成群地出来郊游。

他们路过一个小丘，那里是个橘园，里面种满了橘子树。橘子正是成熟的季节，黄澄澄的，挂满了枝头。有个矮矮的小姑娘一直向上跳着想要摘头顶的那个橘子。

三个人站在路边看了很久，那个小姑娘始终没摘着，却也没有泄气。老郑一言不发地走过去，拉着树枝一拽，树枝“咔嚓”一声，整根枝都被他给折断了。他把那根橘树枝递给她，小姑娘目瞪口呆地接过树枝，眼睛里闪过一丝光亮。

喜欢往往就是这一瞬间的事情。

之后那个小姑娘就经常到医学院来堵人，成天围在老郑身边。有一天，沈医生看着自己这个呆傻的同学盯着路边的树丛露出无意识的微笑，叹了口气：“这个傻大个儿谈恋爱了。”

后来三个人出行的时候，两个彪形大汉带着一个小短腿和一个小姑娘，像是拖家带口一样。沈医生现在回忆起来还是一副颇为眷恋的模样。

但老郑还是没能和那姑娘在一起。老郑家当年是贫困户，姑娘家在杭州，家长不同意他们俩的事，等她从师范大学一毕业，就把她嫁给了本地的一户人家，两个人从此再没往来。

“怪不得老郑把集团的第一家分院开在了杭州呢。”我插了句嘴。

“那这跟严露有什么关系？难不成是她是两个人的私生女？”老板好奇地问道。

沈医生挥了一下手：“不是，严露是他初恋的女儿没错，但跟老郑没什么关系。有严露那会儿，老郑根本就不在国内。”

“那就奇怪了，难道他是替初恋养女儿？”我皱着眉。

“郑董可是有老婆、孩子的！”老板提醒道。

沈医生两手一摊：“谁知道呢？”

我们一群人坐在派出所里，听着前辈讲他们的感情故事。午后的阳光斜斜地漫进来，视线里全都是飞扬的尘埃。

老板办完手续，开着车送我和沈医生回去。

我们一路上都不说话，这种太过安静的场合让人心慌。于是我没话找话地问：“沈医生，如果老郑真的熬不过这一关，集团破产了可怎么办？”

沈医生盯着车窗外的风景，一动不动地说：“那我就和他合伙开诊所。”

福无双至，祸不单行。就在我们准备回家休息时，医院保卫处打电话给陈佳佳：“苏瑶医生被人打了。”

老板一听他们俩的对话，随即把方向盘一转，又气又急地喊了一句：“今天还真是中邪了！”

我们赶到医院时，外科门口早已乱成一团。我担心是苏瑶手术出现失误，被情绪激动的顾客给打了，忙赶到客服中心去询问情况。

现场的客服妹子又惊又气地说：“不是顾客，是顾客的老公把苏瑶医生给打了。”

问了情况才知道，那时，苏瑶正在外科的办公室里，有个男顾客一路从大厅摸过来，在外科门口的分诊台前，态度特别温和地问：“苏瑶医生在吗？我有个问题想问问她。”

分诊台的护士们眼见着客人的态度好，一时大意就把人给放了进去。这个男人进去后给苏瑶看了一张照片，问他：“是你给她整的容吗？”

苏瑶接过照片一看，正是自己几天前接待的患者陈小姐。苏瑶耿直地点了点头，对方突然一拳就砸在她脸上，毫无征兆。而且对方打完就想逃，但他却低估了苏瑶。

苏瑶按着自己受伤的脸，从办公室一路追出来，边追边呼喊，男人还没跑出大门就被保安给摁住了。

男人见自己逃不掉了，索性在现场耍起了狠。他一直骂骂咧咧，把整层楼的人都惊动了。

“你们这些庸医！你这家黑心整形医院！我要曝光你们！”

“你倒是去曝光啊，我还没和你算打医生这笔账的！”张可达也在现场，怒气冲冲地和对方吵着。

客服打电话把那个患者叫过来，对方一听自己老公在这边闹了事，吞吞吐吐地推辞着不肯来。老板一把夺过电话：“你要不来，我们就打断他的腿。”

“别，我马上来。”

一刻钟后，陈小姐终于赶了过来。她刚踏进办公室跟我们打招呼，男人忽地像发了狂一样，一脚踹过去，然后抓着陈小姐的头发就准备动手打人。我们的保安赶紧把人拉开，陈小姐倒是㞞得很快，连忙躲在人墙后面。

陈小姐大声呼喊道：“你们快拦住他，他失心疯了！他一天到晚逼问我是不是出轨了！偷拿我的手机，删我的电话号码！深夜三点钟，他让我把微信一条一条解释给他听，不说就不让我睡觉！这日子早没法过了，我要离婚！”

“你就是在外面有人了！你就是！不然你不会来整形！”陈小姐的老公歇斯底里地喊着，越喊越激动。他往陈小姐那儿扑了几下，没扑倒人，又转身望着旁边的苏瑶：“都怪你们！你们这些整形医生就知道见钱眼开！你们算什么医生！”

苏瑶被激怒：“你管不住自己老婆就拿医生撒气？你以为你是谁啊？就你这个样子，你老婆早晚得跟人跑！”

苏瑶这个人不发火则已，一发火准往人的七寸上踩。男人被她气到，握着拳头就冲了过去。所有人一惊，旁边围观的小护士们已经蒙住了眼睛。就在这千钧一发的时刻，蒋玄忽地窜出来，抓着对方的后衣领猛力一摔，男人整个被甩在地上。

蒋玄怒道："你还想打我师姐两次不成？"

我不知道被蒋玄保护是一种什么感觉，我只知道苏瑶的表情一脸愕然。她抓着蒋玄的胳膊，久久都没有松手。她那么高冷的一个人，平时也不把谁放在眼里，但到底对蒋玄的心意还是没能瞒住别人。

整个医院近半的员工都看到了这一幕。

陈佳佳轻轻地推了推我，小声说："你别往心里去，是个男人都会这么干的。"

我大度地道："我当然不会想那么多，我又不是他什么人，没资格计较。"

老板拨打了110，警察很快就过来带着这对闹心的夫妻去警局做笔录了。苏瑶的脸上有伤，蒋玄扶着她去外科办公室上药。

我从茶水间的冰箱里拿了两罐饮料送到办公室去，外科办公室的门虚掩着，此时此刻只有他们两个人在里面，苏瑶上药时发出"嘶嘶"的抽气声。我站在门口，正考虑着要不要进去，就听见苏瑶说："师弟，去美国的事情你考虑得怎么样了？"

我拿着饮料悄悄地走了。

回到办公室，天已经黑了。老板办公室里亮了一盏灯，他拿着第二批广告的海报样稿在反复琢磨。海报明天就要出街了，办公室里意外地没人加班。

老板看见我来了，冷嘲热讽地说："看到蒋医生英雄救美，你吃醋了是吧？"

"胡说什么啊？"

老板抓起外套就往外走："走，带你借酒消愁去。年纪轻轻的，有烦恼去酒吧买醉特别合适。”

老板还叫上了张可达和王先霖。他开车把我们带到了酒吧街，径直走进了那家叫“U”的酒吧。我们几个人坐在边角的位置，老板的眼睛一直瞟向吧台调酒师的位置。

“你不是带我来借酒消愁的吗？怎么一转身就拉着我们来考察工作了？”

“算加班，双倍工资。”老板冲我们竖起两根手指，我们几个都是见钱眼开，没原则的人，也就消停了下去。

老板拉着一个送酒的服务员说：“谁是你们老板？”

服务员指了指吧台那边：“那个调酒师就是我们老板，要我叫她过来吗？”

老板连连摆手。我们几个在人声鼎沸的酒吧里喝着闷酒，弯弯站在吧台那边表演花式调酒。过往的男客人很多，有请她喝酒的，有找她要电话号码的，有对着她调情的。

张可达小心翼翼地问：“我的老板，江总！你是不是看上人家弯弯了？”

老板瞪了张可达一眼：“我可是有家有室有儿女的人。”

“那明天广告要出街了，你今天晚上跑到酒吧里，单单看这一个模特是几个意思？”

“我不知道，我就是心里有点慌。”老板定定地望着我们。

一个纵横整形广告近十年的人，不知道逼垮了多少家小诊所、小医院，然而在此刻，他跟我们说“要换广告了，我有点慌”。我们觉得，这事有点荒唐了。

曲弯弯端着几杯酒过来，她笑着说：“你们一来我就看到了，干吗坐这么远？我请你们喝酒吧。”

“弯弯，你开了多少年酒吧？”老板问道。

“当老板倒是新手，之前在酒吧做调酒师，经常要四处跑，参加国内外的比赛。”

“去过哪些国家比赛呢？”

“美国拉斯维加斯、新加坡，国内还经常去中国香港、中国澳门和上海那边……怎么，你对调酒有兴趣?

张可达举着手喊:“我对你有兴趣。”他把曲弯弯的注意力给岔开了。

老板眯着眼睛思考了一会儿，端着酒喝了起来，再没问别的话。那天晚上，我们喝到微醺，几个人踉跄着回家去。

我们总觉得会发生些什么，可我们也不知道会发生什么，只能借着酒精压制着心里的不安。

2014年7月6日

今天醒来时，新版的广告已经全部出街。这批广告甄选了十个人，选的都是有头有脸的名媛小姐们。主干道的灯箱、高速路牌、机场、高铁、地铁、电梯框架……我们的广告把整个S市铺得严严实实，这真的是背水一战了。

我们终于可以轻松一阵子，准备全线休假。张可达在查旅行的地点和机票，王先霖也下载了几款手游……

然而就在今天，一向不和我来往的冯欣突然给我打电话，劈头盖脸地骂道：“你们疯了吗！居然把曲弯弯那种货色拉去当模特，还把她的海报和我的并到一起！”

“谁？曲弯弯？她怎么了？”我一脸茫然地问道。

“自己查去！宋京夏，我跟你说！这事我跟你们集团没完！”冯欣暴躁地把电话挂断了。

断断续续又有其他的大小姐打电话过来投诉，我总算从大家的只言片语里拼凑出大概的信息：我们的那版新广告里，其中有个模特曲弯弯，她自称是酒吧老板娘，但实际上……是个臭名昭著的夜店女。

张可达那边已经接到了另一批投诉，我们几个坐在会议室的长桌前，没有一个人知道能说点什么。

许久之后，我艰难地开口问道："曲弯弯的信息为什么没有核实清楚？"

负责核查的同事小声地说："反复核查了，但给出的资料都没有问题。"

"她真的是酒吧老板吗？有人说她连调酒师都不是，只是兼职卖点洋酒坑骗客人。"

张可达望着我："京夏，不管我们怎么查都是查不出来的，你还看不出来吗？这就是个挖好的坑，专门等着我们去跳的。"

老板坐在自己办公室的沙发上，他整个人都陷了进去，一句话也不说。他种种的不安和预感都在提醒他，但他还是没能绕过去，这就是命了。

我和张可达一直耐心地安抚着各位大小姐，有人听，也有人不听。

最大牌的刘芸大姐一直没什么动静，我打电话过去探口风。她不知道正在哪里搓麻将，听我讲清了整件事后，她笑得不可抑制："这些个小妹妹还真把自己当名媛了啊，跟个酒吧女一起上了广告这就不高兴了，还真是些事儿妈。"

刘芸是个见惯了大风大浪的人，对这些事情根本不以为意。她笑完又提醒道："我觉得这事还有后招，你们要小心。"

但这次我们太被动了，根本猜不透对方的后招是什么，我像只鸵鸟一样蜷在自己的办公椅上，就像个废人。

晚上八点半了，我们几个谁都没离开办公室，张可达走来走去，王先霖戴着耳机在打游戏，老板把自己关在小黑屋里抽烟，他以前从不抽烟的。

设计妹子给我打电话喊："京夏姐，你快打开电视机，调到新闻频道的《在现场》！"

“是我们又闹负面新闻了吗？”

“不是，但比这个更糟！”

张可达打开会议室的智能影院，我们几个紧张到蹲在沙发上。电视里正在放送独家新闻，说本市一名女子被车撞了腿送医院治疗，结果近二十名男性相继入院探望，均称自己是女子的男朋友。镜头扫到病床上的女人时，赫然是那个酒吧老板曲弯弯。

张可达惊呆了：“曲弯弯居然有二十个男朋友？脚踏二十条船，不翻船才怪吧。”

电视里，记者又分别采访了她那些男朋友，大家纷纷控诉曲弯弯经常找各种借口索要钱财。

“那家酒吧也不是她的吧？”

“必然不是了。”

摄像师的镜头一转，突然对准我们满大街投放的广告。主持人语气尖刻地说：“据我们所知，这曲弯弯根本就不是酒吧老板，被无良商家改头换面一番，摇身一变成了精英人士。这不知道还准备再去祸害多少人啊……”她这番话直接把我们定性成了“无良商家”，我们在全城投的那么多的广告，辛辛苦苦加了无数个通宵的班，就因为她这轻飘飘的一句话，全都打了水漂。

新闻播出后，办公室的电话如雷炸起。不断有人拨打我们的手机，但谁也没有去接。我们已经没有任何精力和任何力气去应对这些纷杂的人和事了。

2014年7月7日

这漫长的一夜熬过去，老郑亲自到办公室来了。他的语气里有种刻意的轻松：“没事，我不是来兴师问罪的。谋事在人，成事在天，我知道大家都已经尽力了。”

他拍了拍老板：“小江，你还是再坚持一下，把各种事情收个尾，不管怎么样，都已经成定局了。”

老板一夜都没合眼，整张脸很憔悴，像是一夜之间就老了。他哽咽了一下，竭尽全力说：“郑董，对不起。”

老郑点了点头，赶到医院那边去开会。老郑走后不久，我们办公室的楼下响起一阵巨大的汽车鸣笛声，整层楼的人纷纷往窗外望去。那是我这辈子见过最大的豪车的场面，各种奔驰、宝马、卡宴、路虎、保时捷……停在我们办公楼的前坪，简直就像个豪车大展，车里的人还一起按喇叭。

前一天晚上，我们一直不敢接电话，于是今天一早，她们便约好一起来示威了。我们匆匆赶下楼去，冯欣是这群大小姐的领头人，她双手环胸对我说：“宋京夏，我们要求把所有的广告都撤掉。”

“合同是白纸黑字的，你说撤就撤啊？”

“我们签字的时候，你可是说请的都是本城有头有脸的人，曲弯弯算什么？一个不三不四的人。”

我一时哑了，除了刘芸和崔友京没到场，冯欣背后站着我们所有的广告模特。这近十个人的队伍里，都是各行各业小有名气的女性。如果她们此刻要求要撤掉广告，那我们这次的投入就真的是血本无归了。

“宋京夏，我知道你没有权限决定撤广告这件事，叫你老板出来！我告诉你，如果你们不撤掉广告，我们也有渠道去曝光你们的欺诈行为。”冯欣咄咄逼人。

我们正僵持不下，老板拨开那些看热闹的路人：“京夏，她们要撤就撤吧，犯不着跟她们讲道理了。”

“可是……”

“没什么可是，所有后果由我一人承担。

老板挡在我们前面，冯欣得了便宜自讨没趣，率先开着自己的路虎走了。那些大小姐也各自上车，往城市的四面八方散开。

老板转过身来：“大家都去上班吧，没什么好看的。”

而那天，我们营销策划中心的同事全都收到了明嘉集团发的夜宴电子请柬。时间是晚上八点，地点是我们之前一直合作的五星级酒店。

大家拿着帖子凑到一起，张可达问我：“我们要出席吗？感觉来者不善啊。”

“去呗，反正我们都失业了，又怕什么呢？”王先霖说道。

“对，人家诚意邀请，我们没理由不去啊。”

设计妹子小梨提了一个化妆包来，我们又去有合作关系的服装品牌借了晚礼服，几个人收拾好，神清气爽地一起去赴宴。

严露和小叶子在五星级酒店搞了场趴，主题是“S城女性精英汇”，跟老板的“名媛大会”相比也就是换汤不换药。但我们几个走进去一看，彻底惊呆了。

早上还在我们办公室楼下吵的名媛们此刻全都换了一身珠光宝气的服饰，画了精致的妆容，正站在大厅里交际。大厅的背景板上，是几个人拍的宣传海报。严露穿着一身黑色晚礼服，站在舞台上讲着一些女性励志的话题。

她们不但抄袭了老板的创意，而且把我们千辛万苦找的嘉宾一锅给端走了。

“严露和小叶子这是什么意思？”张可达问我。

我端着一杯香槟一饮而尽：“她们是想告诉我们，她们赢了。”

第十七章

Snowstorm

如果一生中从来没有尝过失败和失落的滋味，

那样的人生还有什么意思呢？

2014年7月15日

全城广告下架的事情在集团里掀起了滔天巨浪，集团财务赤字的事情再也瞒不住了。上至高层管理人员，下至客服保安，几乎每个人都在讨论医院的情况。

陈佳佳问我："京夏姐，我们会裁员吗？"

我说："我也不知道，如果真裁员，那我这次可能真的要失业了。"

那段时间里，我都没有见到老板和老郑，据说集团二十一家医院纷纷闹着要单干。当时为了打开市场，各分院落地后，财政一向是自负盈亏，一些业绩特别好的分院早就不受控制了，只不过还挂了一块集团的牌子而已。

这是我们广告部最闲的时间，张可达天天开着一辆小破车去海边跟老头们一起钓鱼。王先霖每天被刘芸带在身边，神龙见首不见尾。蒋玄和苏瑶被洪老师叫了回去，沈医生也撤回了北京。

苏瑶来跟我告别的那天，S城刚刚结束了酷暑的状态。一年四季里，除了夏天之外，我最喜欢秋天。我人生中迎来送往的事情似乎都发生在秋天。

苏瑶要启程去美国匹兹堡的肿瘤研究中心了，哪怕是我这种外行，也知道那里是医生梦想的殿堂。我们约在集团附近的一家小咖啡馆，咖啡馆是一栋老房子改建的，红色的墙体，门口还长了一棵很大的香樟树。我们就坐在树下，看着树叶在风里翻动。

“这次去美国，洪老师是替我和蒋玄两个人一起申请的，他比我晚一点点报到。”

“真好，他终于决定好了自己的梦想。”

“不，蒋玄到现在也没有答复洪老师，我不知道他到底是怎么想的。如果有可能，你帮我劝劝他，我从来都劝不动我师弟。”

苏瑶直直地注视着我，我也认真地看着她的眼睛，那些意味深长的探寻都藏在彼此的目光里。我们就这样静静地坐着，往日里那些微妙的隔阂也好像在这一刻释然了。

苏瑶端着咖啡一口饮尽，然后从包里掏出一张钞票放在桌上，她是直到离开也要保持体面和尊严的人。

“那就后会有期了。”她从门口的台阶一步步走下去。

我喊了一声：“苏瑶，我很高兴认识你。”

苏瑶并没有回头，只是抬手挥了挥。苏瑶和蒋玄不同，她一直是个知道自己想要什么的人，她选择了最适合自己的路，可预见那一路上的坦荡。我一直在想，如果她的人生没有遇到过蒋玄，也没有来过整形医院，大概一生之中都不会尝到失落和失败的滋味吧，但那样的人生有什么意思呢？

2014年8月15日

我们在这种混沌的日子里过了很久，没有活干，每天逛淘宝、打游戏、翘班……我以前忙到哭的时候，我的人生理想就是过着这样没出息的日子。然而真正过上这种醉生梦死的生活时，却无时无刻不想念忙碌的日子。

静默了整整一个月，周一那天，大佬们终于出现了。

老郑和老板召集所有的中层管理人员开会，我们心情忐忑地赶到会议室。大家陆陆续续走进会议室里，安静得不像话，所有人的神色都很肃穆，那是一种冥冥之中已经知道结局的伤感。

严露那一连串的针对打击已经完全奏效了。她抽走了关系生存命脉的VIP客户，又爆料了我们一连串的负面新闻，我猜集团最看重的一个广告被砍掉的事情，十之八九也和她有关。

老郑的嗓子有些嘶哑："大家大概已经听到一些风声，我们集团的资金链出现了很大的缺口，目前已经没有办法维系正常的运营。经过商议和决定，从今天起，集团暂停新院的开业，我们将以变卖和转让的方式处理掉集团旗下效益不好的分院，此外集团还将裁员三分之一。"

老郑的话一字一句敲进了每个人的心里。有人哗然，有人叹息，也有人不在意。整形这个行业那么浮躁，投产比巨大。经营不善而倒闭的企业一大把，短期内崛起的公司更是数不胜数。只是一份工作而已，换家公司不也能照样活着。

老郑正要继续说话，会议室的门突然被推开。严露和小叶子大步流星地踱步进来，只见严露气势汹汹地说："郑伯伯，你要变卖资产也要先跟我打声招呼啊，我手头上可还持了不少你们的股份呢。"

老郑吃惊地看着严露。他大概万万没想到，严露不但吞掉了廖扒皮手里的股份，还偷偷收购了集团的一些小额股份。她现在俨然是我们集团的大股东了，对任何事情都享有高度的决策权。

老郑指着严露，语气不善地问："你来干吗？"

严露站在老郑的对面，微笑着说："我已经跟别的股东谈过了，把集团旗下的分院挂到我们这儿来，效益不好的分院重新包装上线。毕竟我这只是扶持和帮助，不像你，动不动就想变卖和转让。"

“我不同意，难不成由着你说什么就是什么！”

“郑伯伯，你可以问问大家同不同意。”

严露说完，老郑扫了一眼在座的股东。没有人正面回答老郑，只是都默默地举起了手。先是一个人，再一个人……然后“哗啦”一下，大家全都把手举了起来。有人极其小声道：“郑董，我们的确是经营不善，暂时效益不太好，但就这么粗暴地把我们卖掉，我们也不服气啊。”

“你们……你们……”老郑最终也没能说出一句完整的话来，瘫倒在自己的椅子上。

明明是一场资产重整的大会，却突然发酵变成了“逼宫”大戏。偌大的一个集团，好似一夕之间分崩离析了。

白手起家的老郑，从一个公立医院的医生做起，开了城中村的诊所，开了整形医院，又把医院做大到拥有二十一家分院的集团，最后却落得这样的下场。他现在能说得上话的，也就只剩下他控股最多的S城总院了。

小叶子进来后，在我对面挑了一个空位坐下。她饶有兴致地看着眼前的场景，包里的手机忽地响了。小叶子抓起电话看了一眼，神色微变，匆匆出门去接电话。我偷偷地溜出去，跟在她身后。

我听见她说：“哦，弯弯啊。是的，我们的事情都办妥了，这次要谢谢你，你的钱我已经打到你的账户了，你记得查收一下。”

她挂断电话一回头，就看到我那张咬牙切齿的脸。我上前举起手，一巴掌甩在她脸上，抓着她的头发用力地撕扯起来。小叶子抓着我的胳膊一拐，直接把我摁到地上，我毫无招架之力。

直到这一刻，我突然觉得自己很可笑，我为什么会这样生气，竟然想要和她拼命呢？我根本打不过她啊，她以前可是摔跤运动员。

我整个人贴在地上，绝望地问她：“小叶子，你为什么要这么做？”

“我很久之前就跟你说过，我的目标不仅仅只是在公司里当一个小头目，天天和你们厮混在一起。我想要钱，我也想要能让我充分发挥的平台。”

“老郑不是把你调去了董事办当组长吗？”

“董事办的组长？”小叶子重复这句话，冷笑起来。

“我也以为我冒着被砍的危险，救了集团一把手的命，总算是能得偿所愿了。结果人家郑董只是把我当成一个女保镖，有危险就让我先冲。不出任务的时候，就让我给董事办的大姐们当苦力，搬桶装水、拿快递、订盒饭……你真以为我在董事办那边混得很开是吗？那都是骗你的。”

“那我们呢？我们又算什么，你随时都可以玩弄的棋子吗？”

广告被逼撤下后，老板去找人查了这件事背后的内幕，完全是小叶子一手策划的。她事前安排了一个男人到我们这儿吵着要丰胸，当着大家的面不停地拍照，打听医生和价格。在小叶子的心里，我们这群旧日同事差不多就是一群智商低下的人，她生怕我们发现不了这个人是她派去的探子，她甚至还给对方的手机定好了企业彩铃，算好了时间打电话。

以小叶子对我的了解，我肯定是会找她算账的。结果我果然入了这个套，一步一步被她骗到酒吧，被灌了几杯酒，再叙叙旧日同事的交情。等大家的防备心都松懈下来，她就把事先安排好的曲弯弯推荐给我们。但小叶子也没有料到，我们喝多了后居然直接去敲了刘芸的家门，而且刘芸这么大牌的人物，居然也会心血来潮答应我们。

第一次失算后，等我们找第二批广告模特的时候，小叶子干脆指使曲弯弯直接跑到我们办公室去了。等曲弯弯上了我们的新版广告之后，她就给电视台那个栏目的制作人爆了一个独家新闻，难怪和《在现场》那个戴黑框眼镜的胖子负责人谈论冯欣的新闻的时候，对方意味深长地说，我们企业上他栏目的时候，也就是我们爆负面的一天。

其实这还不止，新闻播报以后，以冯欣一个人的能力还难以煽动那些大小姐来聚众抗议，这背后十之八九也是小叶子插了一手。目的就是要逼迫我们下掉全城的广告，把老郑极力想遮掩的赤字问题给彻底掀出来，造成海啸般的动荡。

她太清楚我们这群人的弱点，也太清楚老板的行事作风了，她挖的坑，让我们简直躲无可躲，只能照着她事先设定好的路线，一步一步地走上一条死路。

小叶子松开我，把我从地上扶起来，替我拍掉身上沾的灰尘。我木然地问她："你是从什么时候开始策划这一切的？"

小叶子的手悬在半空中，轻声说："从你们开始准备筹划名媛大会，我就在安排人了。"

"你真的有把我当过朋友吗？"

"你永远都是我最好的朋友。"

"我再也不会相信你的话了，我对你而言根本就不是朋友，只是关系比较熟悉的同事而已。你也根本不会有朋友，你永远只把自己放在重要的位置，你别自欺欺人了。"我把深埋在心底的话，用尽最后一点气力说给她听。小叶子并没说话。

人有时候是不得已，遇到了什么样的人，挑了谁当朋友，全都是命定的事情。

严露气昏了老郑，震慑完全场之后，她让小叶子把我、张可达、王先霖还有陈佳佳都给叫上，她在S城最贵的KTV包了一个大包间。那个包间大得像一个小小的剧场，她跷着二郎腿在台上握着麦克风唱了一首张国荣的《Monica》，很老的歌了，竟然被她唱出了一股意气风发的味道。

我们几个默默地坐在沙发上，没有人说话，也没有人喝彩。

严露拿着沙槌挥了挥："大家别这么沮丧，都是几个熟人了。来来来，大家继续像以前那样热热闹闹地唱歌嘛。"

小叶子叫了果盘、啤酒、干果……把桌子堆得满满的，现场像是在举行某种庆典，但仍然没有人说话。

严露安抚道：“大家跟着我不会吃亏的。虽然我打算裁掉三分之二的人，但是我不会动你们的。”

“你不是说你只会扶持和帮助，不会变卖和转让吗？你出尔反尔！”张可达喊道。

“我并不会变卖转让啊，但我可没有承诺不裁员。养了这么多废物，不被拖垮才怪。”

“你和老郑的私仇不要殃及无辜，就你们那点破事，我们也懒得关心。”我冷冷地说道。

严露愣住，她大概没想到我居然会知道这中间的事：“谁跟你说的，郑宇宙？”

“你也把自己想得太重要了，老郑怎么会跟一个十八线下属来讲这些陈年旧事？是沈医生闲着没事，把你们的关系打听了一遍。”我嘲讽道。

严露的脸上露出一丝失落，然后长叹一口气：“你说得对，他怎么可能在意我呢？我杭州老家出了变故，我母亲死前把我托付给他，他口口声声说爱着我的母亲，愿意像亲生女儿一样对待我。你看看郑宇宙是怎么对我的，一转身就随便把我塞到集团里打杂，都快十年了。”

“他对你哪里差了？你不也一升再升，从一个平平无奇的客服提拔到了主管的位置吗？”

“那也是我凭本事的，我一个人做的业绩比其他一个部门还多。他也是没办法了，不升我的职位不足以服众。宋京夏，你应该知道我同期的那些人不是总监就是去分院当总经理了吧？郑宇宙怕老婆和女儿知道他在照顾初恋情人的女儿不高兴，这十年里，从不肯把我往重要的职位上推。我就算做再多也得不到他的认可。”

“在我看来，老郑已经仁至义尽了。”

“那他当初就不该承诺会把我当亲生女儿一样对待。他应该告诉我妈，让你女儿来我家打工吧，我赏她一口饭吃！”严露声嘶力竭地喊出了这句话，脸上青筋毕露，表情狰狞得可怕。

包间里的气氛降到了冰点，没有一个人再敢说话。我想起很久以前，我和小叶子的关系还没有掰，她跟我提起严露的时候，说了一句话：“这世界上的人都是些可怜人。”

老郑当时大概也不会想到，自己对初恋的一点点眷恋、一个承诺，会给将来的自己招来那么大一个劫难。

包间里陷入长长的死寂后，我说：“严露姐，恭喜你得偿所愿，但我是个没出息的人，心眼死，一根筋，恐怕没福气跟着你发财。”

我拿了一瓶啤酒，磕开酒瓶盖后一口喝光，拉开包间的门扬长而去。

我已经打算好了，最坏的情况也不过是失业。我又不是没失业过，当年被媒体行业拉入黑名单这种倒霉的事情也经历过了，到最后我发现，人生什么样的事都不算大事。

从KTV的鸿门宴上逃走后，我一个人沿着海边慢慢地走。当我消沉而绝望的时候，总喜欢破罐子破摔。

我给蒋玄打电话，我说：“你到海边来一趟，我有重要的事情和你说。”他开着车一路风驰电掣地赶来。他不管不顾地直接把车停在禁停区，完全不理会被开罚单的事情。

他抓着我的手问：“你怎么了，被人欺负了？”

“我只是想跟你说清楚一件事。”

“什么？”

“你什么时候去美国留学？”

“我……我还没决定去不去。”

“蒋玄，我不知道自己有没有资格和你说这些话，可现在的我完全没有办法面对你。每天我一想到你就好像是一个溺水之人。”

蒋玄迟疑地问我：“你……”

夜里的海风很大，猎猎地吹得衣襟作响。我声音有些颤抖地说：“蒋玄，从你成为我同事的那天起，我就在暗处观察着你。我花费了那么长的时间去确认自己的心意，也试图停留在你身边。可我发现，我们两个人根本就不在一个频道上，我花再多的气力也追不上你……”

蒋玄突然把我拉进他怀里，用力地抱住我，低声说：“对不起……”

那个怀抱太温暖了，像是隆冬里的一团火焰，意志再坚定的人面对这样的温柔，也还是被瓦解了。我在蒋玄的怀抱里放声大哭，连带着白天的委屈，以及对未来的迷茫无措，都在这一刻消解了。

我一直不知道蒋玄为什么在出国这件事上游移不定，也曾经偷偷地揣测过，他究竟是不是因为舍不得我。但这个疑问我最终没能问出口。这天夜里，他陪我在海边坐了一宿，吹了风，喝了酒，只记得迷迷糊糊地缩在他的怀里睡着了。

蒋玄终于确定了出国的时间，他思虑了那么久，但真正做决定却只花了短短的一瞬间。蒋玄问我：“我走那天，你会去机场送我吗？”

我回：“别开玩笑了，你哪有那么重要啊。”

他说：“哦。”

那个“哦”字里透露出来的深深的失落，像一根针密密地扎进了我心里。

蒋玄离开那天，S城下起了雨。他站在机场大厅盯着门口，一直到机场广播反复催促他登机，他才神情失望地离开。可他不知道的是，其实我就在机场里远远地看着他，他乘坐的航班起飞，我也注视着飞机升空，直到它变成一个小小的点，最终消失于无。

谁会不喜欢他呢？但现在这个落魄的我，并没有自信和能力去接纳和处理好这段感情。

后来张可达问我：“京夏，你到底是怕什么？”

“怕很多的事情，怕他知道我其实很糟糕，脾气火爆；怕他知道我以前被媒体行业列入禁单的黑历史；也怕他知道我其实根本不像他想象的那么好。”

张可达叹了叹气。

2014年8月20日

浪费人生的时候，日子总是过得特别快。办公室里不断有人提交离职报告，文案组两个小姑娘走了，设计妹子也走了……我们还没失业，但和失业的状态已经差不太远了。财务已经两个月没发工资了，老郑一蹶不振，整个人就像是人间蒸发了一样。

办公室里的人少了一大半，我大白天躺在会议室的沙发上看剧，把去年因为太忙没看的偶像剧都补了一遍，看完后觉得人生甚是空虚。

这么多离职的人中，王先霖是我唯一不能释怀的。其他人要走好歹也会走个流程或者打个招呼，可王先霖是不辞而别的。

我和张可达来上班，准备喊他一起打游戏的时候，发现的他位子空了。我们以为他只是跟刘芸出去约会了，可等了他一下午，他始终没有回来。

张可达疑惑道：“这就奇怪了，他这个死宅，除了待在办公室打游戏，还能去哪里？”

我拨了个电话给刘芸问王先霖的去向。刘芸轻轻地笑了一下说：“他来跟我告了别，说自己一直是通过电脑看到世界的，现在也想到处去看看。”

王先霖居然跟刘芸告了别，却对我们只字不提。他真的以为世界那么大，他想去看看吗?

张可达又拨了王先霖的电话，对方一直关机。等接通的时候，王先霖已经在黑龙江的长白山下了。

张可达劈头盖脸地骂道："你神经病啊！想出去旅行也说一声啊，我们都快急死了！"

电话那边，王先霖打开视频，他穿着整齐的滑雪装备，比了比山坡，再指了指自己，然后站在滑雪板上滑下去，一头栽进了雪道里。

"你什么时候回来？"我问。

"一年或者两年吧。"

"为什么？"

"因为我不能总是通过电脑、手机和人交流啊，我也想多去看看外面的世界，克服这个毛病。"从来都不怎么说话的王先霖突然跟我说出了那么伤感的一句话。张可达举着手机，我搭着张可达的肩膀哭得不能抑制。

从那天起，王先霖从此只存在于我的朋友圈，他不经常和我们说话，只是定时在朋友圈发照片和定位。

他似乎永远都在路上。

尾声

Snowstorm

2016年3月1日

上一年就这样过去了，现在全城最大的整形企业是严露和小叶子的明嘉集团，铺天盖地的广告手法和那时候的我们如出一辙。我的老板离职了，在家带了一年小孩，每天上下班时间接送孩子上下学，整个人都是颓废的。

小叶子在一家私房菜和我偶遇过一次，我们同时进了洗手间，她堵住我的门说："我知道我单独找你你肯定会跑，但是我只想跟你说严露的事。她其实很可怜，一直渴望老郑能给她一点点关爱和认可，拼了命地做业绩。她甚至去那些VIP客人家里搞卫生、带孩子，但老郑为了避嫌，从没认可过她。"

"你说这么多跟我有什么关系？"

"我之所以跟你说这些，是因为我真的把你当我最好的朋友，但是对我而言，友情有很多种，但友情不是人生必要的东西。"

等我推开门出去的时候，小叶子已经走了。

老郑仅有的一家整形医院越来越破败了，之前院内的六层楼被隔壁的餐厅抢了一层，又被物业租了一层给健身房，还有一层空置着，其余的三层楼有气无力地接待一些客人。

张可达和我做了一家小小的广告策划工作室，一边上班，一边接点外快维持生计。很多时候，人的运气跌到谷底，也就意味着是要触底反弹了。明朝找上我的时候，老郑正谋划着要不要关掉这家医院开个餐馆什么的。

明朝以前是电台的主持人，在我们还有钱的时候，给我们策划过音乐会。后来她跳到了电视台，当起了真人秀的策划人。明朝在我们医院里四下转了一圈，不可思议地喊道："你们真的落魄了。"

"不然呢？"

"时不待我啊！我最近有个特别好的真人秀策划案，想要大干一场。"

"那关我们什么事？"我悻悻地说。

"整形题材的。"

"没钱，你还是去找别家金主吧，今时不同往日了。"

我以为明朝是来拉广告的，结果明朝半跪在沙发边，抓着我的手说："小夏姐姐，别介啊！你们出医生、技术，我们可以联合搞个整形真人秀节目。"

我听她叨叨了半天才明白过来，广电那边的真人秀节目最近如雨后春笋般冒了出来，她拉了一支队伍，想做一档整形真人秀的节目。

节目还只是个雏形，拉不到赞助，而整形手术的费用支出也是一个大坑。大型的手术，一例就是好几十万，而且真人秀为追求效果，往往不会只整局部，而是进行全身改造。明朝倒也聪明，她想，那干脆就拉着整形医院一起做好了。

"你干吗选我们？人家明嘉集团财大气粗，你们抱团一起炒，还不是事半功倍？"我疑惑道。

明朝摸了摸头，坦白道："还真问过了那边，可是被拒绝了！说没有广告效应……她们就不能把这当成是公益项目吗？"明朝噘着嘴。

她完全不懂，整形企业的公益都是算好了的，投产比清清楚楚，看不到回报的话，一个子儿都舍不得丢出去。

我翻了个身，对明朝摊了摊手。我们医院现在没医生还缺护士，老板天天找不到，接她这种项目根本就是有心无力。

“小夏，你刚说哪儿没医生来着？”有人站在办公室门口说话，我转头望过去，竟然是沈医生。他穿了一身灰咖色的西服，戴着一顶绅士帽，潇洒地站在那里。要不是他的小短腿依旧，我真的差点没认出来。

“沈医生……你来？”

“我本来是想过来看看老郑的，听说他破产了，人也颓了。不过我刚在门口听了你们说话，要只是缺医生，我可以来啊。”

我一脸震惊地望着沈医生：“我们现在可付不起你的坐诊费。”

“小夏，你还记得当初你问我，老郑要是破产了，我会怎么做吗？我的回答是，哪怕他开间诊所，我也会回来。”沈医生笃定地说。

沈医生要回医院当医生，并且和电视台合作，我们并没有因为这件事变得乐观很多。但老郑好歹是出现了，他一脸胡楂，整个人消瘦了一圈，看起来又老又憔悴。老板听说这个消息后，几乎是逃一般地从家里赶了过来。他一脸唏嘘地说：“我再也不想在家带孩子了。”

如今的我们，就像一支“夕阳红别动队”，几乎没有什么战斗力，只能在明朝节目组的要求下尽量配合。

明朝通过电视台的渠道，从各地找了很多面部畸形患者的资料给沈医生。不愧是电视台，无论是渠道和速度，都比我们要专业有素得多。

沈医生拿着资料翻看，点头说：“这些才是真正有整形需求的人，因为面部畸形已经对他的生活产生了影响。”

第一个报名的女生是个化妆师，一直在电视台工作，给无数明星做过造型。她的五官长得非常精致，唯独嘴巴很难看。她的牙槽骨突出，嘴巴就像小鸡的嘴一样，是往前凸的。

截牙槽骨属于正颌手术，是整形中的大手术。因为口腔附近分布了很多神经和血管，这个手术如果没处理好可是会死人的，一般的整形医院都不敢做。

化妆师对自己的五官要求很高，因为不满意自己的嘴，她经常戴一个口罩出门。她一直想动这个手术，却谁也信不过。明朝找到她时，把沈医生的资料推荐给了她，对方这才同意动刀。

一切准备条件就绪后，明朝带着摄影师在手术室里拍摄。沈医生截牙槽骨的那一幕，手术室里血肉横飞。凡是动骨的手术，都是看起来极为暴力的。摄影师拍着拍着，突然机器一歪。明朝回头一看，摄影师居然整个人都吓昏过去了。

正颌手术的恢复时间极长，至少要半年。化妆师多余的牙槽骨被切掉，凸出的嘴忽地消失，脸的下半部分曲线变得优美好看。

等她完全恢复了，明朝又找人给她造了型后，才拍的对比变化。那个常年戴着口罩，灰头土脸的化妆师，摇身一变成了五官立体惊艳，难得一见的美人。那种巨大的对比，完全击中了猎奇心重的平凡大众。

这期节目播出后，很多看到的人都惊呆了。节目例会的时候，明朝在手机上不断地刷着，很多人都在微博和公号的后台咨询细节。她看完突然一抬头，笃定地说："同事们！我们要红了！"

明朝趁势做起了"免费蜕变"的海选。女人最难扛住的两个词，无疑就是"变美"和"免费"。加上第一期的样片播送出去的效果，海选的信息刚放出去，整个电话、网页报名的渠道都爆了。

明朝这个人倒是十分够义气，把海选报名的地点设置在了我们医院的大堂。沈医生坐在大厅中央，直接给报名的人做面诊。

不断地有人来，排队的人一直排到大门口的前坪，还有人试图插队，连我们久未露面的保安都出来维持秩序了。我和张可达震惊地看着这一幕，他捏了一下自己的脸问我："京夏，我是不是出现幻觉了？"

"没有，我们医院可能真的不用关门了。"我扯着他脸上两边的肉，用力地扯，疼得他嗷嗷直叫。我们终于看清楚了这是真实的世界，并不是在做梦。

排队报名的人里，有个女人突然抓着沈医生的手："沈医生，我找你找得好辛苦！”

大家一愣，就连沈医生也是一脸茫然。这个女人十年前在沈医生手上垫过鼻子和下巴，当时的手术效果堪称完美。前几年在别的整形机构被人忽悠了，打了玻尿酸，换了新假体，整个一张又僵又硬的网红脸。这个女人完全不能接受后来的脸，不断地找机构询问和改脸，越改越怪，这些年到处在找沈医生……这一次在电视上看到他，连夜不停地从沿海城市赶过来。她甚至还保存着当年沈医生给她做手术时的假体，想要恢复当时的状态。

明朝很敏锐地注意到这个案例，她和节目组紧急开了个碰头会，迅速把这个女人定成了节目的第二个案例。明朝在这个案例上巧妙地攫取了一个角度，用了大量纪录片式的镜头，跟踪拍摄她不断找机构整形的过程。

整形这件事是把双刃剑，比起整形变美这件事，更多的脸被毁掉了。不管那些机构夸得多么天花乱坠，整形这件事情是不可逆的。特别是外科手术，一刀下去之后，手术的条件、基础和结构就已经不一样了。

第二个节目案例做手术设计之前，沈医生必须把她脸上的玻尿酸溶掉，再把植入的假体给取出来。患者在沟通阶段一直不停地摇头。整形是会上瘾的，越到后面，就越不能接受原来的自己。

沈医生安抚她说：“我要先看清楚你原本的样子，我才可以给你做出好看的脸。想要变成更好的自己，不是应该要先正视自己吗？”

沈医生不愧是资深人士，深谙那些来整形的人的心理，张口就灌了碗浓鸡汤。患者紧张的表情渐渐舒缓下来。她溶解掉整张脸的玻尿酸，摘掉了假体，整个人原本的样子就暴露在镜头前。

看轮廓，其实也是个面目清秀的女人，但在这些年的胡乱折腾之下，整张脸的组织已经被破坏了，变得面容可怖。

沈医生仔细地给她做了修复，这期节目放送出去，仿佛是击中了女人最脆弱的神经，话题一度爆炸，朋友圈里到处都在转发和讨论这期节目。

我和张可达站在医院二楼的窗边，托节目的福，来医院问询的客人络绎不绝。S城的市民都爱跟风，只要有风向，大家几乎都往一个地方扎堆。

张可达俯望着楼下的行人，说：“我真不敢相信，前几个月我们还在盘算着关门的事宜。你说我们能重新回到巅峰的时候吗？”

“路还很长呢。”

人对容貌的贪欲是一个无底洞，变美了只想更美，变年轻了只想永远年轻才好。总有人前赴后继地走进整形医院的大门，只要有人的地方，就永远都有整形医院。但外貌可以改变，内心却不能。整容永远不能从根源上解决心理上的自卑，想要熬过这漫长的人生，就永远不要让自己的心沉溺在过往里。

三月的S城慢慢转暖了，天边的积雨云突然散开，一缕阳光穿透厚厚的云层，蔓延到我们身上。我的手机忽地响起微信提示音，我低头一看，是蒋玄。

“在干吗？”

“发呆啊。”

“噢。”我看到这个字的时候笑了，抓着手机按了一串字，马不停蹄地发过去——

“你还没告诉我，梦想到底是什么呢？”

手机那头一直没有回应，许久之后，提示音再次响起，一行字悄悄地滑了过来。

蒋玄说：“赚很多钱，带喜欢的人去吃吃喝喝。”

-全文完-

番外

蒋玄至今都记得，在本硕博连读到研究生阶段时，所有的学生都面临着选导师的劫难。

S大医学院的洪老师是学术大牛，手里握了好几个大项目，想入他门下的学生多如过江之鲫，蒋玄也不能免俗地去凑了热闹。

洪老师是个傲气的人，面试那天，把所有学生都叫到了一块，让每个人都回答同一个问题。洪老师问："你是为什么而学医呢？"

这个问题问得很形而上学，排前面的同学使劲往人生、理想、救死扶伤上靠，有人一番慷慨陈词，几乎要逼得人掉眼泪了才好。

轮到蒋玄的时候，他声音平平地答道："算命的说我适合学医。"

全场哗然，洪老师攥着钢笔顿了一下桌面，严肃地说："同学，不要在这种场合开玩笑。"

蒋玄平静地回答道："没开玩笑。我妈觉得当医生挺稳定的。填志愿之前，她特地去问了一个算命的，说S大的风水适合我。"

洪老师瞠目结舌地望着蒋玄，他教了那么多年书，还是第一次碰到这样的学生。他忍不住追问道："那你为什么想当我的学生？"

蒋玄摸着下巴思索了片刻，诚实地说道："大家说洪老师组里的补贴发得最多，我还蛮喜欢钱的。"

所有人突然爆笑，场面一发不可收拾，洪老师整个人都石化了，僵在那里久久不能回神。但洪老师望着蒋玄那张全优的成绩单，默默地给他打了个勾。

蒋玄不是没有后悔过学医，过程漫长且辛苦。进入医学院最初的两年，所有的学生会被送到S大本部进行基础学科的培养。这两年要学习物理、微积分、英语、马哲……大三时，蒋玄才搬到医学院里，开始学习和医科相关的基础课程，比如病理、药理、解剖、遗传学等等。

学完这些以后，还要学习桥梁类学科，学把医学和基础课程串联起来，比如诊断学、外科学总论、手术学……一直到大五，才正式开始学习临床类学科。

S大医学院被外界称为学霸集中营，在学校的教室门口都贴着一张字条——严禁在教室过夜。

S城的夏天又热又漫长，那些学生喜欢在教室里一边吹空调，一边通宵温书。夜深的时候，人要是累了，就摊开自己随身携带的草席，往教室中间一铺，很是惬意。为了抢占教室，这些学生经常把教室门反锁上，惹得学校教务处不得不贴出通告。

但蒋玄才不是那么刻苦的人，他最大的爱好是去宿舍楼下喂流浪猫猫。那些猫一看到蒋玄就会“喵喵”地围上去讨要食物，他就趁机摸那些猫的头。

S大研究生宿舍楼和博士楼下的猫最多，那些写不出论文的学生和发不了论文毕不了业的博士，经常带着食物来投喂流浪猫，压力很大无处宣泄，也就只能无奈地摸一摸猫了。

蒋玄正式成为研究生那天，他去洪老师那里报到，洪老师指着一位学霸气场三米的女生说：“你师姐苏瑶，你以后归她管。”

蒋玄规规矩矩地喊了声“师姐”，而苏瑶的眼前一亮，她也没想到蒋玄会成为自己的师弟。

苏瑶在S大的名气很大，是有名的女神人物兼拼命三郎，长得好看，不太好惹，学术过硬。她在蒋玄念大三的时候，给他上过一节解剖课。当时的解剖老师临时有时，苏瑶是去代课的。苏瑶对教本科生兴趣不大，但还是很认真地照本宣科，让学生们分成一组，一起解剖一具“大体老师”。

上课没多久，就有个男生举手说：“老师，我弄完了。”

苏瑶哼了一声，有些不满意：“开什么玩笑，这才几分钟。”

但当她走过一看，却被彻底震惊了。那是一具肥胖的尸体，被福尔马林液浸泡得失去了弹性，动起刀来格外麻烦，就算是自己的话，光是处理脂肪都要花上四十分钟。可是此时，脂肪被处理得干干净净，组织切面一清二楚。这个学生只花了别人三分之一的时间就完成了作业。

苏瑶不由得多看了他几眼，这个男生眉目俊秀，面目却有些冷淡的样子。她看了看花名册，记住了他的名字——蒋玄。

尽管苏瑶对蒋玄的态度与众不同，但在他正式成为自己师弟的第一天，就被她抓到实验室里喂老鼠。S大医学院鼓励学生申请创新课题和自由探索项目，苏瑶在细胞和动物实验上都有研究。做实验的人手不够，很多学弟学妹都被她抓去当过苦力。

老鼠实验选的是二百五十克的大老鼠，一般的学生不喜欢碰这种实验，常常找着借口溜走。一旦有数据缺失，整个实验就不完整，只能重新来过。

苏瑶怕蒋玄半夜逃走，把他反锁在实验室里。蒋玄隔一段时间要替老鼠测一次肛温，实验室里是那种循环换气的系统，到了深夜两三点的时候，老鼠的味道渗透到蒋玄的每一根头发上，那种味道让人很不愉快。

他百无聊赖地盯着那些老鼠，自言自语地说：“好歹也相识一场，这几天我好好伺候你们，吃好喝好。”

蒋玄从小就喜欢动物，他七岁的时候养过一只兔子，不过他的畜牧业技能一直不怎么样，养什么死什么。这只兔子没过多久就从楼上跳下来摔死了。蒋玄把兔子的尸体埋在自家阳台的花坛里，上面插着一根小树枝，树枝上用笔歪歪斜斜地写着——兔子之墓。

所以即便这些只是做实验用的老鼠，蒋玄对它们的兴趣，也绝对会比对人类的兴趣要多一些。

第二天，苏瑶在清晨六点过来换班，大部分师弟师妹是扛不住这么繁重的任务的。她以为这个师弟也会像别人那样，睡死在实验室里。可她打开门的那一瞬间，蒋玄两眼充血地望着苏瑶，把实验记录递过去，上面的数据整整齐齐， 一清二楚。

蒋玄伸了个懒腰，哈欠连天地说："师姐你来了，那我回去睡觉了。"

苏瑶没有说话，她只是挥了挥手。她这个师姐和洪老师的性格极其相似，对待师弟师妹们严厉得很，一向不太知道如何照顾他们的情绪，如何向他们表达好意。

等蒋玄走远了，苏瑶在蒋玄那一页的记录纸上用红笔写下"优秀"两个字。再严肃的师姐，也会有温柔的时刻。

动物实验是一个漫长的过程，少则几个月，多则半年到一年。蒋玄一连照看了老鼠好几周，最后一次换班的时间是晚上八点。苏瑶通知他，实验失败了，这些老鼠需要全部处理掉，再换一批新的过来。

蒋玄匆匆赶到实验室，他准备和那群老鼠道个别。可等蒋玄到达的时候，他永生都不会忘记那一幕——苏瑶戴着一副手套，抓起一只老鼠，握住头的位置，两手一拧。那些老鼠就像是一株脆弱的植物一样，挣扎几下就死了。

蒋玄大叫了一声："师姐，你干吗？"

苏瑶奇怪地望着蒋玄："实验失败了，我在处理老鼠啊。"

蒋玄的表情灰暗下去，他沉默了很久，哀求地说："师姐，能不能留一只活的给我？"

"你要干吗？"

“带回宿舍养着。”

苏瑶捡起一只老鼠，关在笼子里递给蒋玄，她语重心长地劝告：“你心软，当不好一个医生的。”

蒋玄没有回话，他把老鼠带回宿舍，然后开始收拾行李。同寝室的室友们惊奇地问：“你要干吗？”

“我准备收养这只老鼠，不想给大家添麻烦，我要出去租房子住。”

寝室长一脸崩溃地说：“你又不是养萨摩耶和哈士奇那种大型犬，你把老鼠放在阳台上养着不就完事了！干吗闹着要离家出走呢？”

蒋玄望着大家，露出一脸得逞的笑容。其实他才没打算真搬呢，就做做样子而已。

寝室里四个男生轮流喂这只老鼠，去学校附近的菜市场买来新鲜的肉和蔬菜。这只老鼠不负众望地胖了起来，一天一天的，吃、喝、睡觉……两个月之后，它终于被这帮男孩给喂得撑死了。蒋玄满怀悲伤地把它的尸体埋在学校的绿化带里，上面还种了一棵绣球花的花苗。

但老鼠死了以后，蒋玄对苏瑶的态度变得很微妙，有一种敬而远之的冷漠感。很久以后，有人试探性地问蒋玄：“你为什么不喜欢苏瑶师姐？她可是我们学校的女神，而且，对你……”

蒋玄从来没有正面回答过这个问题，只有他自己知道，虽然苏瑶相貌、才华、家世无一不好，但是看到她面无表情地掐死实验老鼠的那一瞬间，他就知道，这个人永远只会是自己敬重的师姐。

S大医学院本硕博连读只需要八年，还差一年就毕业了，蒋玄的课业繁重了很多。

他那天坐在教室的最后一排看书，突然有一群外校的人进来借用教室。那群人自顾自地在教室中间做起讲座的预演来。教室是内沉式的，中间低，四边高，加之空间距离很大，没有人注意到缩在最边角上的蒋玄。

蒋玄漫不经心地翻着书，也一心二用地听着台上的讲演。那些人讲的题目还算有趣，有如何科学地务农；如何拍出像明信片一样的风景照；酵素这玩意到底是不是骗人……

最后一个女生上台，她很是不自信地问："哎，你们讲的全都是科学类、艺文类的……我来讲整形这件事，是不是不太搭调？"

蒋玄"噗"的一声笑了出来。台下的人都望了过来，他赶紧拉上自己的帽子，抓起电脑和书本赶紧走了出去。他去食堂吃了个饭，回宿舍的时候，发现自己常常喂养的那些流浪猫被人给拐跑了。

刚刚在教室里预演讲座的那个女生，她不知道从哪里掏出一个猫罐头在那儿喂猫。她坐在宿舍楼边的台阶上，一个人默默地咬着一支冰激凌，一边吃一边对着猫自言自语："你们说我是不是傻，干吗来参加这个活动呢？干吗来呢？！我这么一个社交恐惧症患者！"

猫也听不懂她在说什么，吃完后就各自散掉了。她哭丧着脸说："你们吃完就跑啦，也忒没良心了吧，多陪陪我嘛。"蒋玄看看猫，又看看她，笑了。

一周之后，S城的高校联盟做了一场分享会，邀请各行各业的达人去分享他们的专业知识和广博的见闻，蒋玄的室友也被邀请去讲讲妇产科的知识。

分享会的地点在S城的一个小剧场里，当时寝室里四个同学全都去了现场捧场。蒋玄意外地发现，大部分演讲者就是上次在教室里预演的人。

蒋玄有些兴致缺缺，他前一天晚上才在附属医院里跟着洪老师做了一个通宵的手术，此时精神不济地坐在后排的椅子上，准备趁着人多睡一会儿。

第三个上场的是那天在宿舍门口逗猫的女生，她的个人介绍上写着：宋京夏，整形集团文案。主持人串场道："宋京夏是资深文案，她要为大家分享的是如何写好一条文案。"

蒋玄"咦"了一声，微微振奋了一下精神。女生哆哆嗦嗦地上台，显然已经开始紧张了。

开场三十秒，陷入一片死寂，她已经彻底忘词了。蒋玄好笑地看着这个女生，思索着她到底会怎么收场呢？会不会又去路边找些猫猫狗狗哭一场。

可正在他这么想着的时候，那个女生忽地开口另起了一个话题。她说："大家想不想知道整形医院里的八卦呢？那些来整形的人，其实每个人都有一个不能说的秘密。"

她只这么一句话，本来已经涣散掉的气氛又被她重新收拢去。她把手里的提示卡丢到一旁，开始有声有色地讲起了自己的从业见闻。十五分钟的时间，其中的小高潮一个接着一个，所有人都兴致盎然地在听她讲故事。

她的语速很快，一直滔滔不绝地讲着。蒋玄知道，那是人进入一种高度紧张产生的亢奋表现。当她的演讲结束时，台下的观众纷纷鼓起掌来。她挥了下手，从台上走下来，然后直接倒在了人堆里。

有人尖叫，有人乱窜，场面一度十分混乱。主持人拿着话筒大喊："医生，我们活动请的医生嘉宾在现场吗？医生在哪里？快来帮我们检查一下嘉宾，她昏倒了。"

现场的医科生的确不少，但蒋玄一马当先地从人群中挤过去。他蹲在地上替宋京夏检查了基本生命体征，检查完后有些无奈地说："她是太紧张，过呼吸了。"

蒋玄替她做了些急救措施后，她醒了过来，浑浑噩噩地坐在那里。她的朋友来接她回去，她这才带着哭腔说道："我再也不来参加这种活动了，太丢人了，丢人丢大发了。"

蒋玄看着她离开的方向，若有所思地笑了。

很久以后，他对人生的抉择失去了判断和方向。洪老师带着他去老郑的集团做客，几个人看了一圈，洪老师小心翼翼地问他："要不要去郑叔叔的集团先干着？"

他犹豫不决地站在老郑办公室的窗口折纸飞机，折好之后从窗口用力地掷了出去。纸飞机在空中轻盈地飞远，最后直冲着楼下一个人撞过去。蒋玄轻轻地“呃”了一声，连忙躲在了窗户后边。

楼下忽地传来一声厉喝：“谁这么没素质！在楼上折飞机，乱扔纸屑。”

蒋玄偷偷从楼上望下去，发现被纸飞机撞到的人正是那天过呼吸的女生。她站在楼下，手叉着腰怒目圆瞪的样子格外好笑。她的胸前还挂着老郑集团的工牌。

世间的事情总是有那么多的巧合，每一次的见面和分别都不是偶然。蒋玄把手支在窗口看了一会儿，突然回过头对着老郑和洪老师露出一个笑脸：“那我就先去当一阵整形医生吧。”

后记

写完这个故事的时候，已经是五月了。

我完全没想到，自己能把这个故事写完。

2012年的时候，我还在南部沿海城市的一家杂志社上班。那时候纸媒已经处在垂死挣扎的边缘，我当时作为新人，跟了医疗线。有一天，我去儿童医院采访，已经忘记那是哪个科室了，只记得走廊上到处都是折叠床，躺着住院的小朋友。

我要采访的医生正在给小朋友看诊，满脸都是疲倦，但仍然十分温和地对我说："你是院办给安排的记者？那你稍微在这里等我一下，我给她们看完诊找你。"

他处理完事情，简明扼要地回答了我的提问。整个过程中，他都是疲劳却礼貌的姿态。最后，不知为何，他忽地跟我说了一句："现在当医生，挺累的。特别是儿科医生，进来的实习生，总是吃不了这个苦。"医生苦笑了一下。

我那时候就惦记着要给医生这个职业写部小说，但我没想到自己有一天会误入整形行业，最终写了一本整形医院的故事。

事实上，我很不适应整形医院的工作，跟小说里写得不一样。做过媒体的人总会有一些自以为是的原则，但当国内整形行业的现实摊在我眼前的时候，我十分手足无措。

我们当时深入到山区做公益，那短短一周的时间，大概是我在整形行业工作以来最开心的日子。我们是冬天去的，深山的村子里都没什么人，房子是由木头建造的，但那边山水清丽得不可思议。我们随着领队小姐姐，一所学校一所学校地走过去。有一所小学，只有一个老师，所有孩子都坐在同一间教室里，他给一年级上完课，然后再给二年级上课。还有一个向导，本来可以留在大城市，但最终选择回到山区，做贫困儿童的扶持工作。

偶尔想一想，误入整形行业可能也是人生的一个巧遇。尽管那段时间我感到极度不适应，但后来跳回媒体行业时再回头审视，整形行业几乎就是一个缩写版的世情百态，完全可以写出一个相当丰满的故事。

希望你看这个故事的时候可以开心，也希望你将来踏入职场的时候，不管遭逢什么都不要灰心。因为在我这种又“丧”又积极的人看来，那仅仅是一份工作而已。人生是有可能换很多份工作的，没必要在一份工作上死扛。

记住所有遇到的深刻的人和事情，那才是最珍贵的。

鳄鱼姐

2017年6月